빅스비 선생님의
마지막 날

빅스비 선생님의
마지막 날

존 D. 앤더슨 지음·윤여림 옮김

미래인

빅스비 선생님의 마지막 날

1판 1쇄 펴낸날 2019년 8월 30일
1판 3쇄 펴낸날 2022년 6월 30일

지은이 존 D. 앤더슨 **옮긴이** 윤여림 **펴낸이** 김민지 **펴낸곳** 미래M&B
등록 1993년 1월 8일(제10-772호) **주소** 서울시 마포구 동교로 134(서교동 464-41) 미진빌딩 2층
전화 02-562-1800(대표) **팩스** 02-562-1885(대표) **전자우편** mirae@miraemnb.com
홈페이지 www.miraeinbooks.com **블로그** blog.naver.com/miraeibooks **인스타그램** @mirae_inbooks

ISBN 978-89-8394-869-4 03840

"

세상의 모든 빅스비 선생님에게.
그리고 무슨 일이든 끝까지 해내는 모든 이들에게.

"

"아직 갈 길이 멀군." 간달프가 말했다.

"하지만 마지막 길이죠." 빌보가 대답했다.

—J. R. R. 톨킨, 〈호빗〉

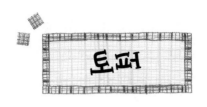

토퍼

레베카 로더부시가 감염됐다.

이것은 내가 지어낸 이야기가 아니다. 우리는 이미 감염 검사를 모두 마쳤다. 검사 결과, 레베카가 양성인 것으로 나타났다. 나와 스티브, 브랜드는 철저한 격리 조치에 들어갔다. 스티브는 21도의 날씨에도 불구하고 감염의 위험성을 최소화하기 위해 스키 장갑까지 꼈다. 팔꿈치 아래로만 보면 마치 다스 베이더 같았다. 스티브의 말에 따르면, 이번 레베카의 감염은 213호 교실에서 올해만 벌써 여섯 번째 발생한 것이라고 한다. 나는 스티브의 말을 믿어 의심치 않는다. 물론 레베카는 세상에 이런 병 따윈 없으며 자기는 감염되지 않았다고 우기고 있다.

모두가 그렇게 말한다. 감염자들은 하나같이 우리보고 멍청한 소리를 한다면서 입을 삐죽거린다. 하지만 우리는 잘 알고 있다.

레베카는 부정의 단계에 있는 것이다. 지금 레베카의 곁에는 힘이 되어줄 사람들이 필요하다. 그래서 우리는 이미 이 모든 과정을 겪어낸 다른 아이들의 이름을 알려주겠다고 했다.

"너희들 정말 바보구나." 레베카가 말했다.

"우리가 감염자를 정한 게 아니야." 브랜드가 말했다.

브랜드는 말을 잘 지어낸다. 단어를 줄이거나 합쳐서 새로운 말을 만들어내는 재주가 있다. 그중에 '망치다'와 '실패하다'를 합쳐 만든 '망실'이라는 단어는 실소가 날 정도로 시험을 못 봤다는 뜻이다. 또 우리를 괴롭히는 선배 학년이나 우리가 별로 좋아하지 않는 사람들을 일컫는 '버럭이'라는 말도 만들어냈다. 사실 이 부류에 속하는 사람이 많지 않지만, 그래도 명단이 있긴 하다.

"그래서 내가 감염됐다는 거야?"

"숫자는 거짓말을 하지 않아. 여러 가지 검사를 해봤는데 결과가 모두 양성으로 나왔어."

나는 인쇄된 종이를 레베카한테 보여줬다. 사실 인쇄한 것은 아니고, 그냥 이면지에 빨간색 사인펜으로 이것저것 숫자를 끄적거린 것이었다. 그래도 종이 맨 위에 레베카의 이름이 쓰여 있고, 밑에는 빨간색으로 크게 '양성 판정'이라고 적혀 있었다. 종이 모퉁이에 내가 그린 공룡 그림은 손으로 살짝 가렸다. 창피해서가 아니라, 이 사건과는 관련이 없기 때문이다.

"그러니까 이 따위 한심한 종이 쪼가리가 내가 감염됐다는 증거라고?"

"그런 셈이지." 스티브가 팔짱을 낀 채 말했다.

"그렇다면 이 감염 때문에… 죽을 수도 있다, 뭐 그런 말이야?"

레베카는 인생의 절반이 넘는 세월을 학교에서 보냈다. 따라서 이 정도는 기본 상식으로 알아야 한다.

"모두 그렇게 되는 건 아니고… 일부만." 내가 말했다. "감염된 줄도 모르고 계속 지내다가 끝내 증상이 나타나지 않을 수도 있어. 이 병은 인기가 많은 사람들이 걸릴 확률이 높아."

레베카가 이 상상의 불치병에 걸린 사람치곤 지나치게 신중하게 고개를 끄덕였다. 나는 2학년 때부터 레베카를 알았다. 그래서 레베카가 지금 뭔가 일을 꾸미고 있다는 걸 알아챘다. 레베카가 눈을 가늘게 뜨고 발로 땅을 탁탁 찼다. 엄마가 예전에 레베카가 귀엽다고 한 적이 있었다. 그후로 나는 두 번 다시 엄마한테 여자애들에 대해 말하지 않았다.

"그럼 어떻게 전염되는 건데?" 레베카가 물었다.

"주로 신체 접촉에 의해서지." 스티브가 신발을 내려다보며 말했다. 이건 스티브가 잘 모르거나 관심 없는 것에 대해 말할 때 하는 행동이다. "신체 접촉만으로도 병원균이 옮겨질 수 있지만 침에 더 많은 균이 있어. 감염된 사람의 침 1밀리리터만으로도 840만 명의 뉴욕 시민 전체를 감염시킬 수 있어."

그게 사실인지 아닌지 모르겠지만 나도 고개를 끄덕였다. 스티브는 이런 지식과 수치에 빠삭하다. 가끔 스티브가 한 말을 적어뒀다가 집에 가서 검색해보기도 했다. 가령 말벌의 침은 매끈해서 여러 번 적에게 침을 쏠 수 있다거나, 과테말라의 사망 원인 1위가 독감이라거나. 과연 스티브의 말은 틀린 적이 없었다. 스티브와 오랫동안 친구로 지내면서 내가 터득한 사실은 스티브의 말은 의심하는 게 아니라는 것이다. 스티브는 말할 때 마치 똑똑한 과학자처럼 안경을 위로 올려 쓴다. 이건 연기가 아니다. 스티브의 안경은 항상 제자리에 가만히 있질 않는다.

레베카가 우리를 번갈아 쳐다봤다.

"침에 말이지?"

"그래." 브랜드가 대답했다.

"그렇구나… 그럼 내가 이렇게 하면 큰일 나겠네?"

레베카가 혀를 내밀어 손목부터 손가락 끝까지 자기 손바닥을 핥았다. 그리고 우리가 미처 피하기도 전에 그 감염된 손을 스티브의 얼굴에 문질러댔다.

전염병은 바로 이렇게 시작되는 것이다.

스티브가 소리를 질러대며 커다란 스키 장갑에 얼굴을 파묻었다. 하지만 오히려 온갖 군데에 레베카의 균을 묻혀서 상황을 악화시켰다. 브랜드가 스티브를 구해보려 했지만 레베카가 더 빨랐다. 레베카가 손을 뻗어 브랜드의 팔을 낚아챈 뒤 소매를 걷고 팔꿈치에 입술을 갖다 댔다. 마치 수업 시작 전 방귀 소리 대회 때 내는 소리처럼 푸우우우우 하며 침질을 해댔다. 다리에 힘이 풀린 브랜드는 구부정하니 서서 레베카의 축축한 균 덩어리 침 자국을 두려운 듯 바라봤다. 스티브는 허둥지둥 티셔츠로 얼굴을 닦아냈다. 어차피 죽을 목숨인데 아무 소용 없는 짓이다.

레베카가 나를 쳐다봤다.

"크리스토퍼, 이제 네 차례야."

스티브와 브랜드가 역겨움에 얼굴을 찡그린 채 몸부림치는 모습이 보였다. 나도 규칙을 안다. 저 빨간 곱슬머리 생화학 테러리스트의 공격을 받아 마비된 친구가 바닥에 뒹굴도록 놔둔 채 도망가서는 안 된다는 무언의 규칙 말이다. 하지만 레베카는 지독한 애다. 게다가 주근깨도 있다. 내겐 그 주근깨가 레베카의 감염이 악화됐다는 증거로 보였다. 이제 치료 불가의 상태가 된 것이다. 지금으로서는 친구들을 위해 할 수 있는 게 없었다.

그래서 나는 도망쳤다.

나는 운동장을 가로질러 그네와 정글짐 사이로 레베카의 추격을 요리조리 피하며 달아났다. 레베카는 나를 땅에 내동댕이칠 기세로 바짝 뒤쫓았다. 나를 붙잡으면 내 얼굴에 대고 잔뜩 기침을 해댈지도 모른다. 그보다 더 끔찍한 짓을 할 수도 있다. 하지만 레베카는 나를 잡지 못할 것이다. 지금 나는 우사인 볼트고, 치타다. 번개보다도 빠르다. 내 발뒤꿈치에서 흙먼지가 일어 불꽃이 되었다. 그런데 어찌 된 일인지 레베카와 나 사이의 거리가 점점 좁혀졌다. 운동장을 한 바퀴 돈 후, 브랜드와 스티브가 일어서 있는 게 보였다. 기적적으로 치료가 된 건지, 아니면 언제 다시 쓰러져 죽을지 모르는 잠복기인지 알 수 없었다. 스티브와 브랜드는 점점 다가오는 내 뒤로 레베카가 쫓아오는 걸 보고 부리나

케 도망쳤다. 우리 셋은 한창 발야구 중인 아이들 사이를 가로질러 붉은 벽돌로 된 학교 건물 모퉁이를 돌았다.

그러다 빅스비 선생님과 맞닥트렸다.

세상에는 여섯 가지 유형의 선생님이 있다. 내가 이걸 아는 이유는 언젠가 교실에서 쉬는 시간에 친구들과 이런 분류 작업을 한 적이 있기 때문이다.

첫 번째는 좀비 유형이다. 이 선생님들은 루스벨트 대통령 시절부터 아주 오랜 시간 동안 학교에 있는 분들이다. 박물관 영화에서나 볼 법한 빗자루 같은 콧수염이 나 있고, 목소리가 단조로우며 말도 웅얼거린다. 그리고 항상 한 팔에 문제지를 두둑이 들고 다닌다. 이 문제지들은 배움의 과정에서 느낄 수 있는 모든 즐거움을 앗아가기 위해 만들어진 것이다. 하지만 좀비 선생님들의 수업은 원래 재미가 없기 때문에 앗아갈 즐거움도 없다. 이런 유형의 선생님들은 우리 뇌를 파먹진 않지만, 딱히 뇌 성장에 도움을 주는 것도 아니다.

두 번째는 카페인 중독자 유형이다. 브랜드는 이 선생님들을 '쫑알이'라고 부른다. 이 유형은 눈이 늘 빨갛게 충혈되어 있고 손을 벌벌 떠는 특징이 있다. 그리고 항상 어디선가 기념품으로 받은 보온 컵을 들고 다닌다. 좀비 유형과 달리 조그만 탱탱볼 같은 면이 있긴 하지만, 이 유형의 선생님들이 하는 말 역시 알아듣기가 쉽지 않다. 엄청나게 빠른 속도로 쫑알대면서 말을 쏟아내기 때문에 그 말을 듣고 있노라면 마치 벌집 속에 머리를 박고 있는 것 같다. 안타깝게도 스페인어 선생님이 바로 이 유형에 속한다. 선생님의 말을 이해할 수 없을 때가 많지만, 이해할 수 있는 말이라 해도 제대로 알아듣기가 무척 힘들다.

세 번째, 던전 마스터(교도관) 유형. 이 유형의 선생님들은 교내 체벌의 부활을 꿈꾸며 빨간색 경고장을 남발하고 다닌다. 이런 선생님들 기준에서는 독서 시간, 공부 시간, 봉사활동 시간, 점심 시간, 방과 후, 수업 전 할 것 없이 절대 떠들어서는 안 된다. 우리는 그저 자리에 얌전히 앉아 입 다물고 있어야 한다. 미술을 가르치는 매티슨 선생님이 바로 이 유형에 속한다. 미술 시간 내내 우리는 공동묘지에 있는 것처럼 조용히 그림만 그려야 한다. 그렇다고 내가 거기에 특별히 불만이 있는 건 아니다. 미술 시간은 유일하게 집중할 가치가 있는 특별한 시간이기 때문이다. 내가 그리는 그림이라곤 말을 한 마디라도 속닥거린 아이한테 곤봉을 휘두르는 매티슨 선생님의 모습이 대부분이긴 하지만 말이다.

네 번째, 스필버그 유형. 스티븐 스필버그처럼 멋져서가 아니라 수업 시간에 항상 영화를 틀어줘서 그렇게 부른다. 이 유형에도 좀비 스필버그가 있다. 그레덴자 선생님이 바로 그런 경우다. 이 선생님은 언젠가 초파리에 관한 영화를 보여준 적이 있었는데, 징그러운 건 둘째치고 수학을 가르치는 선생님이 대체 왜 이런 영화를 보여주는 건지 이해가 가지 않았다. 그래도 스필버그 유형의 선생님 수업 때는 낙서를 하거나 조는 게 가능하다. 또 문자

메시지도 보낼 수 있다. 단, 던전 마스터에게 아직 핸드폰을 빼앗기지 않았다면 말이다.

다섯 번째는 내가 개인적으로 가장 선호하는 신참 유형이다. 신참은 농장에서 갓 따온 푸릇푸릇한 새싹 같은 선생님들로 과하게 열정적이다. 교실에는 카탈로그를 보고 주문한 형형색색의 새 포스터들이 붙어 있다. 이 선생님들은 초롱초롱한 눈을 하고서 우리가 정답을 말하면 서커스단 물개처럼 박수를 친다. 하지만 이 시기는 그리 오래가지 못한다. 신참들은 꽤 빨리 지쳐 나가 떨어진다. 그렇게 되기까지 걸리는 시간은 1년 혹은 2년 정도다. 그런데 나는 그런 이유가 학생들 때문은 아니라고 생각한다. 다 시스템 탓이다.

마지막 유형은 우리가 흔히 부르는 좋은 선생님이다. 이분들은 학교라는 고문을 견딜 수 있도록 해주는 유형이다. 우리는 좋은 선생님을 만나면 단번에 알 수 있다. 미술 시간이 아닌데도 수업에 집중하는 자신을 발견하게 되기 때문이다. 학년이 바뀌어도 찾아가서 인사하고 싶고, 실망시키지 않고 싶은 선생님이 바로 좋은 선생님이다.

빅스비 선생님처럼 말이다.

처음 빅스비 선생님을 만났던 날이 생각난다. 수업이나 학부모 간담회 같은 행사에서가 아니었다. 정확히 3년 전, 나는 서커스에서 선생님을 처음 만났다.

그때 우리 가족은 그 달의 가족 외출로 서커스를 보러 갔는데, 막대사탕으로 혀를 온통 파랗게 물들인 채 본 공연 전에 하는 사전 공연을 즐기고 있었다. 우리 부모님은 '가족끼리 함께하는 시간을 최대한 갖자'라는 확고한 신념을 갖고 있는 분들이다. 그래서 그렇게 가끔 다 같이 외출하곤 한다.

사전 공연이라 해봤자, 코에 방울만 한 장식을 붙인 광대들이 커다란 빨간색 신발을 신고 돌아다니는 게 거의 다였다. 우리는 저글링을 하는 사람 앞에 멈춰 섰다. 짧은 금발에 핑크색 머리카락이 간간이 보이는 그 연기자는 턱시도를 차려입은 채 능숙하게 볼링 핀 세 개로 저글링을 선보이고 있었다. 묘기에 집중하느라 뺨은 벌게졌고 페인트를 칠한 입술은 옹다물고 있었다. 그런데 연기자가 엄마를 본 순간, 저글링을 멈추고 볼링 핀을 양팔 겨드랑이에 꼈다. 꽤 낯익은 얼굴이었다.

"린다?" 저글링 연기자가 말했다.

"매기?" 엄마가 큰 소리로 외쳤다.

두 사람은 포옹을 했다.

"정말 하기로 한 거예요? 직장 관두고 서커스단에 들어갔어요?"

"가르치는 것보다 수입이 더 좋거든요."

두 사람은 동시에 웃음을 터트렸다.

연기자가 사실 자기는 그냥 아마추어일 뿐이라고 설명했다. 서커스단에서 재주 있는 동네 사람들을 뽑아 관객의 흥을 돋우도록 했다는 것이다.

아빠가 옆에서 기침하며 점잖게 미소를 지었다.

"여보, 여긴 폭스 리지 초등학교의 매기 빅스비 선생님이에요." 엄마가 말했다. "6학년 가르치고 있죠?"

일일 서커스단원으로 변신한 선생님이 고개를 끄덕였다. 선생님의 눈은 갓 돋아난 풀잎처럼 맑은 녹색이었다.

"6학년을 가르치시는군요." 아빠가 엄마의 말을 곱씹었다.

나는 이 선생님을 전에 어디서 봤는지 알아차렸다. 아마 복도에서였을 것이다. 아니면 하교 종이 울리자마자 주차장으로 달려가다가 봤을 수도 있다. 이 선생님은 신참 유형에 속해 보였다. 아니면 큰 눈과 삐뚤빼뚤한 미소로 보아 좋알이일지도. 그때는 우리가 선생님들에 대한 분류 작업을 하기 전이었다.

"린다는 저희 학교 학부모회에서 가장 중요한 학부모님 중 한 분이에요." 빅스비 선생님이 엄마의 어깨를 짚으며 말했다. "금요일 아침마다 가져오시는 그 베이글 빵이 없으면 정말 큰일 나죠."

그러고는 나를 쳐다봤다.

"안녕, 크리스토퍼? 서커스 즐길 준비 됐지?"

나는 선생님이 실제 서커스를 말한 것인지, 아니면 내년 학교생활을 말한 것인지 알 수 없었지만 내 이름을 알고 있는 것에 감동했다. 마치 내가 유명한 사람이라도 된 것 같았다.

"토퍼라고 불러주세요. 아무도 크리스토퍼라고 안 불러요."

적어도 내가 좋아하는 사람들은 그렇게 안 불렀다.

"기억해둘게."

선생님은 그 자리에서 우리 가족을 위해 즉석 공연을 선보였다. 형형색색의 공 다섯 개로 저글링을 했고, 여동생의 귀 뒤에서 동전을 꺼내 보이는 묘기도 보여줬다.

본 공연을 보러 가기 전, 나는 저글링을 가르쳐주실 수 있겠냐고 선생님한테 물었다.

선생님은 2년만 기다려보라고 했다.

그러면 그때 뭔가를 꼭 가르쳐주겠다고 했다.

도망치던 우리 셋은 빅스비 선생님 앞에서 도미노처럼 고꾸라졌다. 우리 때문에 놀랐는지, 선생님이 한 발 물러서서 선서를 할 때처럼 가슴에 손을 얹었다. 그리고 못마땅한 눈으로 우리를 내려다봤다. 하지만 화가 나신 건 아니었다. 혼을 내야 할지, 웃어야 할지 모르겠다는 표정이었다.

"너희들, 뭐 하고 있니?"

다른 아이들이었다면 선생님은 '뭐 하고 있니'를 강조해 물으셨겠지만, 항상 우리에겐 '너희들' 하고 부를 때부터 목소리에 힘이 들어가 있었다. 그건 '또 너희 셋이니?'라는 의미였다.

내가 대답하기도 전에 레베카가 모퉁이를 돌아 우리한테 돌진했다. 우리는 다시 도망치다가 선생님과 또 부딪칠 뻔했다.

"죄송해요." 레베카가 숨을 몰아쉬며 말했다. "제가… 그러니까 저희는….."

"술래잡기를 하고 있었어요."

나는 그렇게 말하며 레베카한테 말을 맞춰달라는 애원의 눈빛을 보냈다. 하지만 뇌까지 감염된 레베카는 혼자만 살겠다고 모든 걸 사실대로 털어놓았다.

"이 거짓말쟁이!" 레베카가 소리 질렀다. "나보고 감염됐다고 했잖아! 그래서 너희들을 쫓고 있었던 거잖아!"

"그러니까 술래잡기랑 비슷한 거잖아." 내가 중얼거렸다.

빅스비 선생님이 고양이 같은 눈으로 나를 뚫어져라 쳐다봤다. 선생님은 이렇게 말없이 눈빛으로 질문하곤 한다. 나는 최대한 차분하게 설명하려고 했다.

"레베카가 저한테 뽀뽀하려고 했어요."

"그런 적 없거든!" 레베카가 소리쳤다.

"내 팔에 침칠했잖아!" 브랜드가 거들었다.

"푸우우우 하고 입술로 소리만 낸 거잖아!"

"내 얼굴도 핥았잖아!" 스티브가 덧붙였다.

이제 빅스비 선생님이 얼굴을 찡그릴 차례였다. 선생님이 확인을 위해 나를 또 쳐다봤다.

"정확히는 레베카가 자기 손에 침을 칠해서 스티브 얼굴에 묻힌 거지만, 추이적 관계에 따라 결국 얼굴을 핥은 것과 다름없어요."

추이적 관계는 올해 빅스비 선생님한테 배운 것이다. 이게 바로 선생님들이 말하는 '지식의 응용'이다. 선생님은 분명 내 말에 놀랐지만 그 사실을 숨기고 있는 것 같았다. 나는 선생님이 속마음을 잘 숨긴다는 걸 안다. 대신 선생님은 언짢은 표정을 지었다.

"나보고 감염됐다면서!" 레베카가 소리 지르면서 발을 굴렀다.

빅스비 선생님이 선생님 한숨을 내쉬었다. 이 한숨은 교사 직위를 취득한 선생님이라면 문밖으로 나서는 순간 모두가 갖추게 되는 기능인 것 같다. 여기에는 분노, 실망, 여름방학을 향한 간절한 열망 등이 섞여 있다.

"레베카한테 감염됐다고 했니?"

우리 셋 모두에게 한 질문이지만 다행히 스티브가 대답했다. 스티브는 언제나 정답을 안다.

"저희가 양성 반응 결과가 나왔다고 알려준 건 맞아요. 하지만 그건 우리 인류를 안전하게 보호하기 위해 말한 거예요. 대의를 위한 거였다고요."

나는 공룡이 그려진 레베카의 가짜 검사 결과지를 건넸다.

"그렇구나." 빅스비 선생님이 말했다. 내가 보기에 선생님은 웃음을 참고 있는 것 같았다. "그리고 레베카가 스티브 팔에 푸우우우우 하고 바람을 불었다고?"

레베카가 고개를 숙였다.

"자, 너희들 모두 잘 들어. 지금부터 내가 너희 부모님이 오래전에 해주셨어야 할 이야기를 해줄 거야."

나는 무슨 말이 나올지 걱정이 돼서 선생님을 바라봤다. 침, 뽀뽀, 세균, 입술로 소리 내기에 관한 이야기를 할 게 분명했다. 나는 초파리에 관한 영화를 생각했다. 제발 내가 생각하는 그런 이야기가 아니길 바랐다.

"너희가 말한 감염은 진짜가 아니란다." 선생님이 목소리를 한 껏 꾸며서 말했다.

스티브는 놀란 듯했다. 나는 스티브가 정말 이걸 몰랐을지 궁금했다.

"이 감염병이 실제로 있었던 적도 있어. 하지만 과학자들이 1994년에 퇴치했단다. 남자애들의 멍청한 장난을 막길 원했던 세 명의 똑똑한 여자가 발견한 백신 덕분이었지."

뭔가를 기다리는 듯 선생님이 나를 봤다.

"그러니까 이제 다들 레베카한테 사과해야지?"

"레베카한테 사과요? 저희를 운동장에서부터 쫓아온 건 레베카예요!"

"그래. 하지만 몇 년만 지나면 제발 너희를 쫓아와주길 바라게 될걸. 일단 오늘은 사과부터 하자. 그리고 더 이상 감염이니 뭐니 하는 가짜 병 이야기는 그만하는 거야."

나는 더 이상 뭐라고 둘러댈 말이 없었다. 사과만이 이 상황에서 벗어날 수 있는 유일한 길이었다.

"미안."

레베카가 나를 쳐다봤다. 빅스비 선생님도 나를 봤다.

나 역시 누구라도 쳐다보고 싶었지만 스티브와 브랜드는 발만 내려다보고 있었다. 그래서 나는 레베카를 쳐다봤다. 그러자 레베카가 더 매섭게 나를 쏘아봤다. 누군가를 그렇게까지 쏘아보는 게 가능한 줄은 미처 몰랐다.

"미안해." 나는 좀 더 분명하게 말했다.

"나도." 스티브가 말했다.

"나도 미안해." 브랜드도 뒤따라 말했다.

빅스비 선생님이 레베카의 귀에 대고 무슨 말을 속삭였고, 곧 레베카가 미소를 지었다. 나는 그 미소에 질투가 났다.

레베카가 우리 셋을 향해 눈썹을 치켜뜨고 경고의 눈빛을 보내더니 운동장으로 달려갔다. 우리도 몸을 돌려 레베카를 따라가려는데, 선생님이 "으흠!" 하고 헛기침하는 소리가 들렸다. 아직 상황이 정리되지 않은 것이다.

우리는 무슨 일이 일어날지 몰라 긴장한 채 다시 몸을 돌렸다.

빅스비 선생님은 즐거워 보이지 않았다. 그렇다고 화나 보이지도 않았다. 선생님은 슬퍼 보였다. 우리가 여기 있다는 걸 잊어버린 듯이 멍하니 있었다. 하지만 선생님이 깊이 숨을 내쉬자 드리워졌던 구름이 걷히는 듯했다.

"상상력은 최고의 선물이라고 늘 말했지만, 너희들의 말과 행동이 주변에 어떤 영향을 끼치는가도 생각해야 해. 알겠지?"

우리는 열심히 고개를 끄덕였다. 좋은 선생님들도 때로는 야단을 친다. 이건 좋은 선생님들에게 주어진 특권이다. 우리를 재미있게 해주기 때문에 이 정도 야단쯤은 칠 수 있도록 우리가 봐주는 것이다.

"우린 우리가 가장한 모습으로 살아가기 때문에 어떤 모습으로 가장할지를 신중히 생각해야 해."

이건 빅스비 선생님의 또 다른 특징이다. 선생님은 항상 이런 짧은 말을 잘 인용한다. 선생님은 이를 '단언'이라고 했다. 선생님이 모아놓은 이런 짧은 문장들 중 일부는 선생님 자신의 것이지만, 대부분은 어디서 빌려온 것이다. 다만 어디서 가져온 건지는 출처를 밝히지 않았다. 선생님은 이런 말을 모든 사람이 알아야 하는 보편적 사실인 것처럼 말했고, 우리는 이걸 '빅스비어'라고 불렀다. 이 역시 브랜드가 만든 말이다.

"어서 가서 손과 얼굴 씻도록. 레베카가 너희가 말한 병엔 안 걸렸지만 다른 세균이 있을지도 모르니까."

우리는 이제 다 혼난 것인지 확실히 하기 위해 몇 초간 그대로 있었다. 그런 뒤 다 같이 고개를 끄덕이고는 문으로 걸어갔다. 나는 건물 안으로 들어가자마자 창문 너머로 빅스비 선생님을 몰래 바라봤다. 선생님이 나를 보지 않을 때, 그렇게 종종 선생님을 훔쳐보곤 한다.

꽈배기 스웨터 차림의 선생님은 벽에 기대서 구겨진 레베카의 검사 결과지를 들고 있었다. 선생님은 운동장에 있는 학생들을 보고 있는 게 아니었다. 미끄럼틀과 그네 너머, 들판과 하늘 그리고 성글게 흩어져 있는 세 점의 구름을 보고 있었다.

그로부터 3주 후, 선생님은 우리한테 그 소식을 전했다.

스티브

우리는 화요일에 그 소식을 들었다. 그날은 비가 내렸다. 창문에는 온통 빗방울이 튀어 있었다. 나는 비를 싫어한다. 비 오는 날 잔디밭을 뛰고 나면 양말목이 온통 흙탕물에 젖는 데다 벌게진 발목이 하루 종일 따끔거리기 때문이다. 그런데 빅스비 선생님은 나랑 생각이 달랐다. 선생님은 비가 멋지다고 했다. 하지만 그건 선생님이 항상 샌들을 신어서 나처럼 양말 젖는 일이 없기 때문일지도 모른다.

선생님은 그날의 모든 수업이 끝난 후에 그 소식을 전하려 하셨지만, 나는 뭔가 일이 생겼다는 걸 알아챘다. 요즘 들어 선생님은 평소와 달랐다. 지난주, 나는 선생님한테 세계에서 가장 위험한 독을 지닌 뱀에 대해 말한 적이 있었다. 그런데 선생님은 멍한 표정으로 내 말에 귀를 기울이지 않았다. 세상에서 가장 위험한 뱀 따윈 전혀 중요하지 않은 것처럼 말이다. 하지만 빅스비 선생님은 원래 이런 이야기에 관심이 많았다. 평소 같으면 분명 흥미로운 이야기라면서 나한테 질문도 했을 것이다. 하지만 그날 선생님은 그저 고개만 끄덕이더니 그만 자리로 돌아가 앉으라고 했다. 그때 나는 뭔가 잘못되었다는 걸 느꼈다.

사실 그 화요일은 모든 게 엉망이었다. 우리는 그날 비 때문에 밖에 나가 놀지 못했다. 점심시간에는 타일러가 내 의자 위에 슬쩍 올려놓은 일회용 케첩을 깔고 앉고 말았다. 그리고 엄마가 샌드위치를 대각선이 아닌 세로로 반을 잘라줘서 빵의 테두리를 피해 먹는 데 애를 먹었다.

그날, 가방을 싸기 20분 전, 빅스비 선생님은 우리를 동그랗게 둘러앉히고 선생님의 병에 대해 말했다. 나는 공책에 단어들을 적으며 철자를 물었다. 췌관선암종. 이따가 집에 가서 정확히 찾아보기 위해 확실히 알아둬야 했다. 선생님이 설명하는 동안 우리는 모두 조용히 앉아 있었다. 이 병은 췌장을 공격하는 암의 일종인데, 선생님은 검사를 받고 사진도 찍었다고 했다. 우리 중 그 누구도 질문을 하지 않았다. 앞으로 힘든 싸움이 되겠지만 빅스비 선생님은 분명 '암을 무찌를' 것이다.

이 소식은 선생님이 이번 학년 끝까지 우리를 가르치지 못한다는 걸 의미했다. 선생님이 언제까지 학교에 나올지도 이미 정해졌다. 다음 주 금요일. 학교에서는 학기가 마무리될 때까지 한 달 동안 수업을 대신 해줄 임시 선생님을 구할 것이다. 나는 유리창

너머, 길가에 발목 깊이쯤 고인 물웅덩이를 물끄러미 바라봤다.

그레이스가 울자 선생님은 그레이스를 안아주며 겁먹을 거 없다고 했다. 토퍼는 암종이 무슨 말인지 모르겠다는 표정으로 나를 봤다. 나는 그날 선생님이 칠판에 적은 인용문도 기억한다.

세상일이 겉으로 보이는 만큼 나쁜 것은 아니다.

분명 우리를 안심시키려고 쓰신 것이겠지만, 그때 선생님은 너무도 차분한 모습이어서 그 소식이 끔찍하지 않은 것처럼 느껴졌다. 교실 맨 뒤에 앉은 브랜드는 아무것도 듣지 못했다. 브랜드는 화가 난 듯 보였다. 사실 브랜드는 늘 화난 것처럼 보인다.

나는 울지 않았다. 선생님은 마음만 먹으면 아까 말한 것처럼 '암을 무찌를' 수 있는 분이라는 걸 알기 때문이다. 빅스비 선생님은 내가 만난 사람 중 가장 똑똑한 사람이다.

참고로, 세계에서 가장 위험한 뱀은 내륙타이판이다. 이 뱀의 독 한 방울이면 100명을 죽일 수도 있다. 하지만 기록을 찾아보니 이 뱀에 물려 죽은 사람은 단 한 명이었다. 빅스비 선생님이 우리한테 소식을 전한 날, 나는 방과 후에 이 이야기를 선생님한테 했다. 선생님은 이 이야기의 교훈이 무엇인지 물었다. 선생님은 항상 나한테 교훈을 물었다. 내가 교훈까지는 생각하지 않는다는 걸 알기 때문이다. 하지만 내륙타이판 이야기의 교훈은 간단히 이렇게 말할 수 있었다.

그럴 수 있다고 해서 꼭 그렇게 되는 것은 아니다. 세상일이 겉으로 보이는 만큼 나쁜 것은 아니다.

선생님이 똑똑하다면서 나한테 하이파이브를 건넸고, 나는 절로 미소가 나왔다. 선생님은 늘 별것 아닌 일도 대단한 것처럼 느끼게 만들었다. 그런 뒤 뒤돌아 코를 풀었다. 이렇게 선생님은 매너도 좋았다.

업적으로 인정받는 것이 중요하다. 이건 아빠가 늘 하는 말이다. '업적'과 '인정'은 우리 부모님이 가장 좋아하는 단어다.

나는 194개 국가의 이름, 수도, 인구, 공용어를 모두 외워서 상을 받은 적이 있다. 지금은 그 수치가 변했을 것이다. 믿기지 않겠지만 그 이후로도 새로운 국가들이 생겨났다. 내가 보기엔 194개도 충분히 많은 것 같은데 말이다.

나는 아프가니스탄부터 짐바브웨까지 국가 이름과 그에 관한 정보를 알파벳 순서대로 외웠다. 짐바브웨의 수도는 하라레다. 하지만 대부분의 사람들은 이런 것에 별 관심이 없다. 2년마다 올림픽 개막식에서 나라별 선수단이 스타디움으로 입장할 때, 나는 다음에 들어올 나라의 이름을 정확히 댈 수 있다. 헝가리, 아이슬란드, 인도, 인도네시아, 이란, 이라크, 아일랜드 등 정말로 전부 다 댈 수 있지만 토퍼는 그러지 않는 게 좋겠다고 했다.

상은 빨간색 리본이었고, 거기에 금색으로 '제13회 십자가 기독교연합 경연대회 특별상'이라고 적혀 있었다. 나는 그날 밤 결승 무대에 오른 최종 3인에 들지 못해서 특별상을 받았다. 리본만 받고 20달러짜리 모바일 기프트 카드는 받지 못했다.

1등은 베토벤을 연주해서 기립박수를 받은 크리스티나 사카타였다. 크리스티나는 20달러보다 훨씬 비싸 보이는 나풀거리는 검은 드레스를 입고 무릎을 굽혀 인사했다. 변명을 하자면 크리스티나는 네 살 때부터 피아노를 쳤고, 나는 겨우 대회 3주 전부터 국가를 외우기 시작했다. 또 크리스티나는 모든 면에서 나보다 나았다. 독서, 롤러스케이트, 요리, 농구(나보다 농구를 못하는 사람을 본 적은 없지만)까지 전부 나보다 뛰어났다. 게다가 피부도 좋고 시력도 정상이었다. 세상 모든 사람이 크리스티나가 완벽하다고 생각하는 것 같다. 적어도 우리 부모님은 그렇게 믿고 있다. 부모님께 크리스티나는 언제나 재능 있는 피아니스트, 타고난 운동선수, 전교 1등, 모범생이다.

인생에서 완벽한 것은 별로 많지 않다. 눈송이는 완벽하다. 레고 조각들이 서로 들어맞는 모습도 완벽하다. 누나는 완벽하지 않다. 하지만 아무리 애써 찾으려 해봐도 그날 밤 누나의 연주에서 나는 단 한 번의 실수도 찾아내지 못했다. 반대로 누나는 내 실수를 쉽게 발견했다. 기립박수가 끝나자 엄마가 나를 돌아보며 나도 잘했다고 말해줬다.

다음 날, 나는 특별상 리본을 학교에 가져가 빅스비 선생님한테 보여드렸다. 그러자 선생님은 순위권에도 못 든 나한테 친구들 앞에서 이 상에 대해 얘기해보라고 했다. 그리고 경연 때 외운 국가와 수도도 다시 발표해보라고 했다. 친구들 가운데 트레버만 웃었는데, 아마 지부티라는 나라 이름이 웃겼나 보다. "찌부

티" 하더니 숨이 넘어갈 듯 자지러지게 웃었다. 선생님이 쳐다보자 트레버는 곧 조용해졌다. 발표를 마치자 반 전체가 박수를 쳤다. 토퍼는 휘파람을 불었다. 토퍼다웠다. 하지만 나는 발표 후 트레버가 브라이언한테 "이상한 애야"라고 말하는 걸 봤다. 트레버의 말소리는 듣지 못했지만, 나는 사람들이 말할 때의 입술 모양을 아주 잘 읽는다. 주변에서 나에 대해 들리지 않게 수군대는 일이 많다 보니 생긴 능력이다.

'이상한 애'라고 불린 것에 그리 신경 쓰이진 않았다. 나는 다른 아이들이 나를 어떻게 부르는지 잘 안다. 착한 아이들은 〈스타워즈〉에 나오는 'C-3PO'(R2-D2와 단짝인 인간형 로봇:옮긴이)라고 불렀다. 착하지 않은 아이들이 뭐라고 부르는지도 안다.

나는 트레버의 말을 못 들은 척 넘겼지만, 빅스비 선생님이 그 말을 들었다. 선생님은 목청을 가다듬어 반 전체를 집중시킨 후 나한테 좋은 발표를 해줘서 고맙다고 했다.

"끊임없이 나를 바꾸려는 세상에서 나 자신의 모습을 간직하는 거야말로 가장 큰 업적이야."

그러고는 나를 보며 미소 지었고, 나도 따라 미소를 지었다. 선생님의 그 말씀이 너무도 마음에 들었다. 나는 선생님이 말한 인용문을 거의 다 외우고 있다.

선생님이 내 리본을 게시판에 붙여놔도 괜찮겠냐고 물었다. 나는 괜찮다고 했다. 집에 가져가면 어차피 방에 있는 양말 서랍 속에 곧장 던져 넣고 다시는 꺼내 보지 않을 테니까. 고작 특별상이라 그런 것도 있지만, 그걸 볼 때마다 1등이 누구였는지 계속 떠오를 게 분명했다. 하긴, 그 리본이 아니어도 1등이 누구인지를 상기시켜주는 것은 이미 많았다. 누나는 트로피와 리본을 정말 많이 받았다. 그걸 모두 진열하기 위해 부모님은 누나 방에 선반장을 하나 더 놓았다. 하지만 적어도 213호 교실에서 이 시간만큼은 누나의 트로피 선반장 같은 건 중요하지 않았다.

세계 모든 국가의 수도와 인구를 외우기까지는 시간이 꽤 걸린다. 빅스비 선생님은 그 노력을 인정해주신 것이다. 선생님은 미국의 주도(州都)를 모두 외우고 있다. 선생님들은 학생들에게 주도를 외우게 하지만, 사실 채점할 때는 선생님들도 답안지를 본다. 하지만 빅스비 선생님은 정말로 모든 주도를 알고 있다.

내가 빅스비 선생님한테 퀴즈를 낸 적이 있었다. 빅스비 선생님은 전직 대통령들도 모두 알았다. 다만 태양계 행성에 대해서는 완벽하게 알지 못했다. 선생님은 금성의 지표면이 수성보다 뜨겁다는 걸 몰랐다. 천문학에 대한 복습이 필요하신 것 같다는 내 말에 기분이 상한 듯, 선생님은 내가 모르는 걸 자신은 알고 있을 수도 있다고 말했다.

나는 그럴 일은 아마 없을 거라고 답했다.

그러자 선생님이 레드 제플린의 리드 싱어가 누구냐고 물었다. 나는 제플린 비행선은 당연히 무게 때문에 리드(납)로 만들 수 없다고 답했다. 선생님은 "상황 끝"이라고 했다.

레드 제플린은 록 밴드 이름이다. 지금은 나도 이걸 알고 있다.

물론 찾아봤기 때문이다. 이 밴드의 가장 유명한 노래는 어떤 여자에 관한 곡인데, 천국으로 가는 계단(stairway to heaven)을 사서 쇼핑을 하려 한다는 내용이다. 이 노래는 길이도 무려 8분이나 되고 가사도 이상했다. 하지만 선생님의 말이 증명된 셈이긴 했다. 선생님이 어떤 부분에 대해서는 나보다 더 잘 아시는 것 같다.

빅스비 선생님이 게시판에 내 리본을 달아주신 그날 오후, 트레버는 "이상한 애"라고 말한 것 때문에 쉬는 시간 10분을 날리게 됐다. 나는 그 말에 상처 받지 않았지만, 벽 앞에 서서 벌 받는 트레버의 모습을 보는 게 꽤 괜찮았다. 업적을 인정받는 것은 중요한 일이다.

빅스비 선생님이 우리와 학년을 끝까지 마무리하지 못한다고 말씀하셨던 날, 나는 집에 가자마자 양말 밑에서 특별상 리본을 꺼내 봤다. 리본 가운데는 접힌 자국이 생겼고, 실은 해져 있었다. 하지만 리본은 여전히 매끈하고 보드라웠다.

아래층에서 누나가 새로 배운 꽤 어려운 피아노 곡을 연습하는 소리가 들렸다. 나는 침대에 앉아 손에 든 리본을 보면서 토퍼, 빅스비 선생님, 노래, 췌관선암종, 아직 내가 모르는 것들, 그리고 어쩌면 알고 싶지 않은 것들에 대해 생각했다. 누나가 화를 내고 툴툴거리면서 쿵쾅쿵쾅 피아노 건반을 때리는 소리가 들렸다. 보통 때였다면 나는 저 소리에 웃음이 났을 것이다.

브랜드

우리는 직접 친구를 고를 수 있고 코도 팔 수 있지만, 친구의 코는 파줄 수 없다. 이건 아빠가 한 말이다. 그런데 꼭 그런 것만은 아니다. 두 번째 부분은 당연히 맞는 말이지만 마지막 말은 틀렸다.

언젠가 스티브의 콧구멍 부근에 딱딱한 코딱지가 붙어 있었다. 독서 시간이라 모두들 책에 얼굴을 파묻고 있었지만 나는 도저히 집중할 수가 없었다. 책상 너머로 보이는 스티브의 코딱지에 계속 눈이 갔다. 나는 스티브한테 "야, 너 거기… 코끝에… 뭐 묻었어" 하고 속삭이듯 말해줬다. 스티브가 손가락으로 코를 살짝 튕기듯 문질렀다. 하지만 코딱지는 풀로 붙인 듯이 붙어 있었다. 스티브는 신경 쓰지 않는 것 같았다. 코를 쿵쿵거리고 어깨를 으쓱해 보이더니 다시 책으로 고개를 돌렸다. 그래서 나도 다시 책을 봤지만, 사이사이 고개를 들 때마다 코딱지가 눈에 들어왔다. 푸르스름한 잿빛의 그 코딱지는 용암처럼 분출한 콧물이 시간이 지나면서 굳어버린 것이었다. 나는 스티브를 조용히 불러 다시 코를 가리켰다. 스티브는 코를 문질러보기도 하고 풀기도 했지만, 코딱지는 여전히 그대로 있었다. 왜 그런지 몰라도 그 코딱지가 너무나 거슬렸다. 꼭 따끔거리는 입천장을 계속해서 혀로 건드릴 때처럼 말이다. 결국 나는 책상 건너편으로 손을 뻗어 손톱으로 그 코딱지를 떼서 바닥에 튕겨버렸다.

내가 너무 세게 코를 긁은 건지, 아니면 그 코딱지가 하필 코털에 붙어서 털까지 같이 뽑힌 건지, 스티브가 소리를 꽥 지르면서 내 손을 쳤다. 눈가에는 재채기를 심하게 한 것처럼 눈물이 맺혀 있었다.

빅스비 선생님이 무슨 일이냐고 물었다. 나는 선생님한테 스티브의 코딱지를 제거하는 걸 도와준 것뿐이라는 해서는 안 될 말을 하고 말았다. 반 아이들이 "우웩!" 소리를 내며 잔뜩 얼굴을 찡그렸다. 선생님은 아이들을 향해 자기 코딱지는 자기가 직접 파야 한다고 했다. 그리고 코딱지를 남의 머리로 튕기거나 책상 밑에 붙이거나 공처럼 뭉쳐서 갖고 놀지 말고 조용히, 깨끗이 처리하라고 했다. 이 말에 아이들이 또 탄식을 내뱉었다.

스티브가 여전히 눈물이 그렁그렁 맺힌 눈으로 나를 쳐다봤다.

"고마워할 거 없어." 내가 말했다.

실제로 스티브는 고맙다고 하지 않았다. 어쨌든 이 사건은 내가 하려는 말을 증명해준다. 우리는 친구의 코도 파줄 수 있다. 하지만 할 수 있는 것과 해야만 하는 것에는 분명 차이가 있다.

아빠가 한 말에서 내가 궁금했던 점은 사실 이 부분이 아니다. 나는 앞부분이 궁금했다. 친구에 대한 부분 말이다. 내가 생각했을 때는 이 부분도 완전히 맞는 말은 아닌 것 같기 때문이다. 나는 스티브와 토퍼를 고르지 않았다. 스티브와 토퍼가 나를 고른 것도 아니다. 어쩌다 보니 그 애들과 어울려 다니고 있었다. 그리고 시간이 흘러 마치 굳어버린 콧물처럼 딱 달라붙어 다니게 된 것이다.

우리는 공통점이 별로 없다. 물론 우리 셋은 비디오 게임을 좋아하고 같은 동네에 산다. 또 피자를 일주일에 적어도 두 번은 시켜 먹어야 한다고 생각한다. 하지만 이 정도의 공통점은 우리 학교 남학생들 거의 모두에게 해당될 것이다. 어쩌면 나는 이 둘보다 나머지 아이들과 더 공통점이 많을지도 모른다.

우선, 스티브는 코딱지가 있건 없건 보증된 천재다. 스티브의 기억력은 정말 엄청나다. 링컨의 게티즈버그 연설을 달달 외우고 지금까지 발명된 모든 트랜스포머의 이름과 통계 정보를 안다. 그리고 수학도 굉장히 잘한다. 나는 아직까지 나눗셈에서 헤매고 있는데 스티브는 대수도 이미 다 알고 있다. 스티브의 머릿속은 숫자, 통계, 책 이름, 세계 기록 등으로 가득 차 있다. 나는 이따금 스티브가 사이보그는 아닐까 하고 생각한 적도 있다.

토퍼 역시 천재과다. 아인슈타인 같은 천재는 아니지만 창의적인 면에서는 분명 뛰어나다. 토퍼는 나보다 훨씬 글을 잘 쓰고 그림은 말할 것도 없다. 토퍼의 머릿속에는 학교 도서관에서 찾아볼 수 있는 책보다 더 많은 이야기가 들어 있다.

나는 천재가 아니다. 그림도 잘 못 그린다. 몬태나 주의 주도가 어디인지도 모른다. 나는 사실 잘하는 게 없다. 축구도, 야구도, 럭비도. 테니스 캠프에서는 고생만 하다 왔다. 내 노력과 상관없이 모든 과목의 성적은 B나 C를 받는다. 요리는 조금 하는 것 같지만, 해야만 하기 때문에 하는 것뿐이다. 나는 꽤 맛있는 오믈렛을 만들 수 있다. 하지만 전자레인지에 부리토를 하나(아빠가 배고프다고 하면 두 개) 데워 먹는 편이 더 간단하다.

우리는 한 꼬투리 속 콩들처럼 서로 닮지 않았다. 때로는 그저 점심 먹을 자리가 필요했던 것뿐일 수도 있다.

나는 작년에 조그만 집으로 이사 오면서 폭스 리지 초등학교로 전학했다. 아빠의 장애 수당으로는 우리가 살던 집을 감당할 수 없었다. 게다가 그 집은 계단이 너무 많고 1층에 욕실이 없었다. 그래서 이사를 했고, 자연스레 학교도 옮겼다.

학교에 간 첫날, 나는 구내식당 문 앞에서 아이들이 빼곡히 들어찬 식탁을 둘러봤다. 100여 명의 아이들 사이로 앉을 자리를 찾았다. 토퍼와 스티브가 앉아 있던 식탁에 빈 의자가 있었다. 둘은 토퍼의 스케치북에 얼굴을 파묻고 그림을 보고 있었다. 내가 바로 앞으로 갈 때까지 둘은 나의 존재를 전혀 알아차리지 못했다. 자리가 비었냐고 물었더니 토퍼는 비었다고 했고, 스티브는 아무 말도 하지 않았다. 그렇게 시작된 것이다.

아빠 말대로 내가 스티브와 토퍼를 고른 것일 수도 있다. 하지만 단순히 거기 말고는 달리 앉을 데가 없었기 때문일 수도 있다.

빅스비 선생님도 내가 고른 것은 아니다. 그냥 운이 좋았다. 그런 것 같다. 아니면 선생님이 나를 고른 것일 수도 있다. 그런데 그건 아닌 것 같다. 학년 초에 학생들을 어떻게 반에 배정하는지는 잘 모르겠다. 하지만 분명한 건 선생님들이 모두 모여 학생 명단을 놓고 피구 주장들이 선수를 하나씩 고르는 것처럼 선택하진 않을 거라는 점이다. 만일 그랬다면 나는 제일 마지막에 뽑혔을 것이다. 말썽꾸러기라서가 아니라 별로 눈에 띄지 않는 학생이기 때문이다. 어쩌면 운명이라 할 수도 있지만 나는 그렇게 생각하지 않는다. 삶은 정해진 대로 살게 되는 것이라고 믿기 시작하면 우리는 누구도 답해줄 수 없는 질문들을 하게 될 것이다.

6학년 담임선생님이 빅스비 선생님이란 걸 알았을 때 나는 아찔할 만큼 안심이 되었다. 토퍼와 스티브도 빅스비 선생님 반이 되었기 때문이다. 새 학교에서 거의 1년을 보냈는데도 내 친구는 토퍼와 스티브밖에 없었다. 맥켈로이 선생님도 6학년 담임을 맡게 되었다. 40대의 대머리 던전 마스터(토퍼의 분류에 따르면)로, 역겨운 담배 냄새와 바닐라 향 방향제 냄새를 풍기며, 마주치는 모든 사람에게 얼굴을 찡그린다. 6학년에 올라가는 학생들은 전부 빅스비 선생님이 담임이 되길 바랐다. 빅스비 선생님은 여러

가지 이유로 이미 유명했다. 선생님의 핑크색 머리는 여자애들에 겐 놀림의 대상이자 동경의 대상이었다. 선생님은 겨울방학 동안 한 일에 대해 글로 쓰는 대신 영상으로 만들어 오도록 했다. 또 핼러윈이 끝난 후 남은 사탕바구니를 몰래 가져와서는 학생들에게 사탕을 나눠주기도 했다. 그리고 학급 애완동물로 비단뱀을 키웠는데, "우리 반 동물은 맥켈로이 선생님네 반 동물을 아침으로 잡아먹을 수도 있단다"라고 슬쩍 말하기도 했다. 사실 그건 맞는 말이다. 맥켈로이 선생님 반의 '자바'는 사마귀처럼 등에 갈색 혹이 볼록하게 있는 두꺼비다.

이것 말고도 빅스비 선생님에 대한 이야기는 더 있다. 빅스비 선생님은 책을 읽어주는 시간이면 항상 〈호빗〉(영화로도 유명한 J. R. R. 톨킨의 판타지 소설:옮긴이)을 고르고, 캐릭터마다 다른 목소리를 내며 읽어주신다. 선생님은 늘 다정한 편이지만 엄격할 땐 꽤 엄격하다. 또 사이사이 똑똑함을 뽐내기도 한다. 하지만 가장 중요한 건 학생들의 말을 들을 때는 온전히 그 얘기에만 집중한다는 것이다. 다른 선생님들은 학생들이 얘기하면 교실을 여기저기 쳐다보기 일쑤인데, 빅스비 선생님은 두 눈을 학생에게 고정하고 학생이 하고 싶은 말을 다 할 때까지 기다려주신다.

물론 당시에는 이런 건 아무래도 상관없었다. 나는 토퍼, 스티브와 같은 반이 되었다는 사실에만 온통 정신이 팔려 있었다. 친구들과 같은 반이 된 것이 케이크라면, 빅스비 선생님은 케이크의 크림 정도였다.

그때만 해도 나는 나와 선생님 사이에 어떤 일이 일어날지 전혀 상상도 하지 못했다.

원래는 파티를 열 계획이었다. 하지만 파티가 취소되면서 문제가 생겼다. 만일 파티를 했다면 나는 빅스비 선생님한테 해야 할 그 말을 할 수 있었을 것이다. 만일 파티가 열렸다면, 가슴 한가운데서부터 나를 갉아먹고 있는 이 구멍도 생기지 않았을 것이다. 교실에 들어갈 때마다 선생님이 마지막으로 적어놓은 그 인용문을 봐도 속이 메슥거리지 않았을 것이다. 그 인용문은 오롯이 나를 위한 것이었다. 빅스비 선생님 대신 새로 온 선생님이 그 인용문을 지우려고 했지만 내가 막았다. 나는 그 문장이 어느 책에 나오는 것인지도 알고 있다.

파티는 '일종'의 송별회였다. 빅스비 선생님이 분명 돌아온다고 하셨기 때문이다. 언젠가는 분명 돌아오실 테니까, 이것은 다시 만날 때까지 잠깐 동안의 이별일 뿐이었다. 파티는 금요일 점심시간에 열릴 예정이었다. 그날은 선생님이 공식적으로 학교에 나오는 마지막 날이었다. 선생님은 반 전체를 위해 피자를 주문하기로 했다. 매켄지 엄마는 컵케이크도 준비해주기로 했고, 음료수는 밸런타인데이 때 남은 주스로 준비할 생각이었다. 방과 후에는 교사 휴게실에서 교직원들이 모여 커피를 마시며 빅스비 선생님과 작별 인사를 나누는 시간을 가질 것이었다. 하지만 이 파티는 우리를 위한 것이었다.

파티는 열리지 못했다.

빅스비 선생님이 마지막으로 학교에 오는 날을 딱 4일 남겨둔 그 주 월요일, 교실에서 우리를 맞이한 사람은 빅스비 선생님이 아니었다. 바로 맥네어 교장선생님이었다. 교장선생님은 남색 정장을 입었고 검은 머리를 말아 올렸다. 눈 밑에는 검푸른 다크서클이 있었다.

"미안하구나, 얘들아. 안타깝게도 빅스비 선생님이 오늘 못 나오시게 됐다. 아무래도 선생님은 이번 학기가 끝날 때까지 못 돌아오실 것 같구나."

내 옆에 있던 바보 같은 스웨터 차림의 카일이 불쑥 소리쳤다.

"선생님이 돌아가셨어요?"

나는 카일을 노려봤다. 뒤집어놓은 전구처럼 생긴 저 코를 흠씬 두들겨 패서 납작하게 만들어주고 싶었다.

교장선생님이 심장마비라도 온 것처럼 얼굴을 일그러트렸다.

"이런, 세상에나!" 교장선생님이 목이 메어 말했다. "돌아가신 게 아니야. 빅스비 선생님은 단지 몸이 좀 안 좋으신 것뿐이란다. 우리도 선생님이 좀 더 휴식을 취하면서 치료에 전념하는 게 낫다고 생각했어."

한숨 소리가 여기저기서 터져 나왔다. 대부분은 빅스비 선생님 때문이었겠지만, 그중에는 파티를 못 하게 돼서 실망한 아이들도 있었을 것이다. 나는 그 아이들을 향해 소리를 지르고 싶었다.

"빅스비 선생님은 학교에 마지막 날까지 나오겠다고 하셨지만,

우리가 쉬어야 한다고 해서 결국 이런 결정이 내려진 거야. 선생님이 오늘 이 자리에 못 나온 대신, 여러분을 위한 영상 메시지를 준비하셨어."

교장선생님이 전자칠판을 작동시키기 위해 돌아서서 빅스비 선생님의 컴퓨터를 만지작거렸다. 마우스를 움직이자 스크린이 켜지면서 빅스비 선생님의 모습이 나타났다.

선생님은 지난주 금요일과 크게 달라 보이지 않았다. 방금 잠에서 깬 듯 눈이 초롱초롱하진 않았지만, 선생님 특유의 미소를 짓고 있었다. 우리가 무슨 꿍꿍이인지 다 꿰뚫어보는 듯한 미소 말이다. 나한테도 몇 번 보여주셨던 그 미소….

"안녕, 얘들아."

영상 속 선생님이 귀 뒤로 넘긴 핑크색 머리카락을 만지작거리며 말을 시작했다. 선생님 얼굴이 화면을 한가득 채웠다.

"갑자기 이렇게 떠나게 돼서 미안. 그런데 교장선생님이 내가 여러분한테 병을 옮길까 봐 걱정되셨는지 더 이상 학교에 나오지 말라고 하셔서 말이야."

"그건 절대 사실이 아니란다." 당황한 교장선생님이 속삭였다.

하지만 우리는 빅스비 선생님의 말을 마저 듣기 위해 "쉿!" 하고 교장선생님의 말을 막았다.

"그래서 어쩔 수 없이 예상보다 일찍 휴식을 갖게 됐단다. 이제 난 해먹에 누워 재미있는 책도 읽고 민트 차도 마시면서 그동안 못 한 일들을 할 생각이야. 물론 건강도 회복할 거야. 하지만 떠나기 전에 너희들 모두에게 내가 얼마나 우리 반 친구들을 자랑스러워하는지 말해주고 싶었어. 너희들을 만나서, 그리고 너희들의 생각이 성장하는 걸 옆에서 지켜볼 수 있어서 행복했어. 내가 너희들을 통해 배운 것만큼 너희들도 나한테서 많이 배웠기를 바랄 뿐이야."

영상 속 선생님이 잠시 말을 멈추고 아래를 봤다. 그러다 다시 고개를 들고 말을 이어 나갔다.

"선생님은 내년에 학교로 돌아갈 거야. 그러니까 너희들 모두 선생님 보러 와야 해. 하기로 했던 그 파티도 꼭 해야지. 그동안 교장선생님과 새로 오실 선생님 말씀 잘 듣고 있어. 선생님한테 최고의 반이 돼줘서 고마워. 그리고 선생님이 생각날 때는 꼭 웃어줘. 우는 것보단 차라리 잊어버리는 게 낫거든. 꼭 다시 보자."

화면이 멈추자 교장선생님이 컴퓨터 쪽으로 몸을 숙였다. 빅스비 선생님의 모습이 순식간에 사라졌다. 한동안 아무도 움직이거나 소리를 내지 않았다. 카일마저도 이번만큼은 그 수다스러운 입을 다물었다.

마침내 사라가 조심스럽게 손을 들었다.

"그럼 〈호빗〉은요?"

사라의 말이 무슨 뜻인지 모르는 교장선생님이 "무슨 호빗?" 하고 되물었다.

"빅스비 선생님이 점심시간 후에 항상 읽어주셨거든요. 이제 딱 스무 쪽만 더 읽으면 되는데." 사라가 선생님 책상에 놓인 양장본

책을 가리키며 설명했다. "이번 주에 책을 다 읽어준다고 하셨어요. 어떻게 끝나는지는 알아야 하잖아요."

교장선생님이 어색한 미소를 지었다.

"새로 오시는 선생님이 끝까지 책을 읽어주실 거야."

"그 선생님도 빅스비 선생님처럼 읽어주시나요?" 카를로스가 물었다.

"맞아. 빅스비 선생님처럼 목소리 연기도 해주시나요?"

"오리 연못 현장학습은 어떻게 해요? 빅스비 선생님이 목요일에 데려가주신다고 했어요."

"산호초 단원도 아직 다 못 배웠어요."

"이번 학기가 끝나기 전에 빅스비 선생님이 돌아오실 수도 있어요?"

"파티 때만이라도 빅스비 선생님이 오시면 안 돼요?"

질문들이 빗발치기 시작했다. 아이들의 목소리가 한데 섞여 순식간에 교실이 시끌벅적해졌다.

나는 손을 들지 않았다. 교장선생님은 어차피 내 질문에 답을 하지 못할 테니까. 토퍼와 스티브도 손을 들지 않았다.

교장선생님이 지친 기색으로 아이들을 하나하나 쳐다봤다. 그러더니 한 손으로 이마를 짚으며 황급히 문밖으로 나가버렸다.

우리는 빈 화면, 끝까지 읽지 못한 책, 그리고 너무도 많은 질문 속에 덩그러니 남겨지고 말았다.

나는 천재가 아니다. 하지만 내가 잘 아는 게 하나 있다. 빅스비 선생님은 올해 돌아오시지 못한다. 나는 병원, 의료 절차, 회복 기간 같은 것들에 대해 조금 아는 바가 있다. 가끔은 상대가 듣고 싶어 하는 말이나, 혹은 진실의 일부만 말하는 게 나을 때도 있다.

진실과 진실 모두를 말하는 것에는 차이가 있다. 빅스비 선생님이 아프셔서 학교를 떠난 것은 진실이다. 하지만 진실을 다 말하자면 내가 선생님한테 꼭 해야만 하는 말이 있다. 선생님도 이미 다 알고 계신 것이지만, 잊어버리셨을 수도 있기 때문에 내가 그 말을 직접 해야 할 것만 같았다. 내가 그랬던 것처럼 선생님도 꼭 들으셔야 하는 이야기.

이 말의 뜻은, 나는 무슨 수를 써서라도 선생님을 보러 가야만 한다는 것이다.

토퍼

날짜: 5월 7일, 금요일.

시간: 아침 7시 30분.

장소: 학교 버스 하차장 남쪽의 수풀 근처.

특수요원 스티브와 나는 적 진영에 숨어들었다. 버스 하차장 이상 무. 적들의 순찰 조짐은 어디에도 보이지 않았다. 스티브 요원은 카라트 멀티툴, 펜치, 가위, 필립스 일자 드라이버로 무장했다. 나는 집을 나설 때면 항상 챙기는 스케치북과 건포도 박스를 들고 나섰다. 건포도는 거의 다 먹어서 얼마 없었다. 바람이 매서웠고 매연과 갓 베어낸 풀 냄새가 났다. 예정 시간보다 이미 5분이나 지체되었다.

"브랜드 요원은 대체 어디 있는 거야?"

"그걸 내가 어떻게 알아?" 스티브 요원이 말했다.

"버스 번호는 알아?"

"그것도 모르지."

"네가 모르는 게 어디 있어!"

"몇 번 버스를 타는지는 나도 몰라! 브랜드 집에 가본 적도 없는걸!"

나는 어깨를 으쓱하고는 추궁을 멈췄다. 스티브 말이 맞다. 우리는 브랜드의 집에 가본 적이 없다. 우리가 안 가고 싶어서가 아니라 초대받지 못했기 때문이다. 브랜드는 1년 동안 스티브와 우리 집을 골백번도 넘게 드나들었다.(카펫을 엉망으로 만들까 봐 스티브의 집에서는 뛰어놀 수 없기 때문에 대부분 우리 집에서 놀았다. 또 우리 부모님은 항상 바빠서 내가 친구들과 뭘 하는지 크게 신경 쓰지 않았다.) 브랜드는 아빠가 손님이 오는 걸 안 좋아해서 우리를 초대할 수 없다고 했다. 어느 무리에서건 가지 않게 되는 친구네 집이 있기 마련이다. 더군다나 나는 브랜드의 아빠에 대해 들은 적이 있었다. 브랜드의 아빠가 겪은 사고에 대해서도 모두 알고 있었다. 그렇다 보니 브랜드의 집에 가고 안 가고는 나한테 그리 중요한 일이 아니었다.

"5분 후에도 브랜드가 오지 않으면 없었던 일로 하자." 스티브가 초조한 듯 나를 보며 말했다.

"작전을 포기하고 그냥 학교로 돌아가자는 거야?"

스티브가 어깨를 으쓱해 보였다.

나는 조심스럽게 나뭇가지들을 헤치면서 울타리 밖을 살폈다.

학교는 평소와 다를 바 없었다. 스쿨버스가 아이들을 무더기로 실어 날랐고, 무기력한 좀비 부대는 발을 질질 끌며 줄을 맞춰 파란색 정문 안으로 들어갔다. 아는 얼굴이 많이 보였지만 내가 찾는 그 얼굴은 없었다. 브랜드 요원은 행방불명 상태다.

"거봐, 내가 좋은 생각이 아니라고 했잖아." 스티브가 말했다.

나는 스티브를 노려봤다. 하지만 스티브 말이 맞을지도 모른다. 이 작전은 이미 '쫑'났다. 이것도 브랜드가 만든 말이다.

원래 우리의 작전은 이게 아니었다. 우리는 계획을 미리 짜두고서 토요일에 실행할 예정이었다. 부모님들에겐 셋이서 공원에 가서 프리스비를 하고 놀 거라고 둘러댈 생각이었다. 처음부터 이렇게 학교를 빠질 계획은 아니었다. 물론 그 계획은 두 명의 고위급 간부로부터 핵심 정보를 엿듣기 전의 것이었다. 우리는 엿들은 그 정보에 따라 계획을 수정해야만 했다.

"나, 토할 것 같아." 스티브가 배를 움켜쥐며 말했다.

하지만 그건 우리가 처한 상황을 극적으로 연출하기 위한 행동일 뿐이다. 나는 지금껏 스티브가 토하는 걸 딱 한 번 봤다. 롤러코스터를 타고 내려올 때였다.

"정신 차리게, 스티브 요원."

나는 터프가이처럼 말하며 스티브의 등을 쳤다. 하지만 나도 토할 것만 같았다. 우리는 한 번도 학교를 빠져본 적이 없다. 그건 규칙에 어긋나는 행동이다. 학교를 빠진 게 들통 나면 우리는 교장선생님 앞에서 군사재판을 받고 감옥에 가게 될 것이다. 만일 죄가 모두 밝혀지면 처형될 수도 있다. 적어도 스티브는 처형당할 것이다. 스티브의 부모님은 아주 엄격하다. 해병대 훈련 교관과 수녀님을 합쳐놓은 것 같은 모습이다. 스티브의 부모님이 스티브가 학교를 빠진 걸 안다면 어떤 일이 일어날지 상상도 하기 싫다.

"아직 늦지 않았어." 스티브가 말했다. "아직 버스에서 애들이 내리고 있잖아. 마지막 종이 치기 전에 들어가면 다 괜찮을 거야."

나는 얼굴을 찡그리며 입안에 한 줌 남은 건포도를 털어 넣었다. 건포도를 우걱우걱 씹으면서, 혹시라도 적진에서 고립될 때를 대비해 건포도를 좀 남겨놨어야 하는 건 아닌가 하는 생각이 들었다.

"어차피 브랜드 없인 가지도 못해. 브랜드가 담요 가져오기로 했잖아." 스티브가 덧붙였다.

그건 맞는 말이다. 담요는 브랜드 요원한테 있다. 우리는 전날 밤 짐을 배분했는데, 브랜드는 담요 담당이었다. 나는 길을 가는 방법을 알아보고 지도와 종이 접시를 챙겼다. 스티브 요원은 음악을 준비했다. 작전을 수행하기 위해 필요한 자금은 셋이 합쳐 마련하기로 했다. 그래서 나는 가방에 커다란 동전 봉투를 들고 왔다. 그리고 이 작전에 꼭 필요한 다른 준비물들은 가는 길에 사기로 했다. 그게 우리의 계획이었다.

"담요는 없어도 돼." 내가 말했다.

담요는 꼭 필요한 게 아니다. 담요가 없으면 잔디에 앉으면 그만이다.

우리에게 필요한 건 브랜드 요원이다.

어쨌든 이건 모두 브랜드 요원이 낸 아이디어이기 때문이다.

브랜드의 아이디어였지만 새로 온 선생님 때문에 시작된 것이기도 했다. 이 임시 선생님은 우리와 한 주를 보냈다. 선생님의 이름은 브라운리였다. 선생님은 자기 이름이 브라우니와 비슷한 발음이라고 했지만, 내가 보기엔 선생님의 조상님이 어떤 걸로 정해야 할지 몰라서 결국 두 개의 성을 합쳐 만든 이름 같았다.

브라운리 선생님은 좋은 분이지만 괴팍한 면이 있고, 다른 선생님들처럼 남의 이야기를 하는 걸 좋아했다. 학교 복도는 선생님들끼리 '어떤 사람'이 '다른 사람'한테 뭐라고 했는지 수군거리는 소리로 단 10초도 조용할 틈이 없다. 하지만 브라운리 선생님은 함께 남의 이야기를 할 사람이 없는 관계로 213호 교실 아이들에게 그 남의 이야기를 털어놓았다. 선생님은 학교에 출근한 월요일부터 자기가 알고 있는 걸 모두 말했다. 선생님 말에 따르면, 빅스비 선생님은 집 뒷마당에서 소설책을 읽으며 차를 마시는 게 아니라 병원에 있다고 했다. 예상보다 일찍 '정밀 치료'를 받는 바람에 병원에 한동안 있게 되었다고 한다. 몇 주 동안이나 말이다. 그 이야기를 듣고 브랜드의 얼굴이 새하얗게 질렸다.

우리는 한동안 조용히 있었다. 잠시 후 수잔이 말했다.

"빅스비 선생님께 드릴 카드 만들어요."

브라운리 선생님은 좋은 생각이라고 말했다. 그래서 우리는 개학 후 첫 주를 제외하고 한 번도 쓰지 않은 색도화지와 풀을 꺼내서 초상화와 별 볼일 없는 시를 적고 빅스비 선생님의 쾌유를 바라는 24개의 카드를 만들었다. 스티브의 카드는 약간 이상했다. 카드 내용 칸에는 빅스비 선생님이 먹어도 될 음식과 먹으면 안 되는 음식 목록이 한가득 적혀 있었다.(브로콜리는 먹어도 되고 치킨은 먹으면 안 되는 걸 보니 빅스비 선생님이 더 안쓰럽게 느껴졌다.) 나는 〈호빗〉의 한 장면을 그렸다.

우리는 카드를 갈색 봉투에 담았다. 브라운리 선생님은 행정실에 전화해서 빅스비 선생님이 있는 병원 주소와 병실 호수를 받아 적었다. 스티브가 나서서 행정실로 봉투를 갖다 주고 오겠다고 했다. 녀석은 가는 길에 병원 주소를 외웠다. 외우는 건 스티브의 특기 중 하나다. 스티브가 돌아오자 브라운리 선생님은 어떻게든 분수와 나눗셈을 가르치려 했지만, 아무도 집중하지 않고 있다는 걸 알고는 포기했다. 우리는 모두 병원에 있는 빅스비 선생님을 생각했다. '정밀 치료'가 뭘 말하는 건지도 생각했다.

우리가 계획을 짠 건 쉬는 시간이 되어서였다. 나랑 스티브가 한창 흙장난을 하고 있는데, 정글짐에 매달려 있던 브랜드가 우리를 보더니 갑자기 이렇게 말했다.

"우리가 가야 해."

나는 흙장난을 멈추고 브랜드를 올려다봤다.

"백화점에? 달에? 침대에? 어디를 가자는 거야, 셰익스피어 양반?"

나는 브랜드가 말을 잘 만들어내서 셰익스피어라고 부르곤 했다. 우리는 올해 셰익스피어에 대해 배웠다. 셰익스피어는 말을 잘 만들어냈고 시를 쓰기도 했다. 하지만 무엇보다 대머리를 감추기 위해 머리를 올려 빗을 필요가 있는 사람이었다.

"병원에," 브랜드가 우리를 내려다보며 말했다. "빅스비 선생님을 보러. 난…" 그러고는 입술을 핥더니 깊은 한숨을 쉬었다. "우리가 가는 게 선생님께 의미 있는 일이 될 것 같아."

"우리가 병원에 가도 되는 건지 모르겠네." 스티브가 목을 긁으며 말했다. "반 전체가 어떻게 가?"

"반 전체를 말한 게 아니야. 우리끼리 가자는 거야. 우리 셋이서만."

"우리 셋이서만?"

스티브는 이 생각에 별로 동참하고 싶지 않은 게 분명했다.

"선생님께 별 볼일 없는 색도화지 카드만 보내는 걸로는 충분하지 않은 것 같아. 안 그래?"

브랜드가 이번에는 나를 봤다.

"사실 내 카드는 꽤 괜찮았어."

나는 내가 그린 〈호빗〉의 빌보와 절대 반지를 생각하며 말했지만, 브랜드가 무슨 말을 하는지 정확히 알고 있었다. 사실 나도 카드만으로는 충분하지 않다는 생각이 들었으니까. 왠지 성의 없

51

어 보인다고나 할까. 뭘 하긴 해야 하는데 어쩔 수 없이 카드라도 급히 만들어 보내는 것 같아 보였다. 빅스비 선생님은 그보다 좋은 걸 받을 자격이 있었다.

정글짐에서 내려온 브랜드가 우리 옆에 앉았다.

"올해 많은 일을 겪으면서 난 선생님께 빚을 진 기분이야. 넌 안 그래?"

스티브가 얼굴을 찌푸렸지만 나는 고개를 끄덕이며 물었다.

"그래서 어떻게 할 생각인데?"

평소라면 브랜드가 나한테 이렇게 물어야 하는데, 이번에는 우리의 역할이 바뀐 느낌이었다. 우리 셋 중에서는 그나마 내가 상상력이 좋은 편이다. 하지만 브랜드는 앞으로 어떻게 할지 이미 생각을 다 해놓은 것 같았다.

"몇 달 전 칠판에 적혀 있었던 그 주제 기억나? 감자튀김이랑 같이? 내가 트레버한테 여드름 궁뎅이라고 했던 날 말이야."

나는 엄지와 중지로 딱 소리를 냈다. 그때 여드름 궁뎅이라는 말을 듣고 트레버가 지은 표정이 워낙 인상적이어서 당연히 기억이 났다. 하지만 그보다 브랜드가 뭘 말하고 있는지 단박에 알아차렸다. 빅스비 선생님은 일주일에 한 번 이상 꼭 작문을 시켰다. 때로는 우리가 쓰고 싶은 걸 쓸 수도 있었지만 대부분은 선생님이 칠판에 주제를 적었고 우리는 그에 따라 글을 썼다.

자기 자신에 대해 알게 된 놀라운 점을 써보세요. 아니면, 존경하는 인물에 대해 말해보세요.

가끔은 '어떤 선택을 하겠어요?' 같은 주제도 있었고, 아무도 씹고 싶어 하지 않을 새로운 맛의 풍선껌을 생각해서 그 광고를 만들어보라는 주제도 있었다.(나는 피클 맛을 골랐다.)

나는 브랜드가 무슨 주제를 말하는 건지 정확히 알고 있었다. 그 주제는 이 상황에 꼭 들어맞았다. 내가 그 생각을 먼저 하지 못한 것에 조금 질투가 날 정도였다.

"빅스비 선생님이 그때 뭐라고 하셨는지도 다 기억나?" 브랜드가 물었다.

"난 기억나." 스티브가 말했다.

"당연히 기억하겠지." 내가 말했다.

"그럼…" 브랜드가 서둘러 말했다. "우린 충분히 해낼 수 있을 거야. 공원, 음악, 모두 다 준비할 수 있어. 다 안 되면 되는 것만이라도. 이번 주 토요일에 해보자. 선생님을 놀라게 해드리는 거야. 우리 셋이서만."

나는 고개를 끄덕였지만 스티브는 구시렁거렸다.

"쉽지 않을걸? 돈도 많이 들 텐데."

스티브는 안 하겠다고 하지는 않았다. 단지 어려운 부분을 지적한 것뿐이었다.

"가치 있는 일에는 그만한 대가가 따른다."

나는 스티브한테 빅스비어로 대응했지만, 스티브는 팔짱을 끼고 정글짐에 몸을 기댔다. 여전히 확신이 없어 보였다.

"좋은 생각 같지가 않아."

"스티브 너 없이 우리끼린 못 해." 브랜드가 말했다. "삼총사가 어떻게 둘이서만 떠날 수 있겠어."

"네가 말한 계획 중엔 우리가 준비할 수 없는 것도 있잖아. 우리 엄마 아빠는 절대…." 스티브가 말끝을 흐렸다.

스티브와 브랜드는 몇 초 동안 서로를 마주 봤다. 그러다 브랜드가 양손으로 머리를 받치고 땅바닥에 벌렁 누웠다.

"겁쟁이." 브랜드가 투덜댔다.

"그렇게 말하지 마." 내가 말했다.

"미안해. 하지만 스티브는 늘 '우리 엄마 아빠는 허락 안 해주실 거야', 아니면 '그런 거 하면 안 됐댔어'라는 식이잖아. 가끔은 규칙보다도 더 중요한 게 있는 법이라구."

"너한테는 말처럼 쉽겠지." 스티브가 받아쳤다. "넌 우리 부모님이랑 같이 살지 않잖아."

브랜드가 무슨 말인가 하려다가 결국 이렇게 중얼댔다.

"그러시겠지."

나는 스티브를 쳐다봤다. 때로는 필요한 건 그것뿐이다. 쳐다보는 것만으로도 충분하다.

"브랜드의 말도 일리가 있어. 우리가 제대로 해내면 아주 근사할 거야. 선생님이 얼마나 놀라실지 생각해봐. 그리고 부모님께는 굳이 이 일을 알릴 필요가 없잖아."

"우리가 제대로 해내면 말이지." 스티브가 내 말을 반복하더니 한숨을 쉬었다. "그래, 한 가지는 맞는 말이긴 해. 나 없인 너희들끼리 절대 못 할 거야."

브랜드가 벌떡 일어났다.

"그래서, 할 거야?"

스티브가 어쩔 수 없이 고개를 끄덕였다.

"아무 일도 없을 거라고 약속하면."

나는 인디애나 존스 같은 미소를 지어 보였다.

"우리가 언제 스티브 널 곤란하게 만든 적 있었어?"

"사흘 전에. 그리고 지난주에도 두 번이나 그랬잖아."

"새뮤얼슨 아줌마가 강아지용 전기 울타리를 보이지 않게 설치해놓은 줄 알았지."

그날 우리 셋은 미친 사람처럼 도망쳐야 했다. 새뮤얼슨 아줌마의 슈나우저는 맹수가 되고 싶었는지 스티브의 신발을 씹어 먹을 기세로 따라오며 정말 사납게도 짖어댔다.

우리는 쉬는 시간 내내 펜으로 브랜드의 팔을 종이 삼아 준비물 목록을 적어 내려갔다. 브랜드의 팔이 글씨로 가득 찰수록 흥분이 됐다. 꽤 그럴싸한 계획이었다. 물론 위험하고 불법적인 부분도 있지만, 어쨌든 멋졌다. 우리는 다가올 토요일 오후에 대한 초안을 브랜드의 팔에 새기고는 교실로 돌아갔다.

갑자기 브랜드가 복도에 멈춰 서더니 옆 반 문 앞에서 선생님 두 분이 소곤거리는 소리를 엿들었다.

"더 나빠졌대요." 5학년의 라모스 선생님이 말했다. "보스턴에 있는 병원으로 옮긴다고 하네요. 토요일 아침에 떠날 거래요. 거기에 가족이 있어서."

"신의 가호가 있기를." 매티슨 선생님이 한숨을 쉬었다. "생각도 하기 싫네요. 너무 안되셨어요. 아이들도 그렇고."

매티슨 선생님이 고개를 돌리다가 엿듣고 있던 우리 셋을 발견했다. 평상시라면 우리한테 다정하게 미소를 짓자마자 역정을 냈겠지만, 지금은 어정쩡한 표정만 지었다. 아무 말 없이.

"혹시?" 브랜드가 나한테 속삭였다.

"응."

"토요일 아침이면 이번 주 토요일?"

"그러니까 말이야."

"우리 이제 어떡하지?"

브랜드의 이 질문에 나는 다시 우리 팀의 게임메이커 자리로 복귀했다.

"계획을 앞당겨야지."

날짜: 5월 7일, 금요일.

시간: 아침 7시 38분.

건포도를 모두 먹었다.

스쿨버스가 마지막으로 학생들을 내려주고 있었다. 손버그 교감선생님은 아침부터 성난 표정으로 학생들을 서둘러 안으로 들여보내고 있었다. 그런데 갑자기 선생님이 고개를 돌리는 바람에 나는 수풀 뒤로 쏙 숨었다.

여전히 브랜드 요원은 소식이 없다.

"시한폭탄이 따로 없군. 브랜드 요원 때문에 작전에 차질이 생기겠어."

내 말에 스티브가 머리를 흔들었다.

"비밀요원 놀이에 너무 열 낼 거 없어. 오케이?"

"오케이."

하지만 나는 조금 짜증이 났다. 평소 스티브는 내가 무슨 상황을 설정해도 잘 받아줬다. 마비된 병사, 고립된 우주비행사, 억류된 조수, 금발의 왕자님, 좀비 신발 영업사원, 화가 난 외계인 등등 모두 잘 소화했다. 나는 처음으로 학교를 빠졌다는 것에 너무 신이 난 상태였다. 이런 나를 주체할 수가 없었다.

나는 입을 다물고 브랜드의 흔적을 찾기 위해 주차장을 살폈다. 스티브는 신발에 달린 벨크로를 떼었다 붙였다 하면서 가만히 있질 못했다. 떼었다, 붙였다, 떼었다, 붙였다. 스티브가 벨크로 달린 운동화를 신은 건 오늘 처음 봤다.

"초등학교 내내 결석을 한 번도 안 한 애들이 한 번이라도 결석한 애들보다 대학에 갈 확률이 세 배나 높다는 거 알아?" 스티브가 말했다.

스티브는 오늘 아침 그런 기사를 찾아봤을 것이다. 아니면 부모님이 말해주신 것일 수도 있다. 그것도 아니면 누나의 방 벽에 붙어 있는 문구일 것이다.

"넌 독감 때문에 올해만 사흘이나 빠졌잖아." 내가 말했다.

"그냥 그렇다는 거야. 만일 이 작전을 강행하면 우린 커서 똑똑한 어른이 되고 성공할 확률이 팍팍 떨어질 거야."

나는 스티브의 주장이 얼마나 과장된 것인지 말하기 시작했다. 그런데 그때 내 어깨를 누가 쳤다. 영화에서 본 무시무시한 쿵푸 동작을 머릿속에 그리며 몸을 돌리니, 브랜드가 나를 미친 사람 보듯 쳐다보고 있었다.

"너, 그러다 다쳐." 브랜드가 말했다.

브랜드는 물 빠진 청바지와 스카프를 두른 호랑이 그림이 박힌 티셔츠를 입고 있었다.

"왜 이렇게 늦었어? 그리고 이게 뭐야?"

나는 브랜드의 옷을 가리킨 다음, 위장용 바지에 녹색 티셔츠를 입고 온 스티브와 나를 가리켰다. 우리는 마치 부모님이 비슷하게 옷을 입혀놓은 쌍둥이처럼 보였다.

"우리 복장도 다 정했잖아."

"집에서 좀 늦게 나왔어. 그리고 나, 위장용 바지 없어." 브랜드가 어깨를 으쓱하며 답했다.

"시한폭탄." 스티브가 웅얼거렸다.

나는 스티브가 나를 놀리는 것인지 아닌지 알 수 없었다. 스티브는 빈정거릴 때나 평상시나 말투에 별 차이가 없다.

"그래도 준비물은 가져왔지?"

브랜드가 책가방을 내려놓은 뒤 지퍼를 열었다. 그리고 한쪽에는 붉은색 체크무늬가 있고 반대편은 매끄러운 비닐로 된 커다란 담요를 꺼냈다. 담요 속에는 조그만 물건 하나가 돌돌 말려 있었다. 브랜드가 조심스럽게 물건을 다루는 걸로 보아 깨지기 쉬운 것임이 분명했다. 브랜드가 마술사처럼 요란한 동작으로 물건을 꺼내 보였다.

"이것 봐."

브랜드가 목이 길고 빗방울처럼 맑은 잔을 하나 꺼내 들었다. 아침 햇살이 잔의 테두리에 부딪치며 반짝거렸다.

"우와." 나는 소리를 질렀고 스티브는 "아" 했다. 다시 한 번 말하지만 스티브가 빈정거리고 있을 확률은 반반이다.

"이것도 필요하잖아. 그렇지?" 브랜드가 물었다.

나는 고개를 끄덕였다. 하지만 전혀 생각하지 못한 것이었다.

브랜드가 조심스럽게 그 잔을 담요에 싸서 가방에 넣었다.

"그럼 전화하러 가볼까?" 브랜드가 말했다.

나는 울타리 너머를 살폈다. 주차장이 비어가고 있었다. 아직 시간은 있다. 두 번째 종이 치기 전에 교실로 들어가면 브라운리 선생님도 신경 쓰지 않을 것이다.

나는 어깨를 으쓱이고 있는 스티브를 봤다. 스티브가 무슨 생각을 하고 있는지 알 것 같았다. 아마 스티브는 누군가의 팔에 써놨을 때는 그렇게 멋져 보였던 작전이 막상 실행하려고 보니 꼭 그렇지만은 않구나 하고 생각할 것이다. 스티브는 이번 작전에 대해 다시 한 번 생각하고 있을 것이다. 아니, 지금쯤이라면 세 번째나 네 번째쯤 다시 생각하고 있을 것이다.

스티브가 이해됐다. 나 역시 긴장이 됐다. 하지만 빅스비 선생님, 선생님의 마술, 선생님의 얼굴, 선생님의 인용문들을 생각해 봤다. 그리고 잡동사니를 뒤지고 있던 선생님을 본 그날을 떠올렸다. 그날 선생님은 나한테 마지막 서랍에 뭐가 있는지 보여주셨고, 그것을 영원히 간직할 거라고 말했다.

"좋아. 그럼 한번 해볼까?" 내가 말했다. "핸드폰?"

내가 검지와 중지로 딱 소리를 내자 스티브가 마지못해 핸드폰을 꺼내서 브랜드한테 건넸다. 우리 중 스티브만 유일하게 핸드폰을 갖고 있다. 뭐, 나도 있긴 하다. 실수로 변기에 떨어뜨리는 바람에 지금은 옷장에 모셔져 있지만. 덕분에 나는 오줌을 누면서 핸드폰으로 '프레디의 피자가게' 게임을 하면 이렇게 될 수 있다는 큰 교훈을 얻었다. 부모님은 내가 용돈을 100달러 모으면 새 핸드폰을 가질 수 있다고 했다.

내가 지금 갖고 있는 돈은 달랑 15달러뿐이다. 나는 그 돈을 모두 책가방 앞주머니에 넣어 왔다.

스티브가 학교 행정실 전화번호를 불렀다. 브랜드가 번호를 누르면서 목청을 가다듬었다. 그런데 스티브가 핸드폰으로 손을 뻗더니 전화를 끊어버렸다.

"잠깐만. 발신자 번호는 어떡하려고?"

"너, 행정실 전화 본 적 없어? 30년도 더 된 전화기야. 나만 믿어."

나는 핸드폰을 다시 브랜드한테 넘겼다. 브랜드가 깊게 숨을 쉬더니 번호를 눌렀다.

하지만 이번에는 내가 핸드폰을 낚아채서 미친 듯이 통화 종료 버튼을 찾았다.

"이번에는 또 왜?" 브랜드가 말했다.

"네 목소리를 들어봐야겠어." 내가 말했다. "아이가 둘 있는 엄마처럼 목소리 내봐."

"네 목소리를 들어봐야겠어." 브랜드가 짜증 섞인 징징대는 말투로 나를 따라 말했다. "우리 아이가 이러쿵저러쿵해서 어쩌고저쩌고."

"우리 엄마랑 하나도 안 비슷하잖아."

"그래서?"

"그래서가 아니라 우리 엄마는 학부모회에 나가신단 말이야. 그래서 학교 사람들 모두 우리 엄마를 알고 있다구. 똑같이 흉내 내야 돼."

"내가 어떻게 똑같이 흉내 내? 아줌마가 어떻게 말했는지 기억도 안 난단 말이야."

"우리 엄마는 약간 소리 지르는 것처럼 말하서. 톤이 높거든."

브랜드가 핸드폰을 다시 잡았다. 목청을 가다듬고 전화를 하는 척했다.

"여보세요? 토퍼 엄마예요. 제 짜증나는 아들 토퍼가 오늘은 학교를 못 갈 것 같아요. 브랜드라는 착한 친구를 하루 종일 괴롭혀야 하거든요. 늘 그렇듯이 말이죠."

그러고는 반항하듯 나를 쳐다봤다.

"이번엔 미키 마우스 같잖아."

"그럼 네가 직접 하든가."

브랜드가 나한테 핸드폰을 주려 했지만 나는 거부했다.

"아니야." 나는 감동받은 척하며 말했다. "완벽했어. 우리 엄마 목소리가 그렇다는 걸 지금까지 내가 몰랐던 거야."

브랜드가 다시 번호를 눌렀고, 나는 이번에는 제대로 통화할 수 있도록 가만히 있었다.

브랜드는 학교 행정실에 오늘 내가 결석을 할 거라고 말했다. 장염 때문에. 브랜드는 3분 37초 후 다시 전화를 걸었다. 스티브는 이 정도면 충분히 떨어진 간격이라 수상해 보이지 않을 거라고 했다. 이번에는 스티브의 아빠인 척 연기했는데, 그냥 저음으로만 하면 돼서 아까보다는 쉽게 해냈다.

브랜드가 핸드폰을 스티브한테 건넸다.

"끝."

"넌?"

"난 집에서 전화하고 왔어."

브랜드는 전에도 이런 일을 몇 번 해본 것처럼 별거 아니라는 식으로 말했다. 나는 가끔 브랜드가 우리한테 말하지 않는 게 많이 있다는 느낌을 받는다.

주차장 너머에서 1교시를 알리는 종소리가 들렸다. 이제부터 학생들은 7시간 동안 땀에 젖은 양말 냄새를 맡으며 시답지 않은 문제지를 풀게 될 것이다. 하지만 우리는 아니다. 우리에겐 계획이 있다. 이것은 신성한 여정이고, 도전해야 할 미션이다.

"이제 됐어. 우린 공식적으로 학교를 빠진 거야." 스티브가 말했다.

그런데 스티브는 정말이지 토할 것 같은 얼굴이었다. 아마 부모님이 이 일을 알면 어떻게 될지를 상상하고 있는 것 같았다. 스티브를 죽이진 않겠지만 분명 고문은 할 것이다.

"걱정할 거 없어, 스티브 요원." 내가 말했다. "절대 부모님이 널 산 채로 잡아가지 않도록 할게."

스티브의 걱정이 괜한 것은 아니었다. 스티브의 부모님은 헬리콥터 스타일이다. 보통 헬리콥터가 아니라 기관총과 대전차 미사일까지 갖춘 군용 헬리콥터. 목표물 주변을 항상 맴돌면서 공격할 때를 기다린다. 그리고 스티브 누나도 보통은 아니다. 그 누나는 나를 싫어하는 게 분명하다. 누나 성격이 원래 그래서일 수도 있고, 아니면 내가 누나를 볼 때마다 이상한 표정을 지으며 '크리스티나 사이코타'라고 불러서 그런 것일 수도 있다. 나는 누나가 정말 사이코라고 생각하진 않는다. 스티브 부모님은 스티브한테 한 것만큼, 아니 그 이상으로 누나한테 부담을 줬을 것이다. 하지만 그건 누나가 자초한 것이다. 스티브 부모님은 누나를 단정한 품행의 본보기로 삼으며 떠받들었지만 우리는 누나를 잘 안다. 나와 스티브는 여덟 살 때부터 누나를 염탐해왔다.

나는 스티브처럼 부모님이나 누나 때문에 겪는 문제는 없다. 내 동생 제스는 겨우 세 살배기 아기다. 그렇다 보니 아직 용변도 제대로 못 가려 바지에 오줌 싸는 이 아기를 단정한 품행의 본보기로 삼을 사람은 아무도 없다. 우리 부모님 역시 헬리콥터 스타일은 아니다. 내 주위를 맴도는 일 같은 건 안 한다. 옆에서 대충 지켜보기만 할 뿐. 우리 부모님은 회사, 회의, 학교 행사 같은 일로 이리저리 널을 뛰듯 바쁘다. 출근하기 전 내 이마에 서둘러 뽀뽀를 해놓고는 문을 나서기 전에 또 뽀뽀를 할 정도로. 때로는 의약품 광고 마지막 부분에 나오는 사람들처럼 알아듣기 힘들 만큼 말을 빨리 한다. *급히나와서미안해 한시간후집에도착할거니까저녁먹기전에간식먹지말고동생잘보고있어 사랑해.*

항상 이랬던 것은 아니다. 부모님께 내가 우주의 중심이던 적도 있었다. 내가 하는 것마다 부모님을 감동시키던 시절이 있었다. 내 사진은 모조리 스크랩북으로 만들어졌고, 내가 만든 고무찰흙 작품은 항상 진열장에 놓였다. 주말에는 셋이서 소풍도 가고 영화관도 다녔다. 겨울 준비를 하는 다람쥐들처럼 양 볼을 팝콘으로 가득 채우고 영화를 봤다. 어느 해엔가는 내가 그린 우리 가족의 눈싸움 난투극으로 가족 크리스마스카드를 만들기도 했다. 아마 내가 여섯 살 때였던 것 같다.

그런데 얼마 후, 여동생이 생겼다. 그때부터 갑자기 부모님은 시간에 쫓기기 시작했다. 엄마는 3층짜리 집을 구하고 매년 남쪽 섬으로 휴가를 떠나기 위해 병원에서 다시 야간 근무를 시작했다. 아빠는 승진을 해서 근무 시간이 길어졌다. 엄마는 낮에는 주로 잠을 잤고, 나는 제스한테 책을 읽어줘야 했다.

지금도 엄마가 야간 근무를 안 하고 여동생이 잠자리에 들면 가끔 우리 셋은 소파에 앉아 전자레인지에 돌린 팝콘을 먹으며 텔레비전으로 영화를 본다. 하지만 엄마는 항상 영화 중간에 잠들었고, 엄마의 코 고는 소리 때문에 텔레비전 소리를 높여야 했다. 대부분의 밤은 나 혼자 텔레비전을 보며 보냈다.

나는 가끔 내가 무슨 일을 겪고 있는지 부모님이 알고는 있을지 궁금했다. 스티브는 내가 나만의 세계에 살고 있고 우리 부모님은 거기에 초대되지 않았을 뿐이라고 했다. 그래서 부모님이 나한테 아무 문제가 없다고 생각하는 거라고. 그래, 그럴지도 모른다. 하지만 때로는 나도 스티브가 부모님한테 받는 관심의 절반만이라도 부모님한테 받고 싶은 날이 있다. 물론 좋은 관심만 말이다.

나는 여전히 내 그림을 부모님께 보여드린다. 하지만 반응은 대체로 비슷하다. "잘했구나, 토퍼. 냉장고에 붙이는 게 어때?" "잘 그렸네. 식탁에 올려놓으면 회사에 가져갈게." "근사하네. 그런데 여기 쓰레기 좀 밖에 버려줄래?" 내 그림을 안 보는 것은 아니다. 항상 속으로 세는 듯이 정확히 3초 동안 그림을 본다. 하지만 내가 봐줬으면 하는 걸 보는지는 모르겠다.

나만 이런 일을 겪는 건 아닐 것이다. 우리는 이처럼 누군가의 옆으로 밀려나버리거나 중심에서 벗어나서 다른 사람들과 어울리는 법을 배우게 된다. 더 이상 내가 우주의 중심이 아닌가 보다 하고 생각하면 된다. 어쩌면 우리는 생각보다 멋지지도, 창의적이지도, 재주가 많지도 않고 관심을 받을 만한 사람이 아닐 수도 있다.

하지만 적어도 상상 속에서의 우리는 우리가 원하는 모습일 수 있다. 모든 일의 중심에 서 있는 영웅이 될 수도 있다. 계획을 만드는 사람이 될 수 있다.

팀을 이끄는 그런 사람이 될 수 있는 것이다.

우리는 일어서서 학교를 등지고 버스 정류장을 향해 걸어갔다. 내가 앞장섰다.

"여기서부터 20클릭 떨어져 있어" 하고 아는 척했지만 사실 난 '클릭'(킬로미터를 뜻하는 속어:옮긴이)이 뭔지 모른다. 가까운 거리일 수도 있고, 아주 먼 거리일 수도 있다. 전에 영화에서 들어본 적이 있을 뿐이다. 모르는 게 없는 스티브도 무슨 말인지 모르는 듯 내 말에 토를 달지 않았다. 브랜드는 그저 웃기만 했다.

"어때?" 브랜드가 물었다.

"뭐가?"

"네 상상 속에 사는 거 말이야."

"쾌져."

브랜드가 눈을 깜박이면서 이 단어의 조합을 맞혀보려고 했다.

"꽤 멋져?"

나는 고개를 끄덕였다. 브랜드만 셰익스피어가 되란 법은 없다.

"꽤져." 브랜드가 마치 단어를 씹듯이 웅얼거렸다. "그거 맘에 든다."

텔벗 거리를 가로질러 벗어날 때까지 브랜드는 이 단어를 계속 되풀이했다.

우리는 금요일 아침, 도대체 왜 학생 세 명이 학교가 아닌 그 반대로 걸어가고 있는지 궁금해할 버스 기사 아저씨들의 시선을 무시하며 걸었다. *괜찮아요.* 나는 기사 아저씨들에게 말하고 싶었다. *저희 선생님을 위한 비밀 작전을 수행 중이거든요. 그러니 평범한 현실세계나 신경 쓰세요.* 하지만 아무리 이렇게 생각해도 저 눈빛들은 나를 긴장하게 만들었다. 어른들은 분명 내가 잘못한 게 없는데도 뭔가 잘못한 게 아닐까 생각하게 만드는 재주가 있다. 물론 엄밀히 말하자면 우리는 지금 잘못을 저지르는 것이기 때문에 더욱 뜨끔했다.

"이 길에서 벗어나야겠어." 내가 말했다. "누가 우리를 알아볼 수도 있잖아."

가령 우리 엄마가 10개가 넘는 회의를 하면서도 어떻게든 꼭 참석하고 마는 그 학부모회 아줌마들 중 누군가가 우리를 알아볼 수도 있었다.

"왜? 네 검정색과 녹색 위장복도 별 도움이 안 되나 보지?" 브랜드가 주차장을 가로지르면서 말했다.

나는 브랜드를 노려봤지만, 만일 우리가 캄보디아 정글에 있었다면 브랜드가 저 호랑이 티셔츠 때문에 끝장났을 걸 생각하니 약간은 만족스러웠다. 나는 지도를 펼치고 우리가 버스 정류장을 향해 맞게 가는지 확인했다. 우리는 올해 빅스비 선생님 수업에서 지도 보는 법을 배웠다.

지도 범례, 기호 설명표 등등. 선생님은 시험에 나오기 때문에 이런 것들을 꼭 배워야 한다고 했다. 커다란 종이에 못생기게 규격화된 그 시험을 통과하지 못하면 학생들은 사형에 처해질 것이고, 선생님들은 산 채로 껍질이 벗겨질 것이다. 빅스비 선생님은 이런 시험을 싫어했다. 그래서 우리도 시험을 싫어했다. 하지만 그래도 시험은 봐야 했다. 싫어하는 것이라도 때로는 덤덤히 받아들이고 해낼 줄 알아야 하는 법이다.

"여기서 오른쪽으로 간 다음, 스테이트 거리에서 왼쪽으로 가면…."

그때 누군가 갑자기 내 말을 끊었다. 말만 끊은 게 아니었다. 나는 아파트 건물의 한쪽 벽으로 밀쳐졌다. 브랜드의 손이 내 가슴에 얹혀 있었다. 브랜드의 다른 손은 스티브를 벽으로 밀고 있었다.

"우리, 걸린 것 같아." 브랜드가 속삭였다.

"뭐라고?"

"우리 작전이 들통 난 것 같아."

브랜드가 모퉁이에 있는 누군가를 가리켰다. 우리가 아는 사람이었다. 나는 침을 삼키며 슬쩍 훔쳐본 다음 물러섰다.

"뚱땡이 맥이야."

"뭐? 맥켈로이 선생님?" 스티브가 소리쳤다.

맥켈로이 선생님은 6학년 선생님이다. 던전 마스터 중 대장이 있다면 바로 저 선생님일 것이다. 선생님은 트위드 재킷 차림에 서류 가방을 들고 있었다. 우리 학교 선생님 중 유일하게 서류 가방을 들고 다니는데, 마치 혼자 20세기에 살고 있는 것 같았다. 선생님은 찌푸린 얼굴을 하고 담배를 피우는 중이었다. 다행히 전화를 하느라 다른 곳에는 신경 안 쓰는 듯했다.

"학교에 계실 시간 아닌가?" 스티브가 속삭였다.

"선생님도 우릴 보고 똑같은 말을 하겠지." 내가 지적했다.

나는 맥켈로이 선생님이 왜 이리로 걸어서 학교에 가는지 궁금했다. 문득 우리 학교 선생님들 중 몇 분이 이 주변 아파트에 산다는 말을 들은 게 기억났다. 맥켈로이 선생님도 이 주변 아파트에 사는 모양이었다. 맥켈로이 선생님은 이혼을 했고 아이도 없었다. 선생님이 괴롭힐 수 있는 거라곤 오직 학생들밖에 없었다.

"우리 어떡해?" 스티브가 말했다. "선생님한테 들키면 안 돼. 학교에 곧장 연락하실 거란 말이야. 그럼 학교에서 부모님들한테 전화하겠지."

스티브의 얼굴은 복어처럼 부어올랐고 눈은 튀어나올 것 같았다. 우리의 작전은 제대로 망하게 생겼다. 이제 겨우 시작인데.

갑자기 뭘 해야 할지가 분명해졌다.

"선생님의 입을 막아야 해." 내가 말했다.

"뭐?" 브랜드가 말했다.

나는 주변을 둘러봤다. 좋은 방법이 생각나지 않아서 그냥 생각나는 대로 말했다.

"그런 거 있잖아. 선생님을 제거하는 거지. 위험 요소는 없애야 하잖아? 운동화 끈으로 목을 조르면 될 거야. 아니면 벨트로 조르자."

맥켈로이 선생님의 목소리가 점점 가까워지고 있었다. 여전히 통화 중인 것 같았다.

"아니면 이거." 나는 벽돌 조각을 집어 들고 브랜드한테 내밀었다. "이걸로 선생님 머리를 내리치는 거야. 선생님이 의식을 잃으면 쓰레기통 뒤로 끌고 가자."

하지만 브랜드는 벽돌을 든 내 손을 차분히 내리면서 우리가 방금 걸어온 주차장을 가리켰다.

"그냥 차 뒤에 숨자."

나는 벽돌을 봤다. 그리고 차를 봤다.

"그래."

그렇게 말하고서 벽돌을 내려놓았다.

우리 셋은 근처에 주차된 회색 자동차 뒤로 숨었다. 맥켈로이 선생님이 큰 목소리로 통화하면서 아파트 건물 뒤에서 천천히 걸어 나왔다. 선생님의 목소리는 몹시 신경질적이었다. 아침 공기는 차가웠고, 담배 연기가 자욱했다.

"알았어, 알겠다고 했잖아! 나 지금 또 늦었단 말이야. 두 번째 종이 칠 때까지 교실에 못 들어가면 그 지긋지긋한 교장이 또 난리를 칠 거야. 그래, 내가 장담하는데 그 마녀가 벼르고 있다니까. 나도 모르지. 어렸을 때 떨어져서 머리를 다쳤나 봐. 오케이, 다음 주에 전화해."

나는 자동차 너머를 살폈다. 선생님이 인상 쓰면서 전화를 끊더니 담배를 한 모금 피우고 꽁초를 밟아 껐다. 그 모습이 마치 갱단 두목 같았다. 못해도 갱단 두목의 교활한 회계사 정도는 되어 보였다. 선생님은 주머니에 핸드폰을 찔러 넣고 주차장을 가로질러 학교 쪽으로 향했다.

그대로 걸어가세요. 이쪽은 보지 마시고요.

선생님이 바로 우리 옆을 지나쳤다. 전혀 눈치채지 못한 듯했다. 우리는 스텔스 모드였다. 적의 레이더망에도 걸리지 않는. 이대로라면 아무 문제 없다.

그런데 내 옆에 있던 스티브가 재채기를 했다. 순간 맥켈로이 선생님이 돌아섰다. 나는 잽싸게 몸을 숙였다. 심장이 입 밖으로 튀어나올 것만 같았다.

"거기, 크리스토퍼니?"

"수그리고 있어!" 스티브가 속삭였다.

"재채기나 하지 마!" 내가 맞받아쳤다.

"크리스토퍼 렌?"

맥켈로이 선생님의 목소리가 점점 커졌다. 아스팔트를 밟는 선생님의 발소리가 점점 가까이 들려왔다.

열 발.

여덟 발.

나는 고개를 푹 숙이고 신발만 내려다봤다. 스티브는 내 티셔츠를 당기면 모든 일이 해결될 것처럼 미친 듯이 잡아당겼다.

여섯.

다섯.

갑자기 모든 게 조용해졌다. 아무도 움직이지 않았다. 숨 쉬는 것도 무서워졌다. 숨을 쉬면 안 될 것 같았다. 더 이상 참을 수가 없었다. 스티브는 공처럼 몸을 수그렸고, 브랜드는 발뒤꿈치를 들고 뛸 준비를 했다. 브랜드는 스티브와 나보다 훨씬 빠르다.(어디를 가든 항상 걸어서 가기 때문에 빠른 거라고 브랜드는 말했다.)

"이 녀석들!"

우리 셋은 펄쩍 뛰었다가 쭈뼛쭈뼛하며 한데로 모였다. 맥켈로이 선생님의 거대한 그림자가 드리워졌을 때는 몸이 붙은 세쌍둥이처럼 꼭 달라붙어 있었다.

맥켈로이 선생님이 두통이라도 온 듯 손으로 이마를 짚었다. 그리고 다른 손으로는 핸드폰을 권총처럼 들고 우리를 향해 겨눴다. 선생님은 며칠 동안 면도를 안 한 것 같았다. 우리는 자동차에 몸을 바짝 기대섰다.

"너희들 여기서 뭐 하니? 왜 교실에 안 들어갔어? 지금 거의 여덟 시가 다 돼가는데."

맥켈로이 선생님의 눈은 충혈되어 있었고 입가는 씰룩거렸다.

우리는 변명거리를 생각해야 했다. 그것도 아주 빨리. 나는 카풀 핑계를 대면 어떨까 생각했다. 우리 엄마 차로 다 같이 학교에 가는 길에 기름이 떨어져서 나머지 거리는 걸어서 가고 있었다는…. 하지만 그러면 선생님이 학교까지 같이 걸어가자고 할 게 분명했다. 그러면 어쩔 수 없이 나는 또 학교에 도착하기 전에 선생님을 벽돌 조각으로 내리쳐서 의식을 잃게 만들어야 한다. 내 왼편에 선 스티브는 숨죽여 중얼거리고 있었다. 아마 기도를 하는 것 같았다. 맥켈로이 선생님은 눈에 온몸의 기를 모아서 우리를 향해 레이저를 쏘고 있는 것만 같았다. 그 레이저로 우리를 불태워버릴지도 모른다. 별도리가 없을 것 같았다.

막 도망을 치려는 순간, 브랜드가 한 발 앞으로 나아갔다.

"선생님은 왜 교실에 안 들어가셨는데요?"

나는 브랜드를 쳐다봤다. 브랜드가 선생님한테 말대꾸하는 모습은 처음 봤다. 다른 애들은 몰라도 브랜드는 그런 아이가 아니다. 브랜드는 누가 불러도 대답도 잘 안 한다.

"뭐라고?" 선생님이 으르렁대듯 물었다.

스티브가 신음 소리를 냈다. 다 틀렸다. 이제 모두 끝이다. 선생님은 우리의 귓불을 잡고 학교로 끌고 간 뒤 모두 지각 처리를 할 것이다. 최악은 부모님께 전화해서 학교를 빠지려다가 걸렸다는 걸 설명해야 한다는 것이다. 그리고 방과 후 학교에 남아 벌을 받게 되겠지. 감옥에 두 시간이나 갇혀 있어야 한다. 간식, 핸드폰, 그림 그리기가 허용되지 않는 감옥에.

"방금 나한테 뭐라고 했니?"

"괜찮아요. 이해해요." 브랜드가 말을 이어갔다. "그 지긋지긋한 교장선생님 밑에서 매일 일하려니 당연히 힘드시겠죠."

순간 맥켈로이 선생님의 얼굴이 새빨갛게 변했고, 턱은 고장 난 경첩이 달린 도개교처럼 턱 하고 벌어졌다.

"그 마녀가 정말 선생님을 못 잡아먹어서 안달인가 봐요?"

브랜드의 말이 맥켈로이 선생님을 더욱 조여들었다.

"뭐라고?"

"그래도 어릴 때 머리를 다친 사람한테 뭐라고 할 순 없잖아요. 교장선생님이 어릴 때 떨어져 머리를 다치신 줄은 몰랐어요. 혹시 좀 전에 하신 말씀은 선생님이 다 지어내신 건가요?"

"내가 언제…." 선생님이 말을 더듬었다.

"아니에요. 다 괜찮다니까요. 저는 이해해요. 몰래 뒤에서 욕 정도는 할 수 있죠. 그런데 교장선생님이 정말 선생님을 못 잡아먹어 안달이면 이렇게 또 늦으면 안 되지 않나요? 지금까지 지각하신 게 네 번째인가요? 다섯 번째? 그리고 지금 몇 시나 됐죠?"

브랜드가 맥켈로이 선생님이 손목에 차고 있던 시계를 가리켰다. 요즘은 시계를 차고 다니는 사람이 거의 없다.

선생님이 시계를 슬쩍 봤다.

"이런, 젠장."

선생님이 한 번 더 시계를 확인하더니 뒤돌아서 서류 가방을 덜렁거리며 학교 쪽으로 뛰어갔다. 마치 한쪽 날개를 다친 새 같았다. 잠시 멈춰 서서 저 녀석들을 어떻게 혼내야 할지 고민하는 눈초리로 우리를 쳐다보더니, 곧장 길을 건너 운동장을 지나 학교 주차장으로 뛰어갔다.

나는 도저히 참을 수가 없었다. 웃음이 터져 나왔다. 마음이 놓였지만 한편으로는 놀랍기도 했다. 저 멀리 헐레벌떡 뛰어가는 맥켈로이 선생님의 쌕쌕거리는 숨소리가 여기까지 들리는 듯했다. 나는 브랜드와 하이파이브를 했다.

"선생님 얼굴 봤어?"

브랜드는 자부심 가득한 미소를 짓고 있었다. 스티브는 그다지 즐거워 보이지 않는 표정으로 온몸을 떨고 있었다.

"나중에 우린 결국 혼나게 될 거야." 스티브가 말했다.

"그래. 그런데 다행히 맥켈로이 선생님은 우리 선생님이 아니야." 내가 말했다.

우리 선생님은 지금 병실 침대에 누워서 반 아이들이 보낸 색도화지 카드를 읽고 있을 것이다. 우리 셋이 어떤 일을 꾸미고 있는지는 꿈에도 모르는 채로 말이다.

"그리고 저 뚱땡이 선생님도 오늘은 더 말할 기력이 없을 거야." 브랜드가 말했다. 그러고는 가방을 주워 들고 버스 정류장으로 향했다. "안 갈 거야?"

브랜드가 앞장섰다. 하지만 괜찮았다. 그럴 만한 자격이 있으니까.

"이제 어쩔 건데?" 스티브가 물었다.

"계획대로 해야지." 내가 말했다.

"그래. 하지만…."

"하지만 뭐? 오늘은 맥켈로이 선생님이 아니라, 우리가 계획한 일이 더 중요해. 게다가 교장선생님의 새 별명도 하나 건졌잖아."

내가 미소를 지어 보이자 스티브도 반쯤 미소를 지었다. 스티브는 여전히 확신이 없었지만 그렇다고 다시 학교로 돌아가진 않을 것이다. 혼자서는 말이다.

나는 뒤돌아 브랜드를 따라갔다. 3초 후 스티브가 우리를 따라잡기 위해 뛰어왔다.

"그래도 똑똑한 짓은 아니었어." 스티브가 뒤에서 발끈하며 말했다.

그래. 그런데 항상 똑똑한 것도 지겹지 않아? 나는 이렇게 스티브한테 묻고 싶었지만 그러지 않았다. 스티브가 뭐라고 대답할지 잘 알기 때문이다. 나는 스티브와 알고 지낸 시간이 모르고 지낸 시간보다 길다. 그리고 브랜드와 달리 스티브는 뭘 해도 나를 놀라게 하지 않는다.

스티브

변화만이 유일한 상수(常數)다.

빅스비 선생님이 언젠가 칠판에 적어주신 말이다. 2,500년도 더 전에 헤라클레이토스라는 그리스 철학자가 한 말이다. 전에 이 말에 대해 찾아본 적이 있어서 잘 안다. 물론 은둔자형의 헤라클레이토스가 부종을 치료하기 위해 소똥을 몸에 발랐다가 죽었다는 점을 생각하면 그의 지혜가 의심스럽긴 하다. 그래도 저 인용문은 잔인하리만큼 사실이라고 생각한다. 우리가 뭔가를 알았다고 생각하는 순간, 그것은 변해버린다.

명왕성을 예로 들어보자. 나는 명왕성이 태양계 행성 목록에서 퇴출됐다는 사실을 알고 엄청난 충격을 받았다. 명왕성이 자신의 공전 궤도 안에서 지배적 역할을 하지 못한다는 게 이제 와서 큰 문제라도 되는 듯, 그 때문에 퇴출시켰다는 것이다. 그렇다고 명왕성이 태양계 행성에 꼭 포함되어야 한다고 생각하는 건 아니다. 다만 사람들은 어떤 중요한 일을 정의할 때 좀 더 일관된 태도를 유지할 필요가 있다. 과학자 몇 명이 뭐라고 했다고 그다음 날부터 행성 자격을 박탈해버릴 수는 없는 것이다.

내 침대 머리맡에는 9개의 행성 입체모형이 있다. 이건 천문학적으로는 틀린 것이다. 하지만 나는 제일 끝에 조그맣게 보이는 명왕성의 모습에 위안을 느낀다. 토퍼는 내가 이런 일에 대해 지나치게 걱정한다고 했다. 한번은 나한테 "변화를 거듭할수록 같은 모습을 유지할 수 있게 되는 거야"라고 말했다. 나는 토퍼한테 여태껏 들어본 말 중 가장 멍청한 소리라고 했다.

문제는 우리가 사물의 있는 그대로의 모습에 익숙해진다는 것이다. 그래서 어느 날 슈퍼마켓에 가서 여느 때처럼 낱개 포장된 사과 소스를 찾으러 과일 통조림 진열대로 가면 찾지 못한다. 이제 그 사과 소스는 진열대를 재배치하면서 크래커 옆으로 옮겨졌기 때문이다. 누나도 마찬가지다. 어릴 적 부모님이 싸우면 누나는 자기 침대에서 같이 잘 수 있게 해줬는데, 이제는 같이 보드게임을 하자고 방에 들어가면 남자랑 통화하느라 당장 방에서 나가라고 소리나 친다. 또 학기의 마지막 한 달을 앞두고 우리 곁에서 사라져버린 선생님도 마찬가지다. 대신 선생님은 시리아의 수도도 모르고, 내가 틀린 걸 지적할까 봐 발표도 시키지 않는 임시 선생님을 우리에게 남겼다.

몇 년 동안 점심시간마다 빈자리로 남아 있던 자리가 갑자기

더 이상 비지 않게 된 것도 마찬가지다. 우리는 예전처럼 둘만이 아니라 셋이 되어야 했다. 아무것도 변한 것은 없고 여전히 토퍼는 나의 가장 친한 친구이지만, 그래도 나는 불안했다. 우리의 관계가 언제든 변할 수 있기 때문이다.

아무도 같은 강물에 발을 두 번 담글 수 없다.

이것 또한 2,500여 년 전 헤라클레이토스가 실제로 한 말이다. 아마 소똥을 몸에 바르기 바로 전에 했을 것으로 생각된다. 물론 주변 그리스인들은 헤라클레이토스가 한 번이고 두 번이고 강물에 몸을 좀 담갔으면 하고 속으로 빌었을 것이다.

한 가지 확실한 점은 142번 시내버스에서는 젖은 개 냄새가 난다는 것이다.

스테이트 거리에서 우리를 태운 버스는 동쪽으로 출발했다. 우드필드 쇼핑센터까지는 정류장 17개를 지나쳐야 한다. 운전사 아줌마는 우리가 동전을 통에 넣는 동안 앞 유리창을 쳐다보고 있었다. 나는 동전이 떨어질 때 나는 소리가 좋아서 일부러 동전을 하나씩 떨어트렸다. 그 소리가 마치 풍경 소리 같았다.

우리는 뒷자리로 갔다. 브랜드와 토퍼가 같이 앉았을 때 나는 조금 놀랐다. 둘이 앉으면 안 되는 건 아니지만 평소 토퍼는 나랑 같이 앉으니까. 토퍼와 나는 17번 스쿨버스를 타고 함께 등교했다. 토퍼는 매일같이 맨 뒷좌석에 내 자리를 맡아놓고는 학교에 가는 동안 내 수학 숙제를 베꼈다. 그동안 나는 토퍼 엄마가 토퍼 먹으라고 싸준 봉지 과자를 먹었다. 우리 부모님은 절대로 단 음식을 싸주지 않는다. 내가 텔레비전에서 항상 큰 문제라고 지적하는 그런 뚱뚱한 미국 아이가 되지 않길 바라기 때문이다. 과일과 야채가 가득한 내 도시락과 달리 토퍼의 도시락 통에는 모든 게 포일에 싸여 있다. 깨끗하긴 해도 환경적으로는 좋지 않은 선택이다. 보통 과자는 한 봉지에 네 개씩 들어 있어서 우리는 두 개씩 먹으면 됐다. 하지만 토퍼는 늘 나한테 세 개를 줬다.

오늘 지독한 냄새가 나는 이 낯선 버스에서 토퍼는 브랜드와 앉았다. 나는 어찌해야 할지 모른 채 통로에서 잠시 서성거렸다. 그때 버스가 앞으로 쏠리면서 나도 비틀거리다가 브랜드와 토퍼의 앞자리에 쓰러져 앉게 됐다. 휴대용 스피커가 들어 있는 내 책가방이 버스 벽에 부딪혔다. 스피커는 빅스비 선생님을 위해 우리가 선곡한 노래를 틀기 위한 것이다. 원래는 베토벤의 곡으로만 채우려 했지만 나는 선생님이 좋아하실 만한 곡을 몇 개 더 넣었다. 나는 어젯밤 이 곡들을 모두 들었다. 그렇지만 스피커가 망가지면 선생님은 하나도 듣지 못하게 될 것이다.

나는 몸을 바로 세웠다. 그리고 뒤돌아 무릎으로 서서 브랜드와 토퍼를 쳐다봤다.

"너, 괜찮아?" 토퍼가 물었다. 내가 불안해 보였나 보다.

나는 고개를 끄덕였다.

"미국 교통부에 따르면 버스 사고로 인한 부상은 지난 25년간 지속적으로 줄어들었어. 이미 찾아봤지."

"다행이네." 토퍼가 말했다.

학교부터 쇼핑센터, 시내, 병원, 공원 그리고 돌아오는 길까지 경로 조사는 내가 다 했는데 저 둘이서만 딱 붙어 앉아 지도를 보며 경로를 추적하고 있었다. 지도는 토퍼의 것이고 아이디어는 브랜드가 냈지만, 경로는 내가 찾았는데 말이다.

나는 조금 참았다가 말했다.

"우드필드 쇼핑센터까지 23분 걸릴 거야."

브랜드가 토퍼한테 뭐라고 말했지만 버스의 엔진 소리와 창문 밖에서 들려오는 차 소리 때문에 나는 그 말을 듣지 못했다. 나는 심한 소음이 들려오면 안절부절못하는 경향이 있다. 그러면 불안해지면서 말을 더 많이 하곤 한다.

"최초의 스쿨버스는 1827년에 개발됐는데 그때는 말이 버스를 끌었어."

어젯밤에 오늘 미션을 조사하다가 내용이 약간 옆으로 새어버렸다. 버스 시간표를 찾다가 버스 사고 통계를 보게 되었고, 그러다 대량 수송의 역사까지 조사하게 된 것이다.

"좋은 얘기네." 토퍼가 지도를 내려놓고 나를 보며 말했다. "그러지 말고 교실에 있는 아무한테나 연락해서 브라운리 선생님이 우리가 결석한 거 가지고 뭐라고 안 하셨는지 알아봐. 우리한테 있는 유일한 핸드폰으로 위키피디아나 외우지 말고."

"아니면 맥켈로이 선생님이 고자질하진 않았는지 확인해봐." 브랜드가 덧붙였다.

"나, 우리 반에서 연락하는 사람 없어." 토퍼는 이미 이 사실을 알고 있지만, 나는 그냥 말해버렸다. "너 빼고. 네가 변기에 핸드폰을 빠트리기 전까지는 말이야."

웃기려고 한 말은 아니었지만 브랜드가 웃었다.

토퍼가 인상을 쓰면서 나를 쳐다봤다.

"그건 실수였어." 토퍼가 말했다.

"그래. 원래 변기에선 사고가 많이 일어나지."

브랜드가 이렇게 말하고 또 웃었다.

버스가 급정거를 하면서 몸이 뒤로 휘청했다. 세 사람이 버스에 탔다. 내리는 사람은 없었다. 나는 몸을 돌려 제대로 자리에 앉았다. 뒤에서 브랜드가 뭐라고 말하자 토퍼가 웃는 게 들렸다. 나는 아무 일도 아니라고 속으로 말했다. 저 애들의 일을 내가 다 알 필요는 없다. 누가 어디에 누구랑 앉든 상관없다. 토퍼는 나의 가장 친한 친구니까. 그 사실만은 절대로 변하지 않을 것이다.

나는 1학년 때 토퍼를 처음 만났다. 토퍼는 내 레고 스타워즈 도시락 통을 가리키며 레고 스타워즈 세트도 있냐고 물었다. 나는 네 세트를 모두 조립해서 옷장에 넣어뒀다고 했다. 만약 지진이 나기라도 하면 다시 조립해야 하니까 설명서도 박스에 잘 보관하고 있다고 했다. 토퍼도 몇 개가 있긴 한데 조립은 하지 않았다고 했다. 조립하자마자 곧바로 해체해서 다른 레고 조각들과 섞어놓았다고 했다. 또 보바 펫의 다리는 강아지가 먹어치우는 바람에 없어졌다고 했다. 나는 토퍼한테 여태껏 들은 이야기 중 가장 놀라운 이야기라고 했다. 강아지가 레고 조각을 먹어치운 것도 놀라웠지만, 레고 조각들을 모두 한데 섞어놓는다는 게 너무도 놀라웠다.

"레고를 그렇게 다 섞어버리면 나중에 우주선을 어떻게 다시 조립해?"

토퍼가 어깨를 으쓱하며 말했다.

"나만의 우주선을 만드는 거지."

그때 나는 토퍼 렌에 대해 알아야 할 가장 기본적인 것을 알게 되었다.

우리는 그후 레고를 조립하면서 몇 주를 보냈다. 그렇게 입학 후 첫 달이 지났고 우리는 단짝 친구가 되었다. 매일 오후 포켓몬을 갖고 놀거나 광선검 싸움을 했다. 그리고 토퍼가 만들어낸 최소 12가지 이상의 놀이를 했는데, 주로 미라, 좀비, 뱀파이어, 거대 로봇으로부터 지구를 지키기 위해 토퍼네 집 뒷마당을 이리저리 뛰어다니는 것이었다. 우리는 카메라도 없으면서 영화를 찍는 척 연기하기도 했다. 감성적인 부분은 대충 건너뛰고 곧바로 액션 장면으로 넘어갔다. 토퍼 부모님 차에 몰래 타서는 우주선을 조종하는 척하며 놀았고, 집 안에서 아줌마나 아저씨가 창문을 열고 차에서 내리라고 외칠 때까지 경적을 울려댔다.

그건 모두 토퍼의 아이디어였다. 나는 그저 토퍼가 하자는 대로 따라 했다.

매일 방과 후 우리는 토퍼가 만든 모험 놀이를 했다. 소파로 요새를 만들거나 공원 흙바닥에 구멍을 파서 보물을 숨기기도 했다. 토퍼의 모험 놀이 중 최고는 크리스티나 누나를 감시하는 비밀요원 놀이였다. 우리는 내 아이팟을 이용해서 누나의 대화를 녹음하기도 했고, 누나의 옷장에 숨어 있기도 했다.

나는 가족보다 토퍼와 보내는 시간이 더 많았다. 물론 우리 부모님은 정성을 다해 짜놓은 내 휴식시간을 토퍼한테 온통 할애하는 게 못마땅했다. 하지만 토퍼는 부모님 앞에서 예의 바르게 행동했고 '적당한 수준'의 성적을 받았다. 그래서 나는 토퍼를 친구로 계속 둘 수 있었다. 부모님은 내 친구 문제도 중요하게 생각했다. 친구가 너무 많아서도 안 되고, 내가 업적을 성취하고 그걸 인정받는 데 친구가 방해가 되어서도 안 됐다.

우리는 매년 같은 반이 되었다. 토퍼는 우리가 환상의 2인조이기 때문에 그럴 수 있는 거라고 했다. 배트맨과 로빈, 핀과 제이크처럼 말이다. 남자애들은 대부분 우리를 놀렸다. 우리를 향해 노래를 부르거나 괴상한 표정을 지었다. 나는 마침내 아이들이 우리 뒤에서 무슨 얘기를 하는지 알게 되었다. 물론 토퍼는 이미 다 알고 있었을 것이다. 하지만 토퍼는 나한테 어떤 말도 하지 않았다. 그런 건 아무래도 상관없었다. 중요한 것은 우리가 죽이 잘 맞는다는 것이었다. 방과 후 거대 로봇에 맞서 함께 지구를 지켜냈다는 것이었다.

토퍼는 원주율이나 $\sqrt{2}$ 같은 상수다. 내가 맹장 제거 수술을 받을 때도 토퍼는 곁에 있었다. 수술 후 토퍼는 딸기 밀크셰이크와 만화책을 들고 병원을 찾아왔다. 또 타일러가 내 수학 시험지를 베꼈다고 선생님한테 이르자 '콧물이 쏙 빠지게 두들겨 패버리겠다'고 타일러가 협박했을 때도 내 옆에는 토퍼가 있었다. 우리는 그날 둘 다 멍이 들었다. 그리고 집에 가는 버스 안에서 서로 누구의 멍이 더 큰지 비교했다. 토퍼는 내 멍이 0.5센티 더 크다고 질투했다.

상수는 상수라고 불리는 이유가 있다. 우리는 상수를 당연한 것으로 여긴다. 마치 일출, 숨쉬기, 콜라 캔을 딸 때 나는 소리처럼 말이다. 매일 아침 빅스비 선생님이 적어놓던 인용문처럼 말이다. 아니면 가장 친한 친구가 늘 맡아줬던 버스 자리처럼 말이다.

"우드필드 쇼핑센터!"
버스 운전사 아줌마가 거친 목소리로 정류장 이름을 외쳤다.
우리는 자리에서 일어섰다.
버스에서 내리자 내가 앞장섰고 토퍼와 브랜드가 뒤를 따랐다. 우리가 걷는 길 쪽으로 쇼핑센터가 위치해 있었다. 길 반대편에도 가게들이 있었는데, 그중에 맥도날드도 있었다. 하지만 우리는 아직 준비가 되지 않았다. 지금 우리는 가게를 세 개 지나면 나오는 베이커리에 갈 예정이다. 지도 위에 표시한 첫 번째 빨간 동그라미가 바로 그곳이다. 거기서 목록에 적힌 첫 번째 준비물을 살 것이다.

이건 모두 우리의 계획에 포함된 내용이다. 빅스비 선생님이 보스턴으로 이동하신다는 걸 알게 된 후 학교 운동장에서 짠 계획에 추가 수정을 해야 했다. 첫 번째 목적지인 여기서 준비물을 하나 산 다음, 37번 버스를 타고 시내로 가서 두 번째 준비물을 사야 한다. 하지만 우리가 그 일을 할 수 있을지는 잘 모르겠다. 무엇보다 그건 불법이다. 그리고 돈도 많이 들 것이다. 토퍼는 자기한테 다 생각이 있다고 했다. 하지만 나한테 말해주지 않는 걸로 봐서는 아주 나쁜 생각일 게 뻔하다.

세 번째 준비물은 마지막에 사야 한다. 그래야 눅눅해지지 않기 때문이다. 세 개의 준비물을 모두 손에 넣으면 우리는 여섯 블록을 걸어 병원에 도착할 것이다. 토퍼는 우리가 마치 크리스마스캐럴에 나오는 세 명의 동방박사 같다고 했다. 우리는 빅스비 선생님을 병원에서 탈출시킨 다음, 지도에 동그랗게 표시해놓은 그 공원으로 모시고 갈 것이다. 어젯밤 버스 시간표를 확인하면서 찾아놓은 곳이다. 그런 다음에…

그다음에는 어떻게 될지 잘 모르겠다.

"저기가 미셸이야." 브랜드가 손가락으로 가리키며 말했다.

지난 월요일 정글짐에서 우리가 브랜드 팔에 계획을 적고 있을 때 브랜드가 했던 말이 기억난다. *꼭 미셸이어야 해. 미셸을 대체할 수 있는 건 없어.* 토퍼는 브랜드의 말이 마치 광고 문구 같다고 했지만 브랜드의 말이 맞다. 빅스비 선생님은 전에 미셸이라는 이름을 언급한 적이 있다.

"가자." 토퍼가 나를 잡아끌었다.

우리는 길에 움푹 팬 구덩이와 달려오는 차들을 피해 길을 건넜다. 브랜드가 앞장섰고 내가 제일 뒤에 섰다.

미셸 베이커리는 중간 크기의 석조 건물에 자리 잡고 있었다. 큰 창문 너머로 잔뜩 진열된 케이크가 보였다. 대부분은 플라스틱이거나 보드지에 딱딱한 석회 아이싱을 두껍게 칠해놓은 것일 터였다. 예전에 아빠가 사진 속 바닐라 아이스크림은 모두 으깬 감자라고 알려줬다. 으깬 감자는 녹지 않기 때문이다. 실제 물건이 사진보다 예쁘지 않은 이유 중 하나가 바로 그것이다.

미셸 베이커리의 흰색 간판에는 녹색 글자들이 다닥다닥 붙어 있었다. 파란색 불빛으로 '케이터링 가능'이라는 글자가 반짝거렸다. 또 다른 광고판에는 '주말 8시까지 오픈'이라고 적혀 있었다. 포포 공주라는 이름의 고양이를 찾는다는 포스터도 붙어 있었다. 나는 고양이를 좋아하지 않는다. 우리 가족은 애완동물을 기르지 않는데, 누나가 수의사가 되고 싶어 한다는 걸 생각하면 이상한 일이긴 하다. 내 생각에 누나는 의사가 되고 싶지만 환자와 종종 말다툼을 할 것 같아 수의사로 목표를 바꾼 것 같다.

우리가 가게로 들어가자 문에 달린 종이 울렸다.

"어서 오세요. 미셸 베이커리입니다."

예상치 못한 억양의 남자가 인사했다. 나는 주위를 둘러보며 계산대 뒤에 서 있는 남자를 염탐했다. 우리를 제외하고 이 빵집에 있는 유일한 사람이었다. 맥켈로이 선생님처럼 뚱뚱하진 않지만 레슬링 선수처럼 덩치가 크고 근육질이었다. 피부는 까무잡잡한 구릿빛이고 머리카락은 검은색이었다. 그래도 내가 상상했던 빵집 주인처럼 콧수염이 있었다.

"아저씨가 미셸이에요?" 내가 물었다.

일부러 무례하게 굴려고 그런 게 아니라 단지 궁금해서였다. 아저씨는 미셸처럼 생기지 않았다. 토퍼는 내가 자칫하면 의미가 잘못 전달될 수 있는 말을 종종 한다고 했는데, 이번에도 그런 것인지는 잘 모르겠다.

옆에 서 있던 브랜드가 머리를 절레절레 흔들었다.

"미셸이 아니란다. 난 에두아르도야." 아저씨가 말했다.

"에두아르도."

나는 남의 말을 반복하는 습관이 있는데, 그냥 내가 맞게 들은 건지 확인하고 싶은 것뿐이다. 맞다. 아저씨는 에두아르도처럼 생겼다.

"미셸은 그냥 간판에 써놓은 이름일 뿐이야. 케이크를 굽는 사람은 바로 나란다."

나는 고개를 끄덕이고 주변을 둘러봤다. 가게 안은 온통 흰색이었다. 에두아르도 아저씨와 나만 빼고 말이다. 유리 장에는 컵케이크들이 줄지어 있었다. 하나같이 도톰한 휘핑크림 장식이 소용돌이 모양으로 장식되어 있었다. 컵케이크들을 보고 있자니 입에 침이 고였다. 집에서는 씹어 먹는 비타민이 그나마 제일 디저트에 가깝다. 우리 집에서는 지켜야 할 규율이 너무나 많다.

"그럼 아저씨가 가게를 운영하시는 거예요?" 브랜드가 물었다.

"그래, 내가 이 가게 주인이란다."

에두아르도 아저씨가 짜증 섞인 미소를 지었다. 이런 설명을 한두 번 해본 게 아닐 것 같은 느낌이 들었다.

"그럼 가게 이름을 왜 에두아르도 베이커리라고 짓지 않으신 거죠?" 토퍼가 말했다.

나의 왕성한 호기심을 토퍼도 닮아가나 보다.

아저씨가 계산대 뒤에서 한숨을 쉬었다.

"이번에는 내가 물어보마. 솔직히 대답해야 한다. 너희들이라면 멋들어진 비싼 케이크를 에두아르도 베이커리에서 사고 싶겠니, 아니면 미셸 베이커리에서 사고 싶겠니?"

나는 멋들어진 비싼 케이크가 맛만 좋으면 됐지 그게 무슨 차이가 있는지 모르겠어서 어깨를 그저 으쓱했다. 우리를 골탕 먹이려고 낸 문제일 수도 있다. 빅스비 선생님은 가끔 우리가 제대로 집중하고 있는지 확인하기 위해 이런 문제를 냈다. 내가 제일 좋아한 문제는 에베레스트 산이 발견되기 전, 세계에서 가장 높은 산이 어디였는가였다. 나를 제외하고 반 아이들 모두 틀렸다.

아저씨는 답을 기다리지 않았다.

"너희라면 미셸이란 이름의 멕시코 레스토랑에 가겠니?"

"전 멕시코 음식 안 먹는데요. 콩 먹으면 방…."

토퍼가 팔꿈치로 옆구리를 찌르는 바람에 나는 말을 마치지 못했다. 그래도 아저씨는 다 아는 눈치였다.

"나도 그래." 아저씨가 배를 쓰다듬으면서 말했다. "창피해할 거 없단다. 그게 콩이 하는 일인걸. 그건 자연의 섭리야. 그렇게 되어야 하는 거란 말이지. 우린 습관의 동물이야. 대부분의 사람들은 미셸 베이커리에서 케이크를 사고 싶어 한단다. 원래 다 그런 거야."

나는 창밖의 간판을 보면서 거기에 미셸 대신 '에두아르도'라고 적혀 있는 걸 상상했다. 아마 아저씨 말이 맞을 것이다. 만일 빅스비 선생님이 이 자리에 있다면 뭐라고 말했을지 나는 안다. 우리가 자기 스스로에게 만족한다면 다른 사람들도 우리를 존경하게 될 거라고 했을 것이다. 이건 노자가 했던 말이다. 이 말에 대해 찾아본 적이 있어서 안다. 다만 노자는 그렇게 현명하지 않았다. 천 리 길도 한 걸음부터 시작된다는 말을 했기 때문이다. 그후에 남은 500만 걸음에 대해서는 쏙 빼놨다. 500만 걸음은 내가 계산을 해봐서 안다.

나는 다시 에두아르도 아저씨를 봤다. 노자에 대한 이야기를 하면서 베이커리 이름을 바꿔보라고 할까 생각했지만, 겨우 열두 살짜리 아이의 조언을 들을 것 같진 않았다.

"그나저나 꼬마 신사들에겐 뭘 주면 될까?" 아저씨가 물었다.

"저희는 케이크를 하나 찾고 있습니다만." 한쪽 눈썹을 치켜들고 한껏 꾸민 목소리로 토퍼가 말했다.

토퍼는 내가 처음 만났을 때부터 이런 행동을 했다. 아마 토퍼는 형사 흉내를 내는 것 같았다. 수상한 디저트를 찾아다니는 형사 말이다.

"화이트 초콜릿 라즈베리 슈프림 치즈케이크요. 들어본 적 있으시죠?"

아저씨가 손가락으로 꼬부랑 콧수염을 쓸면서 고개를 끄덕이더니 토퍼의 말에 맞장구쳤다.

"그래, 네가 말한 그 케이크 알고 있지."

"어떻게 하면 그 케이크를 손에 넣을 수 있죠?"

"사정에 따라 다르지. 원하는 게 홀 케이크니, 조각 케이크니?"

토퍼가 나를 봤다. 계획에 차질이 생길 거라는 걸 감지한 것 같았다. 그리고 우리 중 수학 천재는 나였다.

"얼만데요?" 나는 원래 우리 계획을 생각하며 물었다.

우리는 홀 케이크를 사서 넷이 나눠 먹으려 했지만, 우선 지금 가진 돈을 생각해봐야 했다.

아저씨가 눈썹 하나 까딱하지 않고 대답했다.

"한 조각은 7달러 99센트. 한 판은 54달러 90센트."

"55달러요?"

아저씨가 어깨를 으쓱했다.

"에두아르도 베이커리에서라면 40달러에도 살 수 있었을 텐데. 하지만 여긴 미셸 베이커리니까 55달러야."

아저씨가 우리를 보며 쓴웃음을 지었고, 그 사이로 은니 두 개가 보였다.

"네가 3달러라며?" 토퍼가 나한테 속삭였다.

"온라인 리뷰에 돈 표시가 세 개 있다고 했지. 그건 비싸다는 뜻이야."

뒤돌아보니, 브랜드는 냉동실 앞에 서서 서리 낀 유리창에 비친 자기 모습을 보고 있었다.

토퍼가 손사래를 쳤다.

"그만두자. 불가능해. 무슨 케이크가 50달러가 넘어."

나는 동의의 의미로 고개를 끄덕였다. 크림치즈와 설탕을 재료로 한 음식치고는 너무 비쌌다.

아저씨가 계산대에 기대서서 목청을 가다듬더니 우리한테 가까이 와보라고 손짓했다.

토퍼와 나는 아저씨를 향해 몸을 기울였다.

"이봐, 친구들. 미셸 베이커리의 화이트 초콜릿 라즈베리 슈프림 치즈케이크를 먹어본 적 있나?"

아저씨는 우리 둘한테 말했지만 꼭 나를 쳐다보고 있는 것 같았다. 아저씨의 눈빛은 으스스했다. 나는 고개를 저었다.

"크레스 엔 디오스(Crees en Dios)?"

"저는 스페인어 못하는데요." 토퍼가 말했다.

"저는 숫자 20까지밖에 못 세요." 내가 말했다.

에두아르도 아저씨가 지금 우리한테 '멍청한 놈들' 하고 욕한 건 아닌 것 같았다.

"너희들은 신을 믿니?" 아저씨가 해석을 해줬다.

나는 아저씨가 갑자기 왜 그런 걸 묻는지 알 수 없었다. 하지만 토퍼가 나보고 대답하라는 듯 나를 봤다. 토퍼의 부모님은 무신론자다. 나는 그래도 성당에 다니기 때문에 고개를 끄덕였다.

"그럼 천국에 가본 적이 있니?"

이것도 분명 나를 골려주기 위해 하는 질문일 것이다. 하지만 나는 받아칠 말이 없었다. 그래서 답하지 않았다.

아저씨가 의기양양해서 손가락으로 우리를 가리키며 말했다.

"그건 너희들이 내 화이트 초콜릿 라즈베리 슈프림 치즈케이크를 먹어본 적이 없기 때문이지."

그러고는 손으로 계산대를 아주 크게 내리쳤다.

그 소리에 우리는 본능적으로 무릎이 서로 맞닿았다.

"날 믿어봐, 친구들. 한 조각에 8달러면 거저 주는 거야. 정말 싼값에 천국을 경험하게 되는 거라구."

"알겠어요. 두 조각 주세요." 토퍼가 한숨을 쉬며 말했다.

나는 토퍼가 계산을 어떻게 한 건지 알 수 없었다. 아무래도 토퍼는 네 명이서 그 두 조각을 각각 반씩 나누면 된다고 생각하는 것 같았다. 하지만 나는 제 아무리 빅스비 선생님이라도, 이걸 함께 나눠 먹어야 한다면 그러지 않을 것이다. 나는 남들과 음식을 나눠 먹는 것에 익숙하지 않으니까.

토퍼가 나한테 돈을 달라고 했다. 나는 내가 가져온 10달러를 꺼냈다. 토퍼는 책가방 앞주머니에서 종이 클립으로 묶은 10달러 한 장과 5달러 두 장을 꺼냈다. 내 돈에 5달러 두 장을 더해서 계산대에 올려놓고, 토퍼는 남은 10달러를 도로 집어넣었다.

"두 조각 주세요." 토퍼가 다시 말했다.

에두아르도 아저씨가 돈을 집으려고 하는 순간, 브랜드의 목소리에 아저씨가 동작을 멈췄다.

"저희, 홀 케이크 살 거예요."

나는 우리 바로 뒤에 서 있던 브랜드를 돌아봤다. 브랜드가 지갑을 꺼내 들었다. 나는 브랜드한테 지갑이 있는지조차 몰랐다. 브랜드가 지갑에서 20달러를 꺼내 계산대에 올려놨다. 이제 40달러가 되었다. 나는 브랜드의 계산 실력도 영 믿을 수 없었다.

"너, 뭐 하는 거야?" 토퍼가 낮은 소리로 말했다.

"홀 케이크여야만 해. 이건 타협할 수 없는 문제야." 브랜드가 말했다.

아저씨가 갈색 단춧구멍 같은 눈으로 지폐들을 의심스럽게 바라봤다.

"홀 케이크는 54달러 90센트란다."

토퍼가 뭐라고 말하려 하자, 브랜드가 토퍼의 어깨에 손을 올렸다.

"너희들, 밖에 나가서 기다리고 있을래?" 브랜드가 말했다.

토퍼는 주저했지만 나는 문으로 향했다. 나는 명령에 따르는 데 익숙하다.

얼마 전 아빠한테서 저런 말을 들은 적이 있었다. 그때 아빠는 밖에 나가서 기다리라고 했다. 나는 부모님 말씀을 따르는 게 몸에 배어 있기 때문에 보통 때 같으면 아빠 말에 따랐을 것이다. 하지만 그랬다면 빅스비 선생님이 아빠한테 맞섰을 때 아빠의 표정을 보지 못했을 것이다.

그날은 학부모 면담이 있는 날이었다. 1년에 한 번 있는 정규 면담이 아니라, 내 성적표를 본 아빠가 즉각 잡은 면담이었다. 나는 언어에서 B를 받았다. B⁺도 아닌 B였다. B⁺도 실망스럽긴 마찬가지지만 그래도 A에 좀 더 가깝기 때문에 넘어갈 수 있었을 텐데, 그냥 한심한 B를 받았다. 줄줄이 A뿐인 내 성적표에서 이 못생기고 울퉁불퉁한 부스럼 같은 B를 못 본 척하기란 불가능했다. 나는 성적표를 집에 가져가기가 두려웠다. 왜 이렇게 된 건지 해명도 해야 했다. 나는 부모님께 독해 퀴즈와 작문 숙제가 약간 어려웠다고 설명했다. 엄마는 고개를 끄덕이며 다음엔 더 잘하라고 했지만, 아빠는 거기서 그치지 않았다.

그렇게 해서 다음 날 저녁식사 후 아빠와 함께 우리 반 교실 앞에 서 있게 된 것이다. 엄마는 결점이 하나도 없는 성적표를 받아온 누나와 함께 체조 수업에 갔다. 누나의 성적표는 이미 냉장고에 붙여졌다.

교실 문 앞에 선 빅스비 선생님은 늦게까지 퇴근 못 하고 계셨지만 표정은 밝아 보였다.

"여기서 기다리고 있어."

내가 들어가려 하자 아빠가 내 어깨를 잡으며 의자를 가리켰다. 그 의자는 코 푼 손가락을 내 티셔츠에 문지른 트레버 같은 아이들이 반성할 시간을 갖기 위해 마련된 것이었다.

"괜찮아요, 스티브 아버님." 선생님이 침착하게 말했다. "스티브도 들어오라고 하세요."

아빠가 빅스비 선생님을 한 번 보고 빈 의자를 봤다. 그리고 다시 나를 봤다. 마침내 아빠가 머리 숙여 인사를 했고, 빅스비 선생님은 우리 둘을 교실 안으로 안내했다. 나는 아빠가 선생님의 머리를 보고 있다는 걸 알아차렸다. 아빠는 학기 초에 열린 학부모 간담회에서도 똑같은 행동을 했다.

선생님이 팔을 뻗어 의식적으로 핑크색 머리카락을 만졌다.

이 머리를 갖고 놀라다니, 내 문신을 보면 더 놀라겠구나? 빅스비 선생님은 자기를 처음 본 학생이 머리카락에 대해 뭐라고 하면 이렇게 말하곤 했다. 물론 선생님은 문신이 없지만 그냥 재치 있게 받아치려고 하는 말이었다. 선생님은 아빠한테 이 상상의 문신 이야기는 하지 않았다. 그저 머리를 만지작거리면서 우리한테 자리에 앉으라고만 했다.

아빠가 양복 안주머니에서 성적표를 꺼내 책상에 올려놓았다. 그리고 곧바로 '최근 스티브의 성적 하락'에 대해 준비해 온 연설에 돌입했다. 안타깝게도 A-가 몇 개 있긴 하지만 B는 받은 적이 없는 나의 초등학교 성적까지 시시콜콜 얘기했다. 빅스비 선생님은 끝까지 아빠를 바라보며 참을성 있게 얘기를 들었다. 아빠가 숨 쉬는 순간만을 기다리는 선생님한테 아빠는 어떻게 이런 성적을 아들한테 줄 수 있는지 묻는 걸로 말을 마쳤다.

"아드님이 B를 받은 거예요. 제가 스티브한테 B를 준 게 아니고요. 스티브는 철자 시험을 굉장히 잘 봤고 독해 실력도 연초에 비해 꾸준히 늘고 있어요. 스티브는 훌륭한 학생입니다."

"제 말이 그겁니다, 훌륭한 학생. 훌륭한 학생은 A를 받죠."

"우리 학교에서 B는 평균 이상을 의미합니다."

"스티브의 평균보다는 이하인 것이죠." 아빠가 맞받아쳤다. "스티브는 방과 후에 항상 두 시간씩 공부를 해요. 매일 밤 자기 전에 책도 읽습니다. 스티브 엄마와 저는 스티브가 읽은 책의 내용을 토대로 퀴즈도 내요. 그런 스티브가 A 이하로 받는 건 불가능에 가깝습니다."

"들어보니 스티브가 아버님 덕분에 굉장히 바쁘겠네요."

빅스비 선생님은 이렇게 말했지만 칭찬같이 들리진 않았다. 선생님이 노트북 화면을 보여줬다.

"스티브가 올해 소설 과목에서 어려움을 겪고 있는 것 같습니다. 독해 퀴즈에서 몇 문제를 틀렸거든요. 그것뿐이에요. 이건 겨우 3분기 성적이니까 성적을 올릴 시간은 충분해요. 다만 저는 스티브가 일궈낸 업적에 대해 기뻐해야 한다고 생각합니다."

선생님이 내 쪽을 보며 미소를 지었다. 나도 미소를 지었다. 그리고 아빠가 알아차리기 전에 교실에 들어올 때처럼 스스로에게 실망한 듯한 표정으로 얼른 돌아갔다.

"제 아들은 최고의 결과에만 만족할 겁니다." 아빠가 대답했다.

"저도 그러리라 생각합니다." 선생님이 말했다. "하지만 B는 매우 만족스러운 성적인걸요."

어느덧 내 성적은 평균 이상에서 매우 만족스러움까지 올라왔다. 이게 우리 아빠의 효과였다. 조금만 더 있으면 아빠는 B가 내 성적표의 오점이며, 좋은 대학에 갈 기회를 망치기 전에 얼른 제거해야 한다고 선생님을 설득하려 들 것이다.

"다른 학생들에겐 그럴 수 있죠." 아빠가 차갑게 받아쳤다. "하지만 스티브에겐 아닙니다."

빅스비 선생님의 볼이 곧 머리카락처럼 핑크색이 되었다. 갑자기 선생님과 아빠는 서로의 말을 끊어가며 설득하기 시작했다.

"스티브 아버님, 말씀은 충분히 이해되지만 그보다 더 중요한 건 스티브가 자극을 받고 성장하고 있다는 걸 느끼는 겁니다. 친구들과 교류하면서 사회적으로 그리고 학문적으로…."

"하지만 제 아들의 경우를 보면 교육 과정에 실수가 있었던 게 분명합니다. 이건 스티브의 문제이거나, 아니면 선생님의 문제일 수 있죠. 그리고 이는…."

"…성적이란 성장을 수치화하고 측정하는 방법 중 한 가지일 뿐입니다. 그리고 그것은…."

"…스티브의 누나는 한 번도 B를 받아본 적이 없습니다. 그리고 우리 부부 역시 상당한 교육을…."

"…결과에만 너무 집중하고 과정에는 관심을 두지 않으시네요. 스티브의 배움의 여정 또한…."

"…문제는 선생님이 스티브를 충분히 자극하지 않거나 채점 체계에 오류가….."

"…B 한 번 받은 걸로 이렇게까지 걱정하실 필요는 없다고 생각합니다."

아빠가 목소리를 가다듬고는 소리 높여 최종 입장을 정리했다.

"제 아들은 A만 받아온 학생입니다, 빅스비 선생님."

나는 고개를 들고 선생님의 미소 짓는 모습을 봤다.

"혹시 자동차 범퍼에 그렇게 쓰인 스티커를 붙이고 다니시나요?"

나는 웃음이 터졌다. 웃지 않을 수가 없었다. 실제로 부모님 차에 'A만 받는 자랑스러운 학생들의 부모'라는 스티커가 붙어 있는 걸 선생님이 어떻게 알고 있는 것인지 궁금했다. 아니, 선생님은 아마 운 좋게 맞힌 것 같았다. 아니면 예전에도 나처럼 B를 받은 학생의 학부모와 언쟁한 적이 있었던 것일 수도 있고.

"뭐라고 하셨나요?" 아빠가 버럭 화를 냈다.

선생님의 얼굴이 다시 붉어졌다.

"죄송합니다. 제가 불필요한 말을 했네요. 네, 아버님 말씀이 맞습니다. 스티브는 자랑스러운 아들입니다. 그리고 스티브는 제가 가르친 학생들 중 가장 장래가 촉망되는 학생입니다. 스티브가 얼마나 많은 것을 알고 있는지, 저 역시 스티브를 보며 매일 놀랍니다. 그리고 스티브는 호기심이 아주 많은 아이지요. 앞으로 몇 주 동안 스티브와 함께 열심히 노력해서 스티브한테 걸맞은 성적을 낼 수 있도록 하겠습니다."

선생님이 예의 바른 미소를 지었고, 아빠는 선생님의 핑크색 머리를 다시 한 번 쳐다봤다.

"제가 부탁드리는 건 그것뿐입니다." 아빠가 내 성적표를 집으면서 퉁명스럽게 말했다. "시간 내주셔서 감사합니다."

아빠가 일어섰고, 나와 빅스비 선생님도 일어섰다. 두 분은 예의 바르게 악수를 했다. 누가 승자인지는 모르겠지만, 나는 여전히 범퍼 스티커 때문에 속으로 웃고 있었다.

교실 문을 나가려는데 빅스비 선생님이 나를 불렀다. 돌아보니, 선생님이 검지를 내밀고는 눈짓으로 나한테도 같은 동작을 해보라고 하는 것 같았다. 우리 손가락 끝이 가볍게 닿자, 선생님의 눈이 밝아졌다.

"잘 있어."

그건 영화 〈E.T.〉에 나오는 대사였다. 나는 토퍼랑 이미 그 영화를 네 번이나 봤기 때문에 잘 알았다. 하지만 선생님이 장난을 치고 있다는 것도 알았다.

차에 타자 아빠가 머리를 흔들었다.

"네 누나는 이런 걸로 문제를 일으킨 적이 없어. 누나의 선생님들은 내 말이 무슨 말인지 잘 알아들으셨는데 말이지."

"빅스비 선생님도 무슨 말인지는 잘 아셨을 거예요."

"상관없어. 이제 8주밖에 안 남았잖니."

아빠의 말은 학년이 끝날 때까지 8주 안에 내 성적을 끌어올려야 한다는 뜻이었다. 그리고 빅스비 선생님과 함께하는 것도 8주

뒤면 끝이라는 뜻이기도 했다. 이제 8주만 견디면 어떻게 가르쳐야 하는지도 모르는, 사카타 가문의 위대함을 보고도 인정하지 않는 저 정신 사나운 머리카락의 소유자와도 안녕이다. 8주.

하지만 아빠의 계산은 틀렸다. 아빠는 선생님 몸속에 무엇이 자라고 있는지 몰랐다. 우리도 몰랐다.

사실 우리에겐 겨우 4주의 시간밖에 남아 있지 않았다.

우리는 브랜드와 에두아르도 아저씨를 남겨두고 문밖으로 나와서 길가에 나란히 앉았다. 토퍼는 길바닥에 있는 돌을 집어 들고 손가락 사이로 굴렸다. 나는 핸드폰을 꺼내서 치즈케이크가 왜 비싼지 찾아봤다. 내가 확인한 첫 사이트에 따르면 '맛있기 때문'이다. 과학적이라고 볼 수 없는 답이다. 내 생각에 진짜 답은 사람들이 그만큼 돈을 낼 의향이 있기 때문인 것 같다.

"만약 토퍼의 것이었으면 어땠을까?"

토퍼의 말에 나는 핸드폰을 내려놓고 토퍼를 쳐다봤다. 토퍼는 손에 든 M&M 초코볼 크기의 회색빛 돌을 보고 있었다.

"그건 그냥 돌이야." 나는 토퍼한테 말했다. "갖고 싶으면 가져도 돼."

나는 토퍼가 왜 자기를 삼인칭으로 불렀는지 이해가 안 갔다.

"돌 말고, 베이커리 말이야." 토퍼가 간판을 보면서 말했다. "만약에 토퍼의 베이커리였다면 어땠을까? 그럼 치즈케이크 가격을 얼마로 정했을까?"

이제야 이해가 됐다. 이건 게임이다. 내 이름의 가치는 얼마일까?

"토퍼 베이커리야, 아니면 크리스토퍼 베이커리야?"

나라면 이름이 뭐든 상관없이 거기서 빵을 살 것이다. 하지만 토퍼는 빵을 굽지 못한다. 딱 한 번 토퍼네 집에서 쿠키를 구워보려고 했는데, 결국 연기 감지기만 작동시키고 말았다.

"크리스토퍼 베이커리가 나은 것 같아. 토퍼 베이커리는 왠지 아이스크림 가게 이름 같지 않아?"

나는 사실 그런 것에 대해 별로 생각해본 적이 없다. 그래서 나는 토퍼가 곁에 있는 게 좋다.

"그건 그래. 스티브 베이커리는 어때?"

토퍼가 코를 비벼댔다.

"미안한데 거기서는 20달러보다 더 받으면 안 될 것 같아. 스티브 베이커리에서는 아무도 치즈케이크를 안 사고 싶을 거야. 기분 나쁘게 듣진 마."

나는 이 정도로는 기분 나쁘지 않았다. 나를 기분 나쁘게 하려면 이보다 훨씬 강도가 세야 한다. 특히 토퍼라면 말이다.

"하지만 만화책이라면 스티브 가게에서 살 거야."

토퍼가 그렇게 덧붙이고는 미소를 지었다. 보조개가 드러났다. 토퍼는 정말 멋진 미소를 가졌다.

만일 내가 대학에 진학하지 않고 만화방을 열겠다고 하면 부모님이 뭐라고 할지 상상해봤다. 엄마와 아빠의 머리가 폭발하는 장면이 머릿속에 그려졌다. 이런 상상을 하자 웃음이 났다.

"그런데 브랜드는 안에서 뭘 하고 있는 거야?" 목을 길게 빼고 토퍼가 말했다.

브랜드는 우리를 등지고 서 있었고, 에두아르도 아저씨는 계속해서 고개를 끄덕이고 있었다.

우리가 가게에서 쫓겨나 길가에 앉아 있는 동안 브랜드 혼자 안에서 작전을 제대로 수행하고 있는 건지 토퍼는 꽤나 신경 쓰이는 듯했다. 하지만 나는 신경 쓰지 않았다. 나는 우리 둘이 이렇게 앉아 있던 모든 순간들을 생각했다. 버스 안, 토퍼네 지하실 바닥, 우리가 보드지로 만든 토퍼네 뒷마당의 요새 안에서 우리는 지금처럼 나란히 앉아 있었다. 우리는 절대 마주 보는 법이 없었다.

"이게 좋은 아이디어라고 생각해?" 토퍼가 물었다.

"케이크치곤 많이 비싸지."

"케이크 말고. 케이크도 케이크지만 전부 다 말이야. 네가 생각하기에 이상한 것 같아? 선생님이 이상하다고 생각하실 것 같아?"

'이상하다'라는 단어가 우리 사이로 갑자기 들어왔다. 나는 역사적으로 유명한 연설문 대신 우리가 좋아하는 영화의 대사를 외우도록 했던 빅스비 선생님에 대해 생각했다. 어느 추운 날 코트를 찾지 못해 평상복 위에 샤워 가운을 걸치고 왔던 빅스비 선생님을 떠올렸다. 교실에서 가장 특이한 장소에 책을 흩어놓았던 빅스비 선생님을 생각했다. 선생님은 손 세정제 근처, 창문턱, 비단뱀이 사는 유리 상자 같은 곳에 책을 올려놓았다. 이렇게 하자 교실의 모든 곳에 발견되기만을 기다리는 이야기들이 존재하게 되었다.

"선생님이 약간 이상하시긴 해."

"선생님은 네가 약간 이상하다고 생각하실 거야." 토퍼가 말했다. "내가 보기에도 넌 약간 이상한 것 같아. 걱정할 건 없어. 그건 좋은 거니까. 네가 눈에 띈다는 의미거든."

"내가 보기엔 토퍼 너도 이상한 것 같아."

"생각해보면, 이상하다는 말은 약간 이상한 것 같아. 한번 소리 내서 말해봐. 이상하다. 이상하다. 이상하다…"

우리는 '이상하다'를 몇 번이고 반복해서 말했다. 어떤 것이든 이렇게 반복해서 말하면 이상하게 들리는 것 같다.

'이상하다'를 열두 번 말했을 때쯤 우리 뒤에서 문에 달린 종이 울렸고, 브랜드가 네모난 흰색 상자를 들고 베이커리를 나왔다.

"어떻게 된 거야?" 토퍼가 물었다.

나는 토퍼가 발끈한 걸 알아챘다. 토퍼도 그런 감정을 브랜드한테 감추지 않았다.

"별거 아니야. 내가 해결했어." 브랜드가 말했다.

"네가 해결했다고?" 토퍼가 브랜드의 말을 따라 했다. "네가 무슨 갱단 두목이야? 돈 얼마나 냈어? 너, 정말 그 케이크를 40달러에 산 거야?"

브랜드가 고개를 저으며 미소 지었다. 그리고 토퍼한테 흰색 상자를 건넸다. 케이크의 무게 때문에 토퍼는 하마터면 상자를 놓칠 뻔했다.

브랜드가 나한테 내 구겨진 10달러 한 장과 토퍼의 5달러 한 장을 돌려줬다. 무슨 수를 쓴 건지 브랜드는 반값보다도 싸게 케이크를 사왔다.

"오늘이 스승의 날이래." 브랜드가 어깨를 으쓱하며 말했다.

우리가 미셸 베이커리의 창문 안을 바라보자, 아저씨가 우리를 향해 어깨를 으쓱해 보였다.

"에두아르도 베이커리에 온 걸 환영해." 브랜드가 말했다.

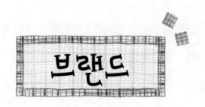

브랜드

사람들은 남의 구슬픈 사연을 좋아한다.

왜 그런지는 모르겠다. 사람들이 정말 다른 사람을 걱정해서 그런 것인지, 아니면 사연이 있는 다른 사람을 보면서 자기 처지가 남들보다 나음을 확인하고 싶은 것인지 모르겠다.

내 말을 이상하게 들으면 안 된다. 나는 대부분의 사람이 정말 이럴 거라고 생각하는 건 아니다. 하지만 가끔 우리는 한 번쯤 이런 적이 있을 것이다. 반대로 주변 사람들을 보며 아무도 나를 이해할 수 없을 거라고 생각해본 적도 있을 것이다. 남들은 생일 케이크와 햇살 가득한 환상의 나라에 살고 있어서 내가 어떤 일을 겪고 있는지 따윈 조금도 이해할 수 없다고 말이다.

나는 항상 그렇게 생각한다. 나도 어쩔 수가 없다. 아무도 내가 어떤 일을 겪고 있는지 모르기 때문이다.

그런데 어쩌면 그건 내가 말을 하지 않았기 때문일 수도 있다.

에두아르도 아저씨는 내 이야기를 듣고 아무 말이 없었다. 아저씨는 빅스비 선생님을 알고 있었다. 핑크색인지 오렌지색인지 잘 구별이 안 되는 선생님의 머리카락을 기억한다고 했다. 아저씨가 정확히 기억하진 못했지만 선생님은 분명 이 베이커리에 자주 왔다. 아저씨는 선생님의 병에 대해 굉장히 안타까워했다. 내 상황에 대해 전부는 아니지만 약간 털어놓기도 했는데, 그보다는 선생님의 이야기에 더 안타까워했다. 그러더니 왜 꼭 오늘 선생님을 보러 가야 하는지, 이 베이커리의 치즈케이크가 그것과 무슨 상관이 있는 건지 물었다. 나는 그 부분에 대해서도 설명했다.

아저씨는 손가락으로 계산대를 두드리면서 고개를 여러 번 끄덕였다. 그런 뒤 케이크를 그냥 가져가라고 했다. 그것도 홀 케이크를 말이다. 우리는 몇 분간 더 옥신각신했다. 결국 아저씨는 내 타협안을 받아들였다. 나는 계산대에 25달러를 올려놓고 케이크를 들고 나갔다. 공짜는 가치가 없기 때문이다.

아, 이건 빅스비 선생님의 인용문이 아니다. 아빠가 가르쳐준 말이다. 아빠는 우리 집 돈을 모두 냉장고 옆 빵 통에 보관하는데 필요할 때면 언제든 꺼내 갈 수 있도록 한다. 2주 정도가 지나면 상자에는 지폐가 몇 장밖에 남지 않는다. 그러면 나는 편의점 근처에 있는 현금지급기에 가서 돈을 뽑아 왔다. 마술처럼 빵 통에는 다시 돈이 가득해졌다. 아빠는 분명 이 돈을 관리하겠지만 따로 뭐라고 말하지는 않는다. 나는 대부분 그 돈으로 점심을 사먹고 영화 비디오를 빌려 봤다. 또 피자를 배달시켜 먹고 배달원한테 팁을 주기도 했다.

하지만 금요일은 달랐다. 금요일은 제일 신나는 날이다. 금요일이 되면 나는 적어도 100달러는 꺼내 갔다.

오늘은 20달러만 가져왔다. 더 많이 집어 올 걸 그랬다. 내가 선생님 케이크를 사는 데 20달러를 썼다는 걸 아빠가 알게 되면 아마 기절할 것이다.

물론 아빠도 조금만 생각해보면 나만큼이나 아빠 역시 선생님한테 빚을 졌다는 걸 알게 될 것이다. 공짜는 가치가 없다.

길을 따라 조금만 내려가면 헌책방이 있다. 토퍼가 그 책방에 가보자고 했다. 자기가 미처 생각하지 못한 것을 거기서 찾아봐야겠다고 했다. 우리가 탈 버스가 올 때까지는 아직 여유가 있었다. 헌책방은 며칠 전 내 팔에 적어 내려갔던 계획 목록에는 없지만, 토퍼는 자기를 빼고 나 혼자 홀 케이크를 얻어낸 것에 약간 화가 나 있는 것 같았다. 그래서 어쩔 수 없이 가야 했다.

그전에 해야 할 일이 있었다. 우리 중 누구의 책가방에 이 케이크를 넣어야 할지 결정해야 했다. 스티브의 가방이 제일 컸기 때문에 우리는 스티브의 가방을 비웠다. 스티브가 가져온 스피커는 토퍼 가방에 넣었다. 스티브의 가방에 케이크 상자를 겨우겨우 넣고서 가방을 닫았는데, 지퍼가 끝까지 잠기지 않았다. 그래도 뭐, 이 케이크가 어디로 도망갈 건 아니니까.

"아이스박스 가져올걸. 치즈케이크는 냉장고에 보관해야 하잖아." 스티브가 말했다.

"몇 시간 정도는 괜찮을 거야." 토퍼가 말했다.

하지만 토퍼의 얼굴을 보니 치즈케이크에 대해서는 가장 기본적인 것도 모르는 것 같았다. 케첩으로 범벅이 된 음식이나 시리얼이 아니면 토퍼는 관심이 없었다.

스티브가 무겁다고 불평하면서도 조심스레 가방 끈에 팔을 끼웠다. 내가 가방을 들어야 하는 게 아닐까 잠시 고민했다. 하지만 그렇게 말하면 스티브가 오해할 게 분명하다. 스티브는 허약하니까 케이크를 못 든다는 뜻으로. 그래서 말하지 않았다.

우리는 알렉산더에 갔다. 알렉산더는 책방 이름이다. 아마 책방 주인의 이름일 것이다. 물론 아닐 수도 있다.

우리는 문에 달린 먼지 쌓인 커튼을 걷어 젖히고 들어갔다. 안에서는 소나무 냄새와 아빠가 예전에 발랐던 향수 냄새가 났다. 예전에 아빠는 샤워도 매일 했고 화장실에 갔다 오는 걸 운동으로 치지도 않았다. 이 책방은 꼭 어린이 공포소설에 나오는 오래된 서점처럼 생겼다. 책들이 바닥부터 천장까지 그리고 통로에 울퉁불퉁 쌓여 있었고, 책장에는 책들이 젠가 블록처럼 이리저리 놓여 있었다. 바닥은 심지어 가만히 서 있기만 해도 삐거덕 소리를 냈다. 하지만 무서운 건 그것만이 아니었다.

가장 으스스한 것은 문 쪽 선반 위에 앉아 있는 부엉이였다. 물론 박제이긴 했지만, 그 부엉이를 박제한 사람은 머리를 틀어서 뒤로 돌려났다. 부엉이가 머리를 뒤로 돌릴 수 있다는 건 나도 안다. 그래도 좀 께름칙했다. 고개가 돌아간 부엉이 밑에는 고급스러운 금색 글씨로 '구매자 위험 부담 원칙'이라고 쓰여 있었다. 그리고 밑에는 작은 글씨로 '구매 유의'라고 적혀 있었다. 뭘 유의하라는 걸까? 부엉이는 딱 봐도 깃털이 듬성했다. 부엉이도 좋은 시절은 다 지났나 보다.

우리 뒤로 문이 닫혔다. 우리가 가게에 들어온 것을 알리는 종소리는 전혀 나지 않았다.

"저기요?" 토퍼가 사람을 불렀다.

답이 없었다.

"이상하네." 토퍼가 말했다.

"그러게." 내가 말했다.

"그리고 으스스해."

"그것도 그래."

"너, 여기 와본 적 있어?"

나는 고개를 저었다.

"이런 곳이 있는 줄도 몰랐어."

토퍼가 조금 더 내 옆으로 붙었다. 나는 토퍼가 무슨 생각을 하고 있는지 상상조차 할 수 없었다. 토퍼의 상상력에 과부하가 걸린 게 분명하다.

"〈끝없는 이야기〉(미하엘 엔데의 판타지 소설:옮긴이)에 나오는 책방 같아." 토퍼가 말했다.

"그런 거 읽어본 적 없어."

"괜찮아. 말 그대로 끝낼 수 없는 책이거든."

다른 때였다면 웃었을 것이다. 하지만 나는 넋이 나가 있었다. 우리는 문가에 머물러 있었다. 가게 안은 밝지 않았다. 적어도 전등의 3분의 1이 나갔다. 그 때문에 벽에는 그림자가 많이 졌다. 나는 한기를 느꼈다. 이 한기는 전염이라도 되듯 토퍼와 스티브의 몸까지 떨게 했다.

도로 가게를 나가서 버스나 기다리자고 말하려는 순간, 스티브가 세게 재채기를 하면서 팔꿈치에 콧물 덩어리를 뿜어냈다. 커다란 노란색 콧물이 젤리처럼 흔들거렸다. 스티브의 코에서 코딱지를 긁어냈을 때가 떠올랐다. 그때보다 훨씬 더러웠다.

"나 휴디 피료해." 스티브가 애처롭게 말했다.

나는 주위를 살피다가 어두운 복도 안을 가리키는 고풍스럽게 쓰인 '화장실' 표시를 발견했다. 스티브가 복도를 한 번 보고 콧물을 한 번 봤다. 과연 위험을 무릅쓸 가치가 있는지 재보는 것 같았다. 그러더니 마침내 터덜터덜 걸어갔다.

"엉망이군." 토퍼가 말했다.

"내 말이." 내가 말했다.

그래도 긍정적인 면은 우리를 문가에 묶어뒀던 보이지 않는 힘을 스티브가 깼다는 것이다. 우리는 소심하게 몇 발 안으로 걸어갔다. 내가 앞장섰다. 우리 셋과 머리가 돌아가 있는 으스스한 부엉이를 제외하고 이 책방에는 아무도 없는 것 같았다. 나는 삐

뚤어진 목재 선반에 있는 산더미 같은 책들을 둘러봤다. 책들에 둘러싸여 있다고 생각하니 기분이 조금 나아졌다. 눈 닿는 곳마다 책이 보이니 마치 우리 반 교실에 있는 것 같은 기분이 들었다. 빅스비 선생님이 좋아할 만한 곳이었다. 천장에 끈으로 매달려 있는 나무 표지는 우리가 문학 칸에 있음을 알려줬다.

나는 앨프리드 테니슨(19세기의 영국 시인:옮긴이)이라는 사람의 책을 한 권 꺼냈다. 한 번도 들어본 적 없는 이름이었다. 허세가 가득해 보였다. 책 표지에는 금박으로 된 글자로 '왕의 목가'라고 적혀 있었다. 책의 중간을 펼쳐보니 굉장히 긴 시였다. 그래서 곧바로 다시 꽂아뒀다.

그런데 갑자기 책들이 말을 하기 시작했다.

"대꾸하지도, 이유를 묻지도 말고 죽음을 향해 돌격하라."

토퍼와 나는 본능적으로 서로 달라붙었다. 화장실이 있는 어두운 복도 쪽에서 소리가 들렸다. 비명보다는 꽥 소리에 가까웠는데 분명 스티브의 목소리였다. 내가 그쪽으로 발걸음을 떼기도 전에 나보다 약간 큰 남자가 선반 모서리에서 머리를 내밀었다. 남자가 은색 테두리의 두꺼운 안경 너머로 우리를 봤다. 나는 깜짝 놀라 뒷걸음치다 하마터면 토퍼 위로 넘어질 뻔했다.

"아하!" 남자가 말했다.

책장 뒤에서 나타난 남자는 요다처럼 생겼다… 만약 요다가 152센티미터의 백인 남자로 카키색 바지와 지저분한 회색 스웨터를 입고 있다면 말이다. 수박처럼 생긴 머리 위에는 잡아당긴 솜처럼 한 줌의 흰머리가 있었고 뾰족한 귀는 옆으로 툭 튀어 나와 있었다. 그리고 물결 같은 주름이 눈썹까지 내려와 있었다. 남자의 회색 카디건은 거의 무릎까지 내려왔다. 그의 얼굴과 위험해 보이는 큰 눈은 마치 귀신이 씐 것 같았다.

"용감하게 죽음의 턱으로, 지옥의 입 속으로 전진하라…!"

남자가 크게 울부짖으면서 옆에 있는 책장을 손바닥으로 쳤다. 나는 놀라서 펄쩍 뛰었다.

갑자기 남자의 표정이 부드러워지면서 밝은 목소리로 말했다.

"테니슨."

토퍼가 "뭐야?" 하고 중얼거렸다. 나는 아무 말도 하지 않았다. 나는 우리가 살해될 가능성도 있다고 생각했다.

"〈경기병 여단의 돌격〉." 남자가 말했다. "물론 들어봤겠지? 대포를 오른쪽으로, 대포를 왼쪽으로, 대포를 앞으로, 탄환과 포탄으로 일제 사격하고 공격하라, 용감하게 전진하라."

남자의 목소리가 천둥처럼 커졌다가 진지해졌다가 이내 다시 커졌다. 남자가 주먹으로 다른 손을 치면서 활짝 웃었다.

내가 고개를 젓자 남자가 인상을 찌푸렸다.

"도대체 요즘은 학교에서 뭘 가르치는 거야?"

나는 출구 확보를 위해 아주 살짝 움직였다. 토퍼가 내 티셔츠 소매를 잡았다.

"미안하구나. 너희들이 들어오는 소리를 못 들었어. 지하에서 시체를 먹고 있었거든."

남자가 이렇게 말하면서 입술을 핥았다.

"네… 뭐라고요?" 토퍼가 물었다.

"쿠키 말이다." 남자가 반쯤 먹다 남은 과자를 들어 보였다. "차에 담갔다가 먹으면 정말 맛있거든."

152센티미터의-요다처럼-생긴-도끼-살해범일지도 모르는 이 남자는 우리 주변을 맴돌며 책방의 출입구로 가는 길을 막았다. 아마 우리를 가둘 셈인 것 같았다. 나는 스티브가 아직도 화장실에 있다는 게 생각났다.

남자가 입구에 서서 선반에 놓인 부엉이를 보며 말했다.

"보통 스카우트는 손님이 오면 기척을 하는데. 안 그래, 스카우트?"

그 이름을 듣자 뒤통수를 한 대 맞은 것 같았다. 몸에 찌릿찌릿 전기가 통하는 듯했다.

"부엉이 이름이 스카우트예요?" 내가 물었다.

남자가 고개를 끄덕였다. "부엉이한테 잘 어울리는 이름이지. 안 그래?" 그러고는 박제된 부엉이의 말을 들으려는 듯 고개를 위로 젖혔다. "너희들이 오늘 왜 여기에 왔는지 스카우트가 궁금해하는구나."

내 눈동자는 부엉이와 남자를 번갈아 쳐다보느라 바빴다. 나는 팔꿈치로 토퍼를 쳤다. 어쨌거나 여기에 오자고 한 건 토퍼니까.

토퍼가 목청을 가다듬었다. "저희는…" 나는 토퍼의 발을 밟았다. "제가 그러니까… 책을… 찾고 있어요."

"그럼 제대로 찾아왔네. 그렇지, 스카우트?"

남자가 콧방귀를 뀌며 손가락으로 딱 소리를 냈다. 이 남자가 식인종은 아니겠지만 확실히 제정신은 아닌 것 같았다.

"여기엔 없는 게 없지만 한 가지 경고를 해두지. 난 만화책은 취급하지 않아. 겁쟁이들이 쓴 무슨 다이어리(베스트셀러 〈윔피 키드〉 시리즈를 말한다:옮긴이) 같은 것도 없어. 내가 갖고 있는 뱀파이어에 관한 소설은 100년도 더 전에 쓰인 것들이지. 네가 그딴 것들을 찾고 있는 거라면 그만 가도록 해."

"이럴 수가. 내가 하고 싶은 말이 딱 그거였는데."

나는 이를 꽉 물고 토퍼한테 말하고는 복도를 살피며 스티브가 아직 화장실에서 안 나왔는지 확인했다.

"저기요." 토퍼가 나를 무시하고 말했다. "그냥 판타지 칸이 어딘지 알려주시면 돼요."

남자가 손가락으로 자기 코를 만지더니 그 손가락으로 다시 토퍼를 가리켰다.

"판타지라… 그럼 그렇지. 딱 보니 판타지 쪽이네."

그러고는 카디건을 휘날리며 토퍼의 어깨를 잡고 책장의 미로 속으로 데려갔다. 토퍼가 나를 슬쩍 돌아보며 제발 같이 가달라는 애원의 눈빛을 보냈다. 그런데 다른 쪽에서 문이 열리는 소리가 들렸다. 스티브가 유령 같은 얼굴을 하고 복도에서 나타났다. 스티브는 한 걸음 한 걸음 걸을 때마다 어깨 너머를 힐끔거리며 천천히 나한테 오더니 깊은 한숨을 내쉬었다.

"화장실에 상어가 있어."

만일 토퍼가 그런 말을 했다면 나는 웃거나 인상을 썼을 것이다. 하지만 스티브는 쓸데없이 말을 지어내는 애가 아니다. 면밀히 조사한 다음 그걸 기억해놨다가 나중에 우리를 피곤하게 만드는 그런 애다.

스티브의 눈이 치즈케이크만큼 동그래졌다.

"보여줘." 내가 말했다.

우리는 어두운 복도를 지나 화장실로 갔다. 나는 불을 켰고, 스티브는 열려 있는 변기 칸 옆에 서서 혹시 내가 어디를 봐야 할지 모를까 봐 양손으로 가리켰다.

"에이."

그러면 그렇지. 누군가가 공들여서 변기 안에 입을 크게 벌리고 있는 거대한 백상아리를 그려놨다. 마치 영화 〈죠스〉의 포스터 같았다. 톱니 같은 이빨, 시뻘건 잇몸 그리고 끝을 알 수 없는 깊고 어두운 목구멍이 그려져 있었다.

"누가 화장실에 이런 걸 그렸을까?" 스티브가 물었다.

물론 스티브는 박제된 부엉이와 말하고 지옥의 턱에 대해 소리치는 미치광이 남자를 아직 만나지 못했다.

"페인트칠이 어떻게 안 지워졌지? 보통은 지워지잖아. 부식이나 그런 것 때문에 말이야."

"아무도 사용 안 해서 안 지워진 걸 수도 있지." 스티브가 중얼거렸다.

하긴, 톱니 이빨이 바로 아래서 떡하니 버티고 있다고 생각하면 불안할 것 같긴 했다. 볼일을 보는 동안 상어가 긴 주둥이로 거기를 확 물어버릴까 봐.

"너, 화장실 쓰지 않았어?"

"나랑 장난해? 여기서? 아무리 급해도 여긴 안 쓸 거야."

나는 커다란 백상아리를 다시 봤다. 그걸 보니 아빠가 생각났다. 나는 손으로 문을 가리켰다.

"자리 좀 비켜줄래?"

누가 변기에 상어를 그렸을까?

아빠라면 충분히 가능한 일이다. 이건 아빠가 했을 법한 일이다. 아니, 어쩌면 이미 해봤을지도 모른다. 예전에 말이다.

아빠는 장난꾸러기였고 개그의 대가였다. 아빠는 회사에서 동료들한테 항상 장난을 쳤다. 물론 공사장에서는 그렇지 않았다. 그건 정말 멍청할 정도로 위험한 일일 테니까. 하지만 사무실에서나 일이 끝난 후에는 장난을 쳤다. 책상 서랍에 휘핑크림을 짜놓거나 맥주 캔을 잔뜩 흔들어놓거나 봉투에 담긴 점심거리를 바꿔놓기도 했다. 집에서도 마찬가지였다. 아빠는 기습 장난을 즐겼다. 단, 1년 중 단 하루는 예외였다. 그날만큼은 아빠가 장난을 칠 거라는 걸 미리 눈치챘다. 바로 4월 1일.

크리스마스 다음으로 만우절은 우리 집에서 가장 신나는 휴일이었다. 우리는 마스코트도 만들었다. 3월 31일, 창문을 통해 슬쩍 집으로 들어온 만우절 얼간이라는 요술 당나귀가 우리 침대에 장난감 주머니를 놓고 간다는 내용이었다. 장난감은 전기 충격기, 방귀 쿠션, 가짜 주차 위반 스티커, 가짜 파리, 실이 달린 지폐, 고무 개똥 같은 것들이었다. 만우절 아침에 일어나면 항상 커다란 고무 개똥이 베개와 심지어 내 코 밑에 놓여 있곤 했다.

물론 이 요술 당나귀는 만우절이 아닌 날에도 장난을 쳤다. 한번은 내 치약을 물풀로 바꿔놓았다. 나는 전에도 풀을 먹어본 적이 있어서 이 장난이 생각보다 나쁘진 않았다. 또 자는 동안 내 얼굴에 가짜 수염을 붙인 적도 있는데 그것도 모르고 다음날 그 꼴을 하고서 학교에 갔다. 그래서 나는 한동안 루이지라는 별명을 얻게 됐다.(하필 그날따라 초록색 옷을 입은 내 탓도 있다.)

"다 악의 없는 장난인걸."

아빠는 늘 그렇게 말했다. 또는 갑자기 순진한 표정을 지으면서 이건 모두 만우절 당나귀가 벌인 짓이라고 우겼다.

몇 번은 나도 아빠한테 복수를 해줬다. 아빠 작업화 속에 썩은 바나나를 넣기도 했고 치즈 샌드위치 속에 가짜 바퀴벌레를 넣기도 했다. 아빠의 감자튀김에 핫소스를 뿌린 적도 있었다. 그래도 아빠는 화내는 법이 없었다. 단 한 번도 말이다. "아들한테 제대로 한 방 먹었네." 아빠는 이렇게 말하면서 레슬링 조르기와 크게 구분 안 될 정도로 세게 나를 팔로 안아줬다. 그리고 짓궂은 표정을 한껏 지으며 반드시 복수하겠다고 다짐했다. 그럴 때면 3일 정도는 방문을 아주 조금씩 천천히 열거나 음식을 한입 물기 전에 냄새부터 맡았다.

이건 다 예전에 있었던 이야기다. 사고와 수술, 장애 수당, 약 등이 아빠와 나의 일상이 되기 전의 이야기다. 아빠는 집에 있는 시간 내내 시멘트로 붙여놓은 것처럼 의자나 소파에만 앉아 있었다. 마치 길바닥에 강력 접착제로 붙여놓은 동전 같았다. 그렇게 시간이 지나면서 아빠는 재미없는 사람이 되었다. 더 이상 장난도, 개그도 없었다. 아빠는 밤늦게 텔레비전에서 본 이야기를 나한테 해주면서 여전히 농담을 하곤 한다. 그러면 나는 아빠가 실망하지 않도록 웃어드린다. 하지만 예전 같진 않다.

나는 얼마 전 기도를 드렸다. 만우절 바로 전날이었다. 나는 기도를 자주 드리지 않는다. 기도를 너무 자주 하면 그 효력이 약해질 것만 같기 때문이다. 하지만 3월 31일, 나는 만우절 얼간이가 다시 나타나서 제발 내 침대에 커다란 장난감 주머니를, 베개에 개똥 덩어리를 놓고 가주길 기도했다.

다음 날 아침, 그 어디에도 장난감 주머니는 없었다. 개똥도 없었다. 아빠한테 복수할 이유도 없었고, 어떤 장난이 나를 기다리고 있을지 기대할 것도 없었다.

아빠가 봤다면 이 화장실을 정말 좋아했을 것이다.

나는 볼일을 다 보고 물을 내린 후 손을 씻었다. 화장실을 나와서 계산대 쪽으로 가니, 남자는 계산대 뒤에 서서 덥수룩한 눈썹 한쪽을 치켜세우고 있었고, 토퍼와 스티브는 걱정이 가득한 얼굴을 하고 있었다. 둘이서 무슨 사고를 친 걸까. 혹시 도둑질을 하다가 남자와 부엉이한테 걸렸나.

"7초." 남자가 말했다.

"잠깐만요. 거의 알 것 같단 말이에요."

"4초."

"안 돼요. 잠깐만요."

"2초."

토퍼가 손가락을 튕기며 외쳤다. "구멍요, 구멍. 구멍이에요."

"맞혔군." 남자가 눈을 반짝이며 말했다.

"야호! 수수께끼의 왕은 누굴까? 바로 나지."

토퍼가 한껏 들떠서 팔을 흔들며 승리를 만끽했다.

그런 토퍼를 보며 스티브가 머리를 절레절레 흔들었다.

"그래, 수수께끼의 왕. 이번엔 이걸 맞혀봐. 칼로 내 머리를 자르고 내가 죽으면 옆에서 훌쩍이지."

"모르겠어요." 스티브가 침울한 목소리로 말했다. "말했잖아요. 저는 수수께끼는 영 꽝이에요. 스도쿠나 다른 거 하면 안 돼요?"

"7초."

"어려운 건 아닌 거 같은데."

"5초."

"가끔 누나 머리를 자르고 싶긴 한데." 스티브가 말했다.

"3초."

"아, 모르겠어요!" 토퍼가 외쳤다.

"양파예요." 1초 남은 상황에서 내가 말했다.

남자가 인상을 찌푸렸다. "훌륭하군."

"나도 그거 말하려고 했거든." 토퍼가 발끈해서 말했다.

내가 화장실에 있는 동안 수수께끼를 풀고 있었던 것이다.

"알렉산더 아저씨, 또 해요. 하나만 더 해요." 토퍼가 졸라댔다.

이 남자의 이름은 정말로 알렉산더였다. 그리고 과자 부스러기가 잔뜩 붙은 스웨터 차림에 찻잔을 들고 서 있는 모습은 이제 조금도 위협적이지 않아 보였다.

"그러면 너희들 버스 놓칠 텐데?" 알렉산더 아저씨가 말했다.

"맞아요." 스티브가 말했다.

"딱 하나만 더요." 토퍼가 계속 졸랐다. "이번엔 어려운 문제 좀 내주세요."

나는 토퍼와 스티브 사이에 섰다. 토퍼가 구하려고 했던 책은 이미 찾은 것 같았다. 나는 왜 진작 토퍼와 같은 생각을 못 했는지 자책했다. 우리 계획에 딱 어울리는 아주 훌륭한 추가 사항이었다. 토퍼가 발견한 그 책은 많은 사람의 사랑을 받았는지 표지가 찢어졌고 안쪽 페이지들은 노랗게 변해 휘어 있었다. 하지만 선생님은 전혀 개의치 않을 것이다. 내가 아는 빅스비 선생님은 오히려 저런 상태의 책을 더 좋아할 분이다.

"좋아. 하지만 다음 문제만 풀고 더 놀고 싶으면 책을 하나 더 사든가, 아니면 그만 나가야 한다. 스카우트는 얼쩡거리는 걸 못 참거든."

아저씨가 손가락으로 턱을 만지며 짓궂은 표정을 지었다.

"나한테서 달아날 수는 있지만 절대 벗어날 수는 없어. 청할 수는 있지만 나는 항상 듣지 않아. 나는 아주 오랫동안 기다릴 가치가 있어."

"나한테서 달아날 수는 있지만…" 아저씨가 한 말을 스티브가 따라 했다.

"8초."

"태양?" 토퍼가 말했다.

"나는 항상 듣지 않는다?" 스티브가 말했다.

"5초."

"시간이에요?" 토퍼가 물었다.

"3초."

토퍼가 다급한 눈빛으로 나를 쳐다봤다.

나는 답을 알지만 말하지 않았다. 아저씨가 흐릿한 파란 눈으로 나를 응시하자 내가 갑자기 투명해진 기분이 들었다. 마치 나를 훤히 들여다보는 것 같았다. 아저씨는 내가 답을 안다는 사실을 아는 듯했다.

토퍼가 손으로 계산대를 쾅쾅 쳤다. "빨리, 빨리, 좀!"

"시간 다 지났다." 아저씨가 의기양양하게 말했다.

토퍼는 잔뜩 뿔이 난 상태였다.

"뭔지 말해주세요." 스티브가 말했다.

"제발요, 알렉산더 아저씨." 토퍼가 덧붙였다. "답을 모른 채 어떻게 떠나겠어요. 답이 뭐예요?"

책방 주인이 나를 보며 미소 지었다. 쓸쓸한 미소였다. 매일 내가 집에서 보기 때문에 잘 아는 그런 미소였다.

내가 말을 하기 위해 입을 여는 순간, 밖에서 부르릉대는 성난 엔진 소리가 들렸다.

우리는 문으로 달려가 밖을 내다봤다. 우리가 타야 할 버스가 지나가고 있었다.

2년 전, 10월 중순의 어느 흐린 날, 만우절 얼간이가 사라져버렸다.

아빠는 3층 높이의 작업용 발판 위에서 일하고 있었다. 그런데 그 발판이 갑자기 무너졌고 아빠는 밑으로 떨어졌다.

아빠는 겨우 10미터 높이에서 떨어졌다. 어떻게 생각하면 별로 높지 않다고 느껴질 수도 있다. 스티브는 유럽의 어떤 승무원이 만 미터 상공에서 여객기가 폭발하면서 떨어졌는데 기적처럼 살았다고 말해줬다. 그 승무원은 영웅이 되었다. 하지만 얼마나 높은 곳에서 떨어졌는지가 중요한 것은 아니다. 가끔은 어떻게 착지하는지가 더 중요하다.

그렇다. 아빠는 잘못 떨어졌다. 팔이 부러졌고, 팔뚝에는 잔혹한 영화에서나 볼 법한 깊은 상처들이 생겼다. 어깨뼈도 깨졌고 귀도 베였다. 하지만 다른 부상에 비하면 이 정도는 별것 아니었다. 진짜 문제는 요추 2번과 3번을 다친 것이었다. 의사 선생님은 아빠 척추에서 파열되고 탈구된 요추를 릴로와 스티치라고 불렸다. 이 때문에 아빠는 척수 내부에 큰 손상을 입었다. 릴로와 스티치는 하체에 운동 명령을 내리는 신경조직을 망가지게 했다. 아빠의 다리가 잘린 건 아니지만 그와 크게 다를 바 없었다.

아빠는 몇 차례 수술을 받아야 했다. 치료, 분노, 기도, 기나긴 병원 생활이 반복되었다. 나는 오랫동안 학교를 빠져야 했다. 지금 학교로 전학 오기 전에 다니던 학교를 말이다. 엄마가 돌아가신 후 유일하게 연락하고 지낸 트레이시 이모할머니가 아빠가 퇴원할 때까지 나를 보살펴주겠다고 약속했다. 하지만 이모할머니가 언제까지나 우리 집에 있을 수는 없었다. 한 달 후 이모할머니는 집으로 돌아갔고, 아빠가 집으로 돌아왔다. 아빠는 구급차에서 휠체어로, 그리고 다시 휠체어에서 소파로 옮겨졌다.

의사 선생님들이 할 수 있는 건 다 했다. 이제부터는 아빠의 몫이었다. 병원에서는 물리치료를 잘 받으면 아빠가 다시 걸을 수도 있을 거라고 했다. 나는 아빠가 충분히 해낼 거라고 믿었다. 아빠는 내가 겨우 두 살일 때 엄마를 잃었고, 홀로 나를 키웠기 때문이다. 나한테 자전거를 타는 법을 가르쳐줬듯, 아빠는 스스로에게도 걷는 법을 가르칠 수 있을 거라고 믿었다.

아빠는 아홉 번의 물리치료를 받았지만, 별 차도가 없었다.

열 번째 물리치료를 받는 날, 아빠는 몸이 안 좋다며 치료를 미뤘다. 열한 번째 날에는 치료받는 걸 깜빡했다고 말했다.

그후로 아빠는 전화를 받지 않았다.

다행히 우리는 돈이 부족하진 않았다. 아빠가 일하던 회사에서 아빠의 사고와 관련된 돈을 지불했기 때문이다. 회사로서는 별다른 선택의 여지가 없었다. 아빠의 병원비를 모두 부담했고 산업재해 보상금을 지급했다. 그 돈을 아껴 쓴다면 아빠가 돌아가실 때까지 우리가 먹고사는 데는 별 무리가 없을 것이다.

보상금을 지급한 뒤에 아빠 회사는 작업용 발판을 만든 회사를 고소했고, 발판을 만든 회사는 발판을 지탱해주는 나사못들을 만든 중국 회사를 고소했다. 그 말인즉슨, 중국에 있는 어느 회사가 하루 온종일 엉덩이를 딱 붙이고 앉아 아빠가 리얼리티 쇼 프로를 볼 수 있게 해준다는 것이다. '나사 풀린 사람'이라는 말로 농담을 하기도 한다는데 더 이상 그 말이 웃기지 않았다.

가끔 아빠는 이런 말을 하곤 했다. 10미터는 너무 낮았다고. 더 높은 곳에서 떨어졌어야 했다고. 1천 미터, 1만 미터, 아니 아예 사라져버리는 편이 우리 둘 다에게 더 좋았을 거라고.

아빠가 이런 말을 하면 어떻게 대꾸해야 할지 난처했다. 그럴 때면 내 방에 숨거나 뒷문에 앉아 어둠 속에서 반딧불이가 반짝이는 모습을 봤다. 그러면 아빠는 늘 미안하다며 진심은 아니라고 했다. 단지 우울한 것뿐이라고 했다.

이런 말에도 나는 뭐라고 대꾸해야 할지 난처했다. 그래서 그만 저녁을 만들러 가야겠다는 말로 대신했다.

우리는 온 힘을 다해 달려갔지만 소용없었다. 버스는 이미 몇백 미터나 앞서가고 있었다. 결국 우리는 다시 버스 정류장으로 천천히 돌아왔다. 스티브는 가방끈이 짓누르는 무게를 견디며 걸었고, 토퍼는 책방에서 산 헌책을 팔에 끼고 걸었다. 버스는 또 오겠지만 원래 계획보다 조금 지체되었다. 계획에 또 차질이 생긴 것이다. 나는 길바닥을 발로 찼다.

"어려운 걸로 내달라고?" 내가 말했다.

"난 그래도 볼일은 안 보러 갔어." 토퍼가 답했다.

버스 정류장 옆에는 세일 광고가 붙은 벤치가 있었다. 우리는 작은 강아지를 안고 있는 아줌마 옆에 앉았다. 꼬질꼬질한 인형처럼 생긴 그 강아지가 사납게 짖더니 토퍼가 옆에 털썩 앉자 으르렁거리기 시작했다. 스티브는 곧바로 핸드폰을 꺼내서 다음 버스가 언제 오는지 시간표를 확인했다. 나는 스티브가 버스 시간표를 외워두지 못했다는 게 놀라웠다.

토퍼가 좀 전에 산 헌책을 가방에 넣고 스케치북을 꺼냈다. 그림을 진지하게 그리는 사람들이 갖고 다닐 법한 스케치북이었다. 토퍼는 빈 페이지를 펼치고는 뭔가를 그리기 시작했다. 나는 그걸 보기 위해 스티브 쪽으로 몸을 기댔다. 만일 내가 다른 애였다면 토퍼는 즉시 으르렁거리며 막아섰을 것이다. 토퍼의 스케치북은 소중한 물건이다. 배트맨의 벨트나 요즘 사람들의 아이폰처럼 말이다. 내가 알기로는 스티브와 나만이 그것을 볼 수 있도록 허락된 사람이다. 나는 최근에야 이 명단에 들었다.

토퍼는 책장 몇 개를 대충 윤곽만 그리고 그 사이에 움츠리고 있는 인물을 그렸다. 머리, 귀, 안경, 주름. 꽤 닮았다. 캐리커처처

럼 머리를 좀 크게 그리긴 했지만 그래도 알렉산더 아저씨의 짓궂
은 표정을 정확히 담아냈다.

"꽤 잘 그렸는데?" 내가 말했다.

사실 토퍼는 언제나 정말 잘 그린다. 하지만 토퍼는 남자이고
친구이기 때문에 굳이 폭풍 칭찬을 하지는 않았다.

"아저씨 얼굴을 정확히 기억하고 있을 때 그려두고 싶었거든."

"우리 목적지에서 한 블록 떨어진 곳까지 가는 버스가 7분 30
초 뒤에 도착할 거야."

스티브가 이렇게 말했지만 나는 알렉산더 아저씨의 그림을 완
성해가는 토퍼를 보느라 바빴다. 무에서 유를 창조해내는 토퍼의
모습은 마치 마술사 같았다. 뇌에서 손, 연필 그리고 스케치북까
지 선으로 연결된 듯한 느낌이 들었다. 나한테도 저런 능력이 있
다면 얼마나 좋을까. 내가 갖고 싶은 능력 중 하나였다.

"스카우트 빼먹지 마." 내가 말했다.

"알았어."

토퍼가 부엉이의 전조등 같은 눈과 구부러진 부리, 갈퀴 같은
발톱을 완성한 뒤 잠시 멈추고 그림을 훑어봤다.

"멋진걸."

"응." 골똘히 그림을 관찰하고 부분부분 음영을 넣으면서 토퍼
가 대답했다. "처음엔 아저씨가 애들을 유혹하려고 책방을 연 사
이코패스인 줄 알았어. 그런데 책 이야기를 하다가 수수께끼를
좋아하냐고 묻더라구."

그러고는 귀 뒤로 연필을 꽂고 스케치북의 앞부분을 몇 장 뒤 적었다.

나는 이미 그 그림들을 거의 다 봤다. 대부분 슈퍼히어로와 악당이 주인공인데, 카일이 공룡에 잡아먹히는 그림도 있고 트레버처럼 생긴 사람을 나처럼 생긴 사람이 땅에 내리꽂는 그림도 있었다. 나를 닮은 사람은 닌자처럼 옷을 입었고, 트레버를 닮은 사람은 닥터 옥토퍼스처럼 생겼다. 내 모습은 닌자만큼이나 근사했다.

"그거, 나 맞지?"

"그럴 리가." 토퍼가 대꾸했다. "이 남자는 너보다 훨씬 멋지잖아. 닌자인 거 안 보여?"

"그건 그런데, 그래도 나를 모델로 그린 거 맞지?"

"실존 인물한테 영감을 받았을 수도 있긴 해. 하지만 순수한 예술성을 가지고 더 멋지게 만들어준 거야."

"여기, 변기통에서 나오는 악어 좀 봐. 이거 가짜겠지?"

스티브가 토퍼한테 핸드폰을 보여줬다. 토퍼가 핸드폰에 정신 팔린 사이, 나는 스케치북을 집어 들고 자세히 봤다. 토퍼가 변기통에서 나오는 동물들을 보면서 토할 것 같은 소리를 냈다. 페이지를 넘기다 보니 전에 못 본 그림들이 보였다. 머리가 여섯 개인 용과 싸우는 검투사와 기관총, 수류탄으로 무장한 날개 달린 요정 그림이 있었다. 마치 영화 〈다이하드〉가 〈피터팬〉을 만난 것 같은 분위기였다.

스케치북을 그만 덮으려는데, 뭔가가 내 눈을 사로잡았다. 그것은 일부러 숨겨놓은 것처럼 뒷부분의 빈 페이지들 사이에 숨어 있었다.

어떤 여자의 초상화였다. 흑백 그림이지만 누구인지 정확히 알 수 있었다. 살짝 들창코에 야윈 볼, 호기심 어린 눈동자. 그림 속 여자는 슬퍼 보였다. 그리고 아름다웠다. 작은 부분 하나하나, 실루엣까지 모두 아름다웠다. 이 그림을 그리기까지 많은 시간을 쏟아 부은 게 분명했다. 아주 많은 시간을.

"내 스케치북이 어디…."

토퍼가 말을 멈추더니 갑자기 얼굴이 타는 듯이 빨갛게 달아올랐다. 토퍼가 스티브의 무릎 너머, 내 쪽으로 손을 뻗었다. 그 바람에 하마터면 스티브가 핸드폰을 떨어트릴 뻔했다.

나는 토퍼가 스케치북을 낚아채지 못하게 벤치 끝으로 피했다.

"이거 설마?" 스티브가 말했다.

"내놔!"

"잠시만."

나는 머리 위로 스케치북을 들어 올렸다. 대체 이 초상화가 왜 스케치북에 있는지 궁금했다.

토퍼가 내 티셔츠를 쥐어뜯으면서 스케치북을 빼앗으려고 난리 치자, 스티브가 소리쳤다.

"밀지 마!"

강아지가 미친 듯이 짖어대기 시작했고 아줌마가 "불량 학생들

같으니라고” 하고 중얼거리며 일어섰다.

“브랜드, 내놓으라고!”

“줄게. 잠시만 기다려봐! 좀만 더 보고.”

“당장 내놓으라고, 이 자식아!”

토퍼가 일어섰다. 나도 일어섰다. 스티브가 급히 주머니에 핸드폰을 넣고 소중한 치즈케이크가 든 책가방을 옆으로 밀었다.

“주면 되잖아. 진정해.”

하지만 토퍼는 진정하지 않았고 나도 그냥 넘어가지 않았다. 이 그림에 무슨 의미가 있는 게 분명했다. 스케치북 뒤쪽에 숨겨져 있으니 말이다. 이게 무슨 뜻이고 왜 중요한지 모르겠지만, 갑자기 땀이 나면서 긴장이 되고 짜증이 났다. 내 허락 없이 뭔가를 빼앗긴 기분이 들었다. 당연히 토퍼는 선생님을 그려도 된다. 토퍼의 선생님이기도 하니까. 하지만 토퍼한테 선생님이 나와 같은 의미일 수는 없다.

토퍼가 가까이 다가오자 나는 더 높이 스케치북을 올렸다.

“스케치북. 당장. 내놔.” 토퍼가 이를 악물고 말했다.

“알았어. 줄게.”

내가 스케치북을 내리자마자 토퍼가 즉시 스케치북을 잡아당겼다. 두툼한 종이들이 철 스프링에서 찢겨 나가는 소리가 들렸다. 선생님 초상이 그려져 있는 스케치북의 반이 공중에 펄럭이더니 바닥에 떨어져 흩어졌다.

토퍼가 소리를 지르면서 나한테 달려들었다.

우리는 길바닥에 쓰러졌다. 토퍼가 내 위에 올라탔다. 말라 보이는 토퍼가 이렇게 무겁다는 게 놀라웠다. 토퍼가 나를 때려죽이기라도 할 듯이 반만 남은 스케치북을 거대한 석판처럼 치켜들었다. 나는 나머지 스케치북 반을 방패처럼 들었다.

"그래! 선생님 가져!"

스케치북을 가지라고 하려던 건데 말이 이렇게 나와버리고 말았다. 그래서 나는 다시 말했다.

"이거 가지고 나한테서 떨어져!"

토퍼가 한쪽 무릎으로 내 배를 눌렀다. 나는 거의 숨을 쉴 수가 없었다.

토퍼는 꿈쩍도 안 했다. 내가 든 스케치북도 잡지 않았다. 나를 때리거나 발로 차지도 않았다. 소리도 안 질렀다. 나를 그냥 누르고만 있었다. 입술을 덜덜 떨면서.

버스가 왔을 때, 우리는 그 꼴을 하고 있었다. 나는 땅 위에, 토퍼는 내 위에, 그리고 우리 사이에는 빅스비 선생님이 있었다.

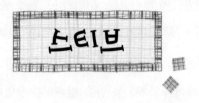

스티브

우드필드 쇼핑센터에서 스테이트 거리와 3번가가 만나는 지점까지는 버스로 27분이 걸린다. 교통 체증, 타이어 펑크 혹은 사고가 일어날 가능성을 제외하면 말이다. 하지만 두 친구 사이에 끼여 있으면 27분이 한 시간처럼 느껴질 수도 있다.

토퍼가 내 옆에 털썩 앉아 땀이 난 머리를 의자에 기댔다. 브랜드는 통로 건너편 자리에 앉아서 팔꿈치를 살폈다. 팔꿈치는 까져서 벌게졌고 군데군데 피가 튀어 있었다. 나는 몸에 난 상처를 단 1초도 보지 못한다. 피를 보면 속이 울렁거려서.

이번 버스에서는 암모니아 냄새가 났다. 그 냄새도 속이 울렁거리게 만들었다. 그리고 운전사는 아저씨였다. 기사 아저씨는 머리가 복슬복슬하고 턱수염이 가슴까지 내려왔는데, 버스보다는 오토바이가 더 잘 어울릴 것 같아 보였다. 오토바이 광고에 나올 법하게 생겼기 때문이다. 나는 오토바이를 타는 사람을 만나본 적이 없다. 우리 부모님은 오토바이를 비롯해 담배, 공포영화 그리고 누나와 데이트를 하고 싶어 하는 모든 남학생들은 위험하기 때문에 절대로 가까이해서는 안 된다고 생각한다. 좀 웃기는 생각인 것 같다.

토퍼가 반으로 찢긴 스케치북을 무릎에 올려놓았다. 표지는 구겨졌고 모서리는 찢어졌다. 스프링은 휘어서 종이들이 점점 더 떨어져 나왔다. 나는 안타까웠다. 그 스케치북이 토퍼한테 얼마나 소중한지 잘 알기 때문이다.

나는 토퍼와 브랜드를 번갈아 쳐다봤다. 서로에게 화난 두 사람 사이에 끼이는 것만큼 끔찍한 일은 없다.

아니, 그건 사실이 아니다. 굶어 죽는 게 더 끔찍하다. 우주 공간에 갇혔는데 우주복에 남은 산소가 10분 후 고갈될 예정인 상황이 더 끔찍하다. 지진, 알츠하이머, 췌관선암종 같은 것들이 더 끔찍하다. 하지만 둘 사이에 끼여 있는 것 역시 끔찍하다. 우리 부모님은 가끔 싸울 때 서로 자기 말이 맞다는 걸 증명하기 위해 나나 누나를 사이에 끼워 넣는다. 그럴 때면 누나는 평화 협상을 시도한다. 하지만 나는 내 방으로 도망칠 궁리를 하거나 토퍼한테 전화할 핑곗거리를 찾는다.

울퉁불퉁한 시내 도로를 따라 달리는 버스 속에서는 달리 도망갈 곳도 없다. 이 버스는 시내의 남쪽으로 가고 있다. 나는 이 상황이 마냥 달갑지만은 않았다. 어제 우편배달부가 시내 우편함에서 죽은 고양이를 발견했다. 설마 그 고양이가 포포 공주는 아니겠지? 아무튼 시내는 우리가 가기에 썩 좋은 곳 같지 않았다. 하지만 안타깝게도 우리한테 필요한 모든 것은 시내에 있다. 빅스비 선생님을 포함해서 말이다.

브랜드와 토퍼는 내 양옆에 계속 뿌루퉁한 채로 있었다. 이런 상황에서는 어떻게 해야 하는지 알면 좋겠다. 결국 나는 핸드폰을 꺼내서 마인크래프트 게임을 켜고는 배터리가 얼마 남지 않았다는 경고도 무시한 채 크리퍼들을 공격했다. 핸드폰 배터리는 이렇게 경고를 해줘서 좋은 것 같다. 적어도 언제 일이 생길지 알려줘서 그에 대비할 시간을 주기 때문이다. 아까 토퍼와 브랜드 사이에서 있었던 일은 정말 상상도 못했다. 고작 그림을 가지고 싸우다니. 게다가 토퍼의 그림 가운데 썩 잘 그린 작품도 아니었다. 나는 토퍼의 그림 중 공룡 그림이 가장 좋다.

버스에서 나는 냄새는 정말 고약했다. 그리고 버스 앞문 쪽에 엄마와 함께 탄 어린애들은 굉장히 시끄러웠다. 나는 버스를 놓치는 바람에 계획이 늦어져서 제시간에 학교로 못 돌아가고 집에도 못 가는 건 아닌지 걱정됐다. 하지만 누나한테 전화해서 학교로 데리러 오라고 말하긴 싫었다. 그 책방에 가는 게 아니었다. 브랜드한테 그 상어에 대해 말하지 말았어야 했다. 작전이 계획대로 진행되지 않고 있다는 생각에 약간 머리가 어지러웠다.

마인크래프트 폭탄을 만들고 있는데, 토퍼가 마침내 입술 깨무는 걸 멈추더니 입을 열었다.

"네가 생각하는 그런 거 아니야."

토퍼는 여전히 정면만 보고 있어서 이 말을 브랜드한테 한 건지, 나한테 한 건지 확실치 않았다. 브랜드가 이 말을 들었는지도 확실치 않았다. 브랜드는 손바닥으로 팔꿈치를 감싼 채 창밖을 내다보고 있었다. 만약 토퍼가 나한테 말한 거라면 나는 뭐라고 대답해야 하나. 과연 내가 무슨 생각을 하고 있다고 생각하기에 그런 게 아니라고 한 걸까.

"그냥 그림일 뿐이야." 토퍼가 말을 이어갔다. "다른 의미는 없어. 내가 선생님한테 반했다거나 그런 게 아니라구."

반했다고? 빅스비 선생님한테? 난 그런 생각은 조금도 해본 적이 없는데.

이제 나는 그 생각밖에 할 수가 없었다. 나는 게임을 멈추고 "아, 그래" 하고 말했다. 여전히 핸드폰을 보면서. 토퍼를 보기가 약간 겁이 났다.

"난 그냥… 나도 모르겠어." 토퍼가 여전히 앞만 보면서 말했다. "내가 선생님을 그리면 선생님이… 영원히 그 자리에 계실 것만 같았거든."

"아하."

'아하'는 우리 부모님이 저녁을 먹으면서 서로 얘기를 듣는 척할 때 내는 소리다. 하지만 나는 척하는 게 아니었다. 정말로 토퍼의 말을 듣고 있었다. 이해를 못 했을 뿐이지. 빅스비 선생님은 서른다섯 살의 성인 여자다. 그리고 우리 선생님이다. 토퍼는 열두 살이다. 그리고 나의 가장 친한 친구다. 이 둘은 서로 어울리지 않는다.

"그러니까, 일종의… 선생님을 간직하는 방법이라고 생각했어."

토퍼가 그렇게 말하고는 마침내 나를 쳐다봤다. 내가 뭔가 안심이 될 만한 말을 해주길 기다리는 듯했다.

나는 토퍼의 말을 이해했다.

"포름알데히드 같은 거지." 내가 말했다.

지난해, 누나는 생물 시간에 개구리를 해부했다. 포름알데히드는 부패를 늦춰주는 화학 물질인데, 이걸 이용해서 해부한 개구리를 보관했다고 누나가 말해줬다. 하지만 포름알데히드는 암을 유발한다. 이미 죽은 개구리에겐 아무 상관도 없겠지만.

토퍼의 얼굴을 보니 내가 전혀 이해를 못 한 게 분명했다. 토퍼가 창문에 머리를 쿵 하고 기대며 뭐라고 중얼거렸다. 이젠 토퍼가 나한테까지 화가 난 건 아닌지 걱정이 됐다.

"알겠어."

브랜드의 말소리는 속삭임에 가까웠다. 그래서 내가 저 말을 제대로 들은 것인지도 확실치 않았다.

브랜드가 몸을 돌려 토퍼를 똑바로 쳐다봤다.

"완벽하게 알겠어."

토퍼가 내 머리 너머로 브랜드를 쳐다봤다. 갑자기 내가 중간에서 방해가 되는 기분이 들었다.

"셰익스피어 같은 거지." 브랜드가 말을 이어갔다. "셰익스피어는 자기가 쓴 시로 인해 불멸의 존재인지 뭔지가 될 거라고 생각했잖아."

우리는 빅스비 선생님 수업 시간에 셰익스피어의 시를 읽고 셰익스피어에 대해 배웠다. 나는 셰익스피어는 결국 죽었기 때문에 그런 생각은 실패로 돌아갔다고 말하고 싶었다. 하지만 브랜드가 계속 떠들어댔다.

"네가 선생님을 그려서, 선생님이 계속 네 곁에 계실 수 있게 되는 거잖아. 멋진 생각인 것 같아."

"정말?" 토퍼가 물었다. 그러고는 확인이라도 하듯 나를 쳐다봤다.

"음."

'음'은 상대방이 듣고 싶어 하는 말을 해주지 못할 때 내는 소리다. 이것 역시 우리 부모님께 배운 것이다.

"진짜야." 브랜드가 말했다. "난 그냥 질투가 났었어… 사실 내가 너의 반만 그림을 잘 그리면 좋겠어."

"반만이라도."

내가 브랜드의 말을 고쳐줬지만, 브랜드는 내 말을 무시했다.

잠시 정적이 흐른 뒤 브랜드가 통로를 가로질러 토퍼 쪽으로 주먹을 내밀었다.

"스케치북 그렇게 된 거 미안해."

나는 내 얼굴 바로 앞에 있는 브랜드의 주먹을 봤다. 잠깐 동안 나는 토퍼가 브랜드의 주먹에 반응하지 않을 거라고 생각했

137

다. 토퍼가 그래주기를 바랐다. 하지만 토퍼는 눈을 굴리더니 결국 주먹을 마주쳤다.

"넌 정말 얼뜨바야." 토퍼가 말했다. '얼뜨바'는 브랜드가 얼간이와 얼뜨기, 바보를 섞어 만든 말이다. 좋은 뜻은 아니지만 그래도 버럭이만큼 나쁜 것은 아니다. "그리고 새 스케치북은 네가 사주는 거다."

"14달러 95센트였어." 내가 말했다.

토퍼의 열 번째 생일 선물로 저 스케치북을 사준 사람이 나라서 정확한 가격을 알고 있었다. 스케치북과 목탄 연필 세트를 함께 사줬다. 토퍼는 지금까지 받은 선물 중 가장 멋지다며 제일 먼저 나를 그려주겠다고 했다. 하지만 첫 그림은 내가 아니었다.

"그렇다면 안타까운 소식을 전해야겠네." 브랜드가 말했다. "가진 돈을 다 털어서 치즈케이크 사는 데 썼거든."

"괜찮아. 나한테 빌리면 돼." 토퍼가 말했다.

운전사 아저씨가 마침내 우리가 내릴 정류장 이름을 불렀다. 나는 치즈케이크가 든 가방을 어깨에 짊어지고 토퍼와 브랜드를 따라 버스에서 내렸다. 나는 토퍼가 추측해서 말한 내 생각에 대해 더 이상 생각하지 않으려고 노력했다. 빅스비 선생님에 대해, 그리고 토퍼가 선생님한테 아무런 감정이 없다는 것에 대해. 반한다는 것과 영원히 산다는 것에 대해.

세실리아가 나한테 반한 적이 있다. 세실리아는 긁으면 향기가 나는 딸기 스티커가 붙은 핑크색 도화지에 편지를 써서 나한테 줬다. 편지에는 '너를 조아해'라고 쓰여 있었다.

우리는 그때 다섯 살이었다. 나도 네가 좋다고 답했다. 사실 그렇게 답한 건 그렇게 하는 게 예의인 것 같았기 때문이다. 나는 매너 있게 행동해야 한다고 배웠다. 우리는 그날 오후 쉬는 시간 내내 손을 잡고 있었다. 그리고 내가 제일 좋아하는 트랜스포머 옵티머스 프라임 연필을 세실리아한테 빌려주기까지 했다. 다음 날, 내가 다시 손을 잡으려고 하자 세실리아는 혀를 쏙 내밀었다. 아마 나를 더 이상 좋아하지 않는다는 뜻이었던 것 같다. 내가 연필을 돌려달라고 하니 세실리아는 잃어버렸다고 했다.

세실리아는 나의 처음이자 유일한 여자 친구였다.

나는 뉴턴의 운동 법칙, HTML, 기초 삼각법은 이해하지만 여자들은 도무지 이해할 수 없다. 여자들은 정해진 패턴을 따르지 않는다. 변수가 가득한 등식 같다. x+y=z일 때 x=q이고 y는 계속해서 변한다. 그리고 z는 내 뒤에서 나에 대해 수군거린다. 가끔 여자애들이 뒤에서 나에 대해 쑥덕거리는 걸 봐서 안다. 누나가 전화 통화를 할 때 자기 친구들에 대해 뒷말하는 걸 엿들어봐서 안다.

내 경험상 여자들보다는 남자들과 어울리기가 더 쉽다. 우리는 기본적인 욕구가 있다. 감자 칩, 비디오 게임, 건물 폭파 장면이 나오는 액션 영화 같은 것들 말이다. 그래서 우리는 서로 조화로울 수 있는 것이다. 조화라는 것은 갈등 없이 어울린다는 뜻이다. 딸기와 휘핑크림은 조화롭다. 햇살과 수영장은 조화롭다. 수소와 산소, 한 솔로와 츄바카, 시리얼과 우유는 조화롭다.

누나와 나는 조화로울 수 없다. 우리는 다섯 살밖에 차이가 안 나지만 가끔 누나는 나랑 스무 살쯤 차이 나는 것처럼 행동한다. 나는 세상에 태어난 이후로 줄곧 누나한테 감시당하고 있다는 느낌을 받았다. 처음 걸음마를 배울 때는 누나가 내 뒤에 바짝 붙어 서서 나를 잡을 준비를 했다. 자라면서는 나한테 문제를 내고 틀린 답을 고쳐줬다. 색칠 놀이를 하다가 선 밖으로 삐져 나가면 콕 집어 말했고, 내가 모르는 단어를 지적했다. 부모님은 누나가 내 주변을 이렇게 맴돌면서 운동화 끈을 매주거나 "아니야, 스티브" 하고 엄마 흉내를 내며 숙제를 봐주는 걸 사랑스럽게 여겼다. 누나가 나한테 애정을 표현하는 방식이라고 생각했다. 하지만 나는 안다. 이 모든 것은 우리 둘 중 누가 위에 있는지를 보여주기 위한 누나만의 방식이라는 걸 말이다.

이 세상에는 호랑이와 양이 있다고 아빠가 말했다. 누나는 호랑이고 나는 양이 분명하다. 우리 둘은 조화로울 수가 없다.

우리 부모님도 조화로울 수가 없다. 그래서 엄마는 주말 내내 정원에서 잡초를 뽑고 딸기를 돌보며 시간을 보낸다. 아니면 그냥 테라스에 앉아서 하늘을 쳐다본다. 그리고 아빠는 주로 실내에서 시간을 보낸다. 우리 부모님은 마치 서로 섞으면 독성이 강해지는 식초와 표백제 같다. 별것 아닌 일에도 욱하기 일쑤다. 식

기세척기에서 그릇을 안 뺐다는 이유 때문에, 혹은 무심코 던진 한마디에 금세 큰 소리가 나기 시작한다.

토퍼는 알고 있다. 토퍼가 우리 집에 놀러 왔을 때도 부모님은 싸웠다. 그럴 때면 우리는 집을 나와 동네에서 자전거를 탔다. 가끔은 토퍼네 집에 가기도 했다. 낚시 망과 빈 마가린 통을 들고 올챙이를 잡으러 연못에 갈 때도 있었다. 절대 결혼 같은 건 하지 않겠다고 토퍼가 맹세했던 날, 우리는 그곳에 있었다.

부모님은 신용카드 청구서 때문에 싸우고 있었다. 그 소리가 내 방에까지 들렸다. 누나가 짜증과 걱정이 뒤섞인 얼굴을 하고 선 방 안으로 고개를 들이밀었다.

"나, 내트네 집에 가서 공부할 건데 우리 두 샌님들, 가다가 중간에 내려줄까?"

나는 얘기가 길어질까 봐 얼른 고개를 저었다. 하지만 토퍼가 말했다.

"크리스 누나, 우리도 그러면 좋겠지만 누나의 그 빗자루에 우리 셋이 다 탈 수 있을지 모르겠네."

누나는 열여섯 번째 생일날 산 차를 몰고 다닌다. 그리고 누나는 크리스라고 불리는 걸 싫어한다. 적어도 이 점은 토퍼랑 똑같다.(크리스는 크리스티나, 토퍼는 크리스토퍼의 애칭:옮긴이)

"너, 정말 짜증난다." 누나가 그렇게 말하고는 나를 쳐다봤다. "넌 괜찮아?"

나는 고개를 끄덕였고, 누나는 방에서 나가기 전 토퍼를 다시 한 번 째려봤다.

"넌 누나랑 어떻게 같이 사냐?" 토퍼가 물었다.

"더 최악도 있는데 뭐. 샌드타이거 상어는 배 속에 있는 형제를 잡아먹어."

"그래? 어쨌든 네가 누나하고 쌍둥이가 아니라서 다행이야."

우리는 도구를 챙겨 들고 올챙이를 잡으러 나갔다. 막대기를 휘두르며 쐐기풀과 부들을 피해 물가로 향했다.

"확실히 많이 싸우긴 하시네." 토퍼가 말했다.

"같은 방에 있을 때만 그러셔."

토퍼는 웃지 않았다. 가끔 토퍼는 내 농담을 이해하지 못한다.

"결혼은 하면 어떻게 되는지 알면서도 하는 거잖아."

토퍼가 이런 말을 하는 게 조금 이상했다. 토퍼네 거실 벽에 걸린 사진을 보면 토퍼네 부모님은 언제나 웃고 있었다.

"너희 부모님은 사이가 좋으시잖아."

"두 분을 붙여놓을 수만 있다면 그렇지."

토퍼의 아빠는 낮에 일하고 엄마는 저녁에 일한다. 내가 놀러 가면 두 분 중 한 분은 항상 집에 있었지만 두 분 다 있는 적은 거의 없었다. 토퍼네 부모님은 토퍼의 일에 크게 관여하지 않았다. 그 때문에 토퍼는 속상해했지만 나는 그게 부러웠다.

나는 토퍼를 따라 시냇가에 놓인 바위에 올라섰다. 올챙이를 찾기엔 아직 이른 시기였다. 물은 여전히 차갑고 개구리들은 이제 막 알을 낳기 시작했다. 하지만 나는 굳이 설명해주지 않았다. 토퍼 옆에서 허리를 숙이고 시냇물의 잔물결을 관찰하는 척했다.

"영화가 우리한테 가르쳐준 게 있다면 그건 바로 절대 결혼해선 안 된다는 거야." 토퍼가 말했다. "〈프린세스 브라이드〉만 봐도 그렇잖아."

우리는 이틀 전에도 그 영화를 봤다. 네 번째로 말이다. 토퍼가 가장 좋아하는 영화라서 토퍼는 거의 모든 대사를 외우고 있다. 나는 토퍼가 다음에 뭐라고 말할지 알고 있었다.

"웨스틀리와 버터컵은 결국 만나지만 결혼은 하지 않잖아. 그냥 키스만 하고 말지. 그게 전부야. 그리고 버터컵은 자기가 결혼한 줄 알고 자기 심장을 찌르려고 하잖아. 그게 무슨 뜻인 것 같아?"

"이 세상에서 가장 완벽한 가슴이 사라져버린다는 거?"

내 예상대로 토퍼가 웃었다.

"내 생각에 사랑은 괜찮지만 결혼은 미친 짓이야."

이게 바로 빅스비 선생님이 말씀하신 이 이야기의 교훈이었다.

"그럼 나이 든 부부들은? 미라클 맥스와 마녀는? 둘은 결혼했잖아."

"장난해?" 토퍼가 말했다. "그 둘은 서로를 싫어했어. 그 둘뿐만이 아니야. 〈스타워즈〉의 아나킨하고 파드메도 그렇잖아. 결혼했지만 아나킨이 포스를 이용해 파드메를 목 졸라 죽이려고 했잖아. 슈퍼맨, 인디애나 존스, 캣니스 에버딘 모두 결혼 안 하고도 행복했는데."

"사실 캣니스는 결혼했어."

나는 크리스마스 연휴 때 〈헝거 게임〉 시리즈를 다 읽었다.

"에필로그는 치면 안 되지." 토퍼가 반박했다. "그건 그냥 작가들이 끝에 해피엔딩을 덧붙여주는 거잖아. 캣니스는 여전히 불행했을 수도 있어."

그러고는 한숨을 쉬며 빈 마가린 통을 시냇가에 내려놓고 그 옆에 풀썩 앉았다. 나는 토퍼 옆에 앉았다. 우리는 잠시 동안 구름을 올려다봤다.

토퍼가 몸을 돌리더니 내 어깨에 양손을 올렸다.

"약속해. 무슨 일이 있어도 절대로 내가 결혼하도록 내버려두지 않겠다고 말이야."

토퍼가 장난을 치는 건지, 진심인지 알 수가 없었다. 토퍼는 이랬다저랬다 변덕이 심했다.

"오케이."

나는 건성으로 말했다. 약속하는 거야 뭐 어렵지 않으니까. 그리고 우리는 이제 겨우 열두 살이니까.

"안 돼. 약속해. 내가 무슨 말을 해도 절대 그런 일이 일어나게 해선 안 돼. 아니, 절대로 여자 때문에 우리 사이가 틀어지지 않을 거라고 약속해. 무슨 일이 있어도 말이야."

토퍼가 내 어깨를 놓아주고 손을 내밀었다. 우리는 맹세의 악수를 나눴다.

"맹세할게."

그렇게 토퍼와 나는 이른 봄날 올챙이도 없는 시냇가에서 잠시 손을 잡고 있었다.

버스가 먼지와 배기가스 구름을 남기고 떠났다. 우리는 숨이 막혀서 기침을 했다. 주위를 둘러보니 시내의 더러운 벽돌 건물들이 우리를 반기고 있었다. 길에는 깨진 병들과 어제 신문이 구겨진 채 나뒹굴고 있었다. 그리고 동네 벽에는 그라피티가 그려져 있었다. 만일 토퍼한테 묻는다면 여기저기 보이는 저 빨간색과 흰색 글씨는 고대 엘프어고, 저기 저 문양들은 마법의 세계로 안내하는 거라고 말할 게 분명했다. 하지만 이곳은 마법이 일어날 법한 곳과는 상당히 거리가 있어 보였다.

"병원은 저쪽이야." 토퍼가 지도를 확인하더니 말했다. "그리고 공원은 병원 바로 뒤에 있어. 하지만 우리가 지금 가야 할 곳은 저 아래에 있어."

우리가 가야 할 곳은 '오늘은 뭐 마실까'였다. 주류 판매점 15곳 중 고르고 골라 선정한 곳이다. 버스 정류장에서 가장 가깝다는 이유로 말이다. 그리고 가게 홈페이지를 보니 취급하는 와인의 종류도 많았다.

치즈케이크 때문에 가방끈이 어깨를 계속 짓눌렀다. 아무리 생각해도 왜 브랜드 말고 내가 이 케이크를 들고 있는 건지 알 수가 없었다. 브랜드의 가방이 내 것보다 엄청나게 작은 것도 아니고, 덩치는 우리 중 브랜드가 가장 큰데 말이다. 브랜드는 트레버 앞에서 대놓고 녀석의 이름을 부를 수 있을 정도로 덩치가 좋다.

"자, 6학년 세 명이서 어떻게 와인을 살 수 있는지 다시 한 번 말해볼래?"

내 물음에 토퍼가 어깨를 으쓱하며 말했다.

"간단해. 가게 앞에서 어슬렁거리다가 우리 부탁을 들어줄 만한 사람을 찾으면 돼."

브랜드가 몸을 돌려 토퍼 앞을 막았다.

"그게 다야? 그게 바로 네가 고심해서 짠 최종 계획이야?"

"왜? 영화에선 이렇게 많이 한단 말이야!"

"내가 본 영화에선 그렇지 않던데."

맞는 말이다. 나는 브랜드의 편을 들기는 싫지만, 해리 포터가 해그리드한테 돈을 쥐여주며 리키 콜드런(〈해리 포터〉 시리즈에 나오는 마법사들의 단골 술집:옮긴이)에 가서 맥주를 사다 달라고 부탁하는 장면 같은 건 본 기억이 없다.

"그럼 우리가 뭘 어쩔 수 있을 거라고 생각했는데? 와인을 티셔츠에 숨겨서 나오기라도 할 줄 알았어? 그거야말로 불법이지!"

"미성년자가 술을 사는 것도 불법이야." 내가 지적했다.

"하지만 훔치는 건 더 큰 범죄야." 토퍼가 받아쳤다.

나는 머리를 절레절레 흔들었다. 이런 일은 합법 아니면 불법, 둘 중 하나뿐이다. 그리고 이건 명백히 불법이다. 하지만 토퍼는 계속 우겨댔다.

"될 거라니까. 그럴싸한 이야기만 만들어내면 돼."

"안 그럴싸한 이야기도 한번 들어볼래?" 브랜드가 중얼거리듯 말했다. "폭스 리지 초등학교 6학년 학생 세 명이 오늘 아침 불법으로 와인을 구매하려다가 체포되었습니다. 자세한 내용은 여섯 시 뉴스에서 확인하실 수 있습니다."

"잘 들어. 아무도 이 일이 쉬울 거라고 생각하진 않았잖아. 너도 알고 시작한 거고. 게다가 할 거면 제대로 하자고 한 사람은 바로 너야." 토퍼가 고개를 젓고 있는 브랜드를 쳐다봤다. "그러니깐 이번엔 나를 믿어봐."

그러고는 우리를 안심시키려는 듯 미소를 지어 보였다. 하지만 우리만큼이나 토퍼도 자신이 없다는 게 느껴졌다.

'오늘은 뭐 마실까' 간판에는 라벨에 X가 여러 개 쓰인 병을 들고 있는 남자의 그림이 있었다. 남자의 입과 귀에서 거품이 나오는 걸로 보아 남자는 정말 행복한 듯 보였다. 건물 벽에는 금이 가 있고, 창문에는 창살이 쳐져 있었다. 이 점은 짚고 넘어가야 할 것 같았다. 나는 보통 창문에 창살을 치는 곳이 어디인지 생각해봤다. 감옥, 정신병원, 총기 매장…. 나는 핸드폰으로 시간을 확인했다. 11시 18분. 지금 학교에 있다면 나는 작가 워크숍에 참여하고 있었을 것이다. 거기서 노벨상을 탄 천체물리학자가 자기보다 못난 누나 앞에서 거들먹거리는 이야기를 완성하고 있었을 것이다.

"그래서 어떻게 하면 되는 건데?" 내가 물었다.

"적당한 표적을 찾아야지." 토퍼가 말했다.

나는 토퍼가 말한 '표적'이 미성년자에게 술을 사줄 정도로 멍청한 사람을 뜻하는 거라고 생각했다.

괜히 어슬렁거리며 길을 건너는 사람들을 훑어보고 있는 걸 들키지 않기 위해 우리는 창살이 쳐진 창문에서 보이지 않을 만한 길모퉁이에 앉았다. 내가 지나가는 사람 중 몇 명을 가리켰지만 토퍼는 번번이 고개를 저었다. "저 사람 말고." *저 사람도 안 돼. 양복 입은 사람은 안 되지. 저 여자도 안 돼. 애 있는 사람은 빼고. 안 돼. 너무 나이가 많잖아. 아니, 너무 젊어.*

내가 가방을 여러 개 들고 천천히 걸어가고 있는 아줌마를 가리키자, 토퍼가 웃긴다는 듯 나를 쳐다봤다.

"저 아줌마는 임신부잖아. 제발 상식적으로 생각하자."

원래대로라면 나는 지금 213호 교실에 앉아서 브라운리 선생님의 강아지 이야기를 듣고 있어야 한다. 하지만 지금 나는 길모퉁이에 앉아서 체포될 위험을 감수하면서까지 아이 셋에게 술을 사다 줄 사람을 찾고 있었다.

"저기 봐." 토퍼가 말했다. "저기 저 남자는 어때?"

토퍼가 가리킨 남자는 30대 중반 정도로 보였다. 찢어진 청바지에 파란색 티셔츠를 입었고 닳아빠진 카우보이 부츠를 신고 있었는데 그 모습이 왠지 나를 긴장시켰다. 일행이 있거나 핸드폰을 귀에 대고 통화하면서 바삐 걸어가는 사람들과 달리, 그 남자는 딱히 갈 곳이 없어 보였다.

"포도 탄산음료는 어때? 슈퍼에서 살 수 있잖아."

하지만 토퍼가 손을 저으면서 나를 막았다.

"안 돼. 저 남자가 제격이야. 내가 말해볼게."

남자가 가까워지자 토퍼가 일어나서 말을 걸었다.

"거기 파란 티셔츠 입은 아저씨, 여기요."

카우보이 부츠를 신은 남자는 토퍼를 무시하고 계속 걸어갈 것처럼 보였다. 하지만 토퍼가 다시 불렀다.

"저기요, 아저씨. 시간 있으세요?"

남자가 고개를 돌렸다.

"나 부른 거니?"

나는 필사적으로 고개를 저었지만 토퍼는 고개를 끄덕이며 남자한테 다가갔다. 브랜드와 나는 즉시 토퍼 옆에 따라붙었다. 턱에서부터 입까지 기다란 흉터가 나 있는 게 보일 정도로 우리는 남자와 가까이 서 있었다. 감방에서 칼싸움을 하거나 술집에서 다투다가 생길 법한 상처였다.

"제 얘기 좀 들어주세요." 토퍼가 말했다. "약간 이상하게 들릴 수도 있지만 부탁이 있어서요. 내일이 엄마의 마흔 번째 생신이라 와인을 한 병 선물하고 싶은데, 보시다시피 제가 술을 사기엔 좀 어려서요."

남자의 왼팔에는 팔 길이만큼 문신이 그려져 있었다. 녹색과 금색의 용이었는데 꼬리는 티셔츠 소매 속에 감춰져 있었다. 내 주변에는 문신을 한 사람이 단 한 명도 없다. 빅스비 선생님의 문신도 실은 꾸며낸 것이었고.

"좀 어리다." 남자가 가늘게 뜬 호박색 눈으로 토퍼를 보며 되풀이했다. "너, 열 살은 됐냐?"

"열세 살이에요." 토퍼가 꾸며낸 말투로 말했다. "말씀드린 것처럼 엄마 생신이 내일이고 돈도 가져왔거든요. 그러니까 와인 사는 것만 좀 도와주시면 돼요."

남자가 우리를 번갈아 쳐다봤다. 나는 남자와 마주 보지 않았지만 그의 눈빛이 느껴졌다.

"너희 아빠한테 부탁하지 않고 왜?"

"아빠는 돌아가셨거든요." 토퍼는 주저 없이 말을 이어갔다. "비행기 사고였어요. 6년 전 앨버커키에서 열린 치과 학회 세미나에 가셨다가 집으로 돌아오는 길에…."

나는 시치미 뚝 떼고 저런 말을 하고 있는 토퍼를 차마 볼 수가 없었다. 토퍼 아빠는 회계사다.

"앨버커키?" 남자가 못 미더운 듯 말했다.

"뉴멕시코 주요."

내가 끼어들자, 토퍼가 팔꿈치로 나를 찔렀다.

남자가 고개를 저었다.

"애들아, 엄마한테는 꽃이나 선물로 드리려무나."

그러고는 다시 뒤돌아 가던 길을 가기 시작했다.

나는 한숨을 내쉬었다. 그런데 토퍼가 외쳤다.

"잠깐만요."

남자가 걸음을 멈췄다.

"알겠어요. 엄마에 대해 한 말은 모두 거짓말이에요. 엄마 때문이 아니에요. 실은 선생님께 드리려고 사려는 거예요. 저희 선생님은 지금 췌장암 때문에 병원에 누워 계세요. 학교에서 송별회를 해드리려 했는데 갑자기 내일 보스턴으로 떠나신다고 해서 작별 인사 드릴 기회가 없어졌지 뭐예요. 그래서 저희는 지금 학교도 빠지고 선생님을 만나러 가는 중이에요."

토퍼는 이렇게 하지 않으면 말을 끝까지 다 못 할까 봐 숨 한 번 쉬지 않고 할 말을 쏟아냈다.

남자가 잠시 고민하는 듯하더니 다시 고개를 저었다.

"첫 번째 얘기가 더 그럴싸하구나."

하지만 남자는 떠나지 않았다. 대신 우리를 다시 쳐다봤다. 나는 남자와 눈을 마주치는 실수를 하고 말았다. 남자의 눈은 한가운데 검은 구멍이 난 황금빛 동전 같았다.

"너희들, 돈은 있다고?" 남자가 여전히 나를 보며 물었다.

나는 고개를 살짝 끄덕였다.

남자가 급하게 돈을 달라는 손짓을 했고, 나는 주머니를 뒤져 베이커리에서 사용하고 남은 지폐를 찾았다. 토퍼도 브랜드가 돌려줬던 10달러짜리 지폐를 찾아 꺼냈다.

"25달러." 남자가 기침을 했다. "이게 다야? 너희가 가진 돈이 이게 전부야?"

"왜요? 25달러 갖고는 부족해요? 저희는 딱 한 병만 있으면 돼요." 토퍼가 말했다.

남자가 턱에 난 상처를 문질렀다. 남자의 손가락에 상처에서 떨어진 듯한 딱지가 묻어 나왔다. 칼싸움에 주먹다짐까지 한 게 틀림없다.

"좋아. 그럼 이렇게 하자. 10달러로는 다 죽어가는 너희 엄마 와인을 한 병 사고, 나머지는 내가 갖는 거야. 알겠지?"

우리는 서로 쳐다봤다. 약간 의심스러웠지만 우리가 뭐라 할 처지는 아니었다. 토퍼가 고개를 끄덕였고 나도 따라 끄덕였다. 브랜드는 꼼짝도 하지 않았다.

"좋았어. 돈 이리 줘. 그리고 너희들은 여기서 기다려."

내가 돈을 건네려는데 브랜드가 내 팔목을 잡고 막았다.

"아니요." 브랜드가 말했다.

"뭐라고?"

나는 팔뚝에 문신을 새긴 저 수상한 남자와 싸워서 좋을 게 없다는 걸 알리기 위해 브랜드의 발을 밟으려 했지만 브랜드는 무시했다.

"안 돼요. 우리도 같이 가게에 들어갈게요. 우리가 고를 거예요. 완벽한 걸로 골라야 하거든요."

남자가 무슨 이유에선지 콧방귀를 뀌었다. 그러면서 입꼬리를 괴상하게 씰룩거리자 얼굴이 못생겨졌다.

"10달러짜리 완벽한 와인이라. 좋아, 그러시든가. 다 같이 들어가자. 만약 누가 물으면 난 너희들 아빠인 거야." 그러면서 토퍼와 브랜드를 가리키더니 마지막으로 나를 가리키며 이렇게 말했다. "그리고 넌 중국에서 입양한 거다."

"저는 일본계인데요."

나는 그렇게 대꾸하고는 입을 다물고 신발만 내려다봤다.

남자가 토퍼와 나한테서 돈을 챙겨 청바지 뒷주머니에 집어넣었다. 그리고 '오늘은 뭐 마실까' 가게의 문으로 향했다.

토퍼가 나를 보며 방긋 웃었다. 내가 자기한테 천재라고 말해주길 바라는 거였다. 자기가 맞았다고 말해주길 바라는 거였다.

그때 브랜드가 용 문신을 한 남자를 급히 잡아챘다.

"아저씨 이름이 뭐예요?" 브랜드가 물었다. "뭐라고 불러야 해요?"

"조지라고 불러. 조지 넬슨." 남자가 말했다.

'오늘은 뭐 마실까'의 내부는 알렉산더 책방과 비슷했다. 다만 책 대신 술병이 있고 책장의 먼지 대신 바닥에 갈색 자국들이 있었다. 그리고 계산대 뒤에 서 있는 남자는 알렉산더 아저씨와 조금도 닮지 않았다. 우선 이 남자는 에두아르도 아저씨만큼이나 컸다. 그리고 두꺼운 목을 지나치게 조이는 빨간색 폴로셔츠를 입고 야구 잡지를 읽고 있었다.

남자가 고개를 들고는 조지 넬슨한테 끄덕이며 인사했다. 그런 뒤 뒤따라 들어오는 우리 셋을 보고 인상을 썼다.

"애들아." 조지 넬슨이 옆 건물까지 들릴 정도로 크게 우리를 불렀다. "엄마를 위해 값싸고 좋은 와인 하나 골라 오려무나." 그러고는 계산대 뒤에 서 있는 남자한테 몸을 돌렸다. "내일이 엄마 생일이라 애들이 엄마를 위한 저녁 준비를 한다고 하네요."

"기특한 애들이네요."

덩치 큰 남자가 건성으로 대답하고는 잡지 속으로 얼굴을 파묻었다. 나는 다시 한 번 창문 창살을 쳐다본 다음 우리의 보호자를 두고 브랜드를 따라 가운데 통로로 갔다.

"서두르자." 내가 말했다. "여기에 오래 있기 싫어."

"대체 어떤 걸 찾아야 하는 거야?" 브랜드가 와인 칸에 무더기로 진열된 병들을 보며 물었다.

"난 이런 건 하나도 몰라." 토퍼가 말했다.

빅스비 선생님은 어떤 와인을 좋아하는지 우리한테 말해주신 적이 없다. 6학년 학생들과 할 이야깃거리는 아니긴 하다. 나는 무제한 데이터를 아낌없이 지원해주는 부모님께 다시 한 번 감사함을 느끼며 핸드폰을 꺼냈다. 배터리가 8퍼센트밖에 안 남았다는 경고 메시지가 떴다.

우리 뒤로는 조지 넬슨이 통로를 왔다 갔다 하며 갈색 액체가 든 병을 집어 들고 신중히 살펴보고 있었다. 이 가게에 있는 1분 1초가 나를 점점 더 불안하게 만들었다. 계산대 뒤에 서 있는 저 덩치 큰 남자는 잡지 너머로 우리를 주시하고 있었다. 표지에는 올해 시카고 컵스가 내셔널 리그에서 우승할 가능성이 높다고 쓰여 있었다.

"그냥 이거 사자." 브랜드가 '진판델'이라고 적힌 병을 하나 들면서 말했다. "화이트 와인이래. 치즈케이크도 흰색이니깐 어울릴 거야."

"와인은 그렇게 고르는 게 아닌 것 같은데." 토퍼가 대꾸했다.

나는 인터넷으로 화이트 초콜릿 라즈베리 치즈케이크와 와인을 검색했다. 이에 관해 궁금한 사람이 내가 처음은 아니었다. 이건 조화의 문제다. 사실 많은 것들이 그렇다.

"혹시 모스카토나 브라케토 보여?" 제대로 읽었길 바라며 내가 말했다.

우리는 다 같이 선반을 훑어봤다.

"저기 하나 있다. 로버트 몬다비 나파 모스카토 도로." 토퍼가 말했다.

"이건 보-데-가스-발-데-비드-베르-데-조-콘-데-사-에-로야." 브랜드가 음계를 읊듯이 말했다. "그렇게 읽는 것 같아."

"너무 길어. 아스티 스푸만테는 어때? 이건 들어본 적 있는 것 같아. 그리고 6달러밖에 안 해." 토퍼가 말했다.

"6달러밖에 안 하는 와인은 안 좋은 거야." 브랜드가 말했다.

"언제부터 와인 전문가가 되셨대?" 토퍼가 나를 쳐다봤다. "이 와인은 어떻대?"

토퍼가 이탈리아어 같아 보이는 긴 이름의 병을 하나 집어 들었다. 나는 핸드폰에 그 이름을 입력해서 와인 설명이 한가득 있는 사이트를 찾아냈다. 나는 속삭이듯 목소리를 낮춰서 읽었다.

"순한 시트러스와 배 향이 장미, 꿀, 달콤한 바이올렛의 향긋한 노트와 합해져 강렬하면서도 섬세한 향기를 창조한다. 약간의 생강 향으로 상쾌하게 마무리된다…."

"말만 들어선 역겨울 것 같은데." 브랜드가 말했다.

"그러게." 토퍼가 병을 도로 자리에 놓았다. "이건 어때?"

내가 핸드폰에 이름을 입력하는 동안 모두 내 옆에 모여 섰다.

"블랙 커런트, 코코아, 바이올렛, 스모크 향에 부드러운 라즈베리와 양토가 어우러져 실크처럼 부드럽고 매혹적인 뒷맛을 완성한다."

"우웩. 누가 이딴 걸 마셔?"

"그리고 대체 양토가 뭐야?"

브랜드가 궁금해하기에 내가 찾아보려니까 토퍼가 말렸다.

"여기, 정확히 10달러짜리 와인이야. 게다가 이건 이름도 읽을 수 있어."

토퍼가 우프 우프라고 쓰인 와인을 한 병 들자, 브랜드가 고개를 저었다.

"선생님, 저희가 우프 우프 와인을 준비했어요. 이렇게 말할까? 이름이라도 좀 고상한 걸로 다시 찾아보자. 그냥 처음에 고른 게 어때? 양토 있는 거 말고."

토퍼와 브랜드가 아옹다옹하는 동안, 나는 무슨 바람이 들었는지 핸드폰에 조지 넬슨이라는 이름을 쳐봤다. 적어도 소셜 네트워크나 온라인 전화번호부 상에는 이 주변에 조지 넬슨이란 사람이 없었다. 그래도 조지 넬슨이 미국의 유명한 가구 디자이너라는 건 알게 됐다. 조지 넬슨은 또 미국 역사상 악명 높은 은행 강도이자 살인마의 별명이기도 했다.

나는 핸드폰을 내려놓았다. 브랜드와 토퍼는 각자 손에 와인을 한 병씩 들고 달콤한 바이올렛이 무슨 맛인지에 대해 열띤 토론을 벌이고 있었다.

그때 계산대 뒤에 있던 덩치 큰 남자가 우리를 불렀다.

"얘들아!"

우리는 다 같이 뒤를 돌아봤다.

남자가 문을 가리켰다.

"너희 아빠라던 사람이 방금 너희를 두고 가버렸다."

토퍼

조지 넬슨이 도망갔다. 우리의 전 재산을 가지고.

우리는 와인 병들을 급히 선반에 놓고 곧바로 가게를 나왔다. 왼쪽, 오른쪽, 주변을 살폈다. 파란색 티셔츠에 찢어진 청바지, 검은 머리의 사내가 저기 길모퉁이에 있었다. 도둑이 우리를 보더니 빠르게 도망쳤다.

"저기 있어! 저 사람 빨리 잡아!"

브랜드가 앞장섰고 내가 바로 그 뒤를 쫓았다. 스티브는 맨 뒤에서 따라오면서 가방이 무겁고 덜렁거린다며 툴툴거렸다. 나는 브랜드를 따라잡고 씩씩대면서 상황을 중계했다.

"용의자는 백인 남성이며 키는 179센티미터에 몸무게 81킬로그램. 현재 뛰어서 도주 중. 마지막으로 확인된 지점은 우리가 달려가고 있는 아무개 길과 우리가 들어설 아무개 거리의 교차로다."

하지만 우리 뒤를 쫓아오는 건 스티브뿐이었고, 스티브는 벌써 쓰러지기 일보 직전처럼 보였다.

저 멀리 뛰어가던 조지 넬슨이 교차로로 들어서기 전에 또 한 번 뒤를 돌아봤다. 그 순간 자동차가 끼익 소리를 내면서 멈춰 섰다. 조지 넬슨은 차 범퍼에 무릎을 치여 한 바퀴 굴렀지만 곧바로 일어나 뛰었다. 그 바람에 자동차 여러 대가 급정거를 했고 경적 소리가 여기저기서 터져 나왔다.

브랜드와 내가 차도로 들어선 순간, 조지 넬슨을 깔아뭉갤 뻔했던 차의 운전자가 창문을 내리고 욕을 하기 시작했다.

보통 누군가를 쫓을 때는 양쪽을 살피며 길을 건너지 않는 법이다. 브랜드는 그 차를 피해 갔지만, 나는 충동적으로 양손으로 자동차 후드를 짚고 폴짝 뛰었다. 내가 원하는 그림은 차 위로 뛰어 올라가서 옆에 있는 차 지붕으로 점프해 이동하는 거였지만, 이 정도가 내가 할 수 있는 최선의 행동이었다.

교차로를 건너서 뒤돌아보니, 스티브가 교차로 가장자리에 있는 우편함에 기댄 채 우리한테 손을 흔들었다.

"나 빼고…" 스티브가 소리쳤다. "너희 먼저 가!" 그러고는 털썩 주저앉았다.

"요원이 쓰러졌다!"

내가 외쳤지만 브랜드는 멈추지 않았다. 조지 넬슨은 여전히 우리보다 20미터 넘게 앞서 있었다. 우리는 성난 보행자들을 스치듯 달려갔다. 브랜드가 저렇게 빨리 달릴 수 있다는 게 신기했다. 나는 온 힘을 다해 브랜드를 따라갔다. 술집과 식당 앞에서 길을 건너 낡은 호텔의 진녹색 차양 아래로 들어갔다. 도둑과의 거리는 이제 15미터밖에 되지 않았다. 드디어 조지 넬슨을 거의 따라잡았다. 그런데 자갈이 발에 차여 마구 튀었다. 가방은 한 발 한 발 내디딜 때마다 위아래로 들썩거렸다. 나는 마주 오던 사람과 부딪칠 뻔했고, 그 사람은 앞을 똑바로 보고 다니라고 했다. 나는 사과했다. 하지만 영웅은 절대 사과하지 않는다. 지구를 구하는 것만으로도 너무 바쁘기 때문이다.

"거의 다 따라잡았어!"

그런데 갑자기 옆구리 부근이 찌르는 듯 아팠다. 분명 총에 맞은 것이다. 옥상에 있던 저격수가 범인의 도주를 돕고 있는 것이다. 나는 갈비뼈 아래를 만져보며 숨을 크게 쉬었다.

피도, 총알도 없었다. 단순 경련이었다. 나는 손으로 옆구리를 누른 채 다시 뛰기 시작했다. 멀리서 헬리콥터 소리가 들리는 것 같았다. 아니면 그냥 자동차 엔진 소리일 수도.

도둑이 슬쩍 돌아보더니 바로 뒤에서 우리가 쫓는 걸 보고 쓰레기통을 쓰러트렸다. 쓰레기통이 쾅 하고 쓰러지며 길 한복판을 막았다. 아주 뻔한 수법이다. 나라도 저렇게 했을 것이다.

브랜드가 좀 전에 자동차를 피했듯이 쉽사리 쓰레기통을 피해 갔다. 노련한 움직임이었다.

나는 브랜드가 아니다.

나는 제임스 본드다. 나는 제이슨 본이다. 나는 슈퍼마리오다.

나는 망토 없는 배트맨이다. 나는 피해 가지 않는다. 나는 넘어간다. 나는 뛰어오른다. 나는 하늘을 난다.

나는 쓰레기통에서 굴러 나온 캔의 모서리를 밟고 말았다. 비틀거리며 넘어지지 않으려고 애쓰다가 발을 접질렸고, 결국 넘어지고 말았다.

나는 바닥에 벌렁 나자빠졌다. 턱이 까지고 책가방이 머리 위로 떨어졌다. 이건 전혀 007답지 않은 행동이다.

앞서 가던 브랜드가 내 비명 소리를 듣고 멈춰 섰다. 나를 봤다가 또 다른 모퉁이로 꺾어 들어가고 있는 조지 넬슨을 쳐다봤다.

"가! 난 괜찮아."

하지만 브랜드가 보기에도 내가 괜찮지 않아 보였나 보다. 나는 발을 조금도 움직일 수 없었다. 발목이 부러진 것 같았다. 아니면 단순히 접질린 것인지도. 바늘로 쑤시는 것처럼 발목이 너무 아팠다. 나는 기어서라도 가보려고 무릎에 힘을 실었다. *두 발로 서는 거야. 무슨 배트맨이 이래?* 나는 허우적거리며 일어섰지만 왼발에 무게가 실리자마자 다시 쓰러졌다. 다리가 다 욱신거렸고, 심장이 밖으로 튀어나올 것처럼 쿵쾅거렸다. 도시 전체가 빙글빙글 도는 것 같았다. 나는 눈을 감았다.

정말 바보 같은 계획이었다. 알지도 못하는 사람한테 돈을 몽땅 주다니. 나는 주먹으로 땅바닥을 쳤다. 그래봤자 내 손만 아팠다. 그런데 양 겨드랑이로 손이 들어오는 게 느껴졌다.

"일어나게, 토퍼 일병."

브랜드가 나를 일으켜 세운 후 부축을 해줬다. 브랜드는 나를 끌듯이 부축해서 근처 벤치로 데려가 발목을 살폈다. 나는 주변을 둘러봤다. 조지 넬슨은 어디에도 없었다. 25달러도 함께 사라졌다. 우리의 작전이 완전히 좋난 것이다.

"도망가… 버렸네."

"그러게."

브랜드가 내 운동화 끈을 풀고 천천히 신발을 벗겼다.

"우리 돈을 갖고 튀었어."

"그러게."

브랜드가 조심스럽게 내 발을 움직였다. 나는 브랜드한테 아픈 걸 들키지 않으려고 애썼다. 브랜드가 천천히 내 발을 돌렸고, 나는 숨을 들이마시면서 눈을 질끈 감았다. 눈물이 찔끔 나왔다. 영웅은 울지 않는다.

"부러진 것 같진 않아." 브랜드가 한숨을 쉬었다. "아마 삔 걸 거야."

나는 인도 한가운데에 널브러져 있는 쓰레기통을 봤다.

"점프하는 게 아니었는데."

브랜드가 고개를 끄덕였다.

"네가 무슨 슈퍼맨이냐?"

나는 고개를 돌렸다. 나도 내가 슈퍼맨이 아닌 걸 안다. 당연히 알고말고. 브랜드까지 굳이 확인시켜줄 필요는 없다.

나는 가끔 내가 다른 삶을 살고 있다는 상상을 한다. 지금의 내가 아닌 다른 사람의 모습. 가끔이라기보다 자주 그런다. 하지만 나만 이런 상상을 하는 게 아니다.

어른들은 늘 우리가 어른이 되면 되고 싶은 사람이 될 수 있다고 하지만 그건 진심이 아니다. 어른들은 그 말을 믿지 않는다. 그냥 아이들이 믿기를 바랄 뿐이다. 어른들의 이야기는 동화일 뿐이다. 별것도 아닌 것을 가지고 우리가 흥분하도록 만드는 이빨 요정 이야기처럼. 생각해보면 꽤 징그러운 이야기다. 이를 뽑으면 그 자리에 피가 고이고 우리는 혀끝으로 잇몸을 눌러본다. 하지만 이빨 요정 이야기는 이런 상황을 아름다워 보이게 한다. 게다가 그 대가로 받는 1달러 동전을 생각하면 이를 뽑을 가치가 있는 것처럼 느끼게 만들기도 한다.

그러던 어느 날, 말썽 피운 벌로 빼앗긴 게임기를 찾으러 부모님 방에 몰래 들어가서 침대 옆 탁자 서랍을 연다. 그런데 그 안에서 피가 그대로 말라 갈색이 된 들쑥날쑥한 열두 개의 이가 든 비닐봉투를 발견한다. 봉투에 붙여놓은 테이프 위에는 사인펜으로 우리 이름이 쓰여 있다. 우리는 믿을 수가 없다. 그래, 이건 절대 우리 이일 수가 없다. 우리의 이는 네버랜드에 있으니까. 아니면 이빨 나라, 아니면 우주, 아니면 도둑 요정이 사는 세상에.

그래서 우리는 거짓말쟁이 사기꾼 부모님한테 따지게 된다. 엄마한테 이빨 요정에 대해 묻는다. 요정은 어디에 살고 낮에는 무슨 일을 하는지, 매일 밤 그 많은 이를 어떻게 찾으러 다니는지,

또 왜 어떤 아이의 이는 내 이와 달리 1달러가 아니라 5달러나 되는지 말이다. 그러면 엄마가 그럴싸한 마법 이야기를 해줄 테지만 우리는 엄마가 하는 말이 다 거짓말이란 걸 이제는 안다.

어른들은 다 똑같다. 어른들은 우리가 듣고 싶어 할 것 같은 이야기를 해주고, 진실은 나중에 우리가 직접 살아가면서 깨우치도록 한다. 우리는 우주비행사, 대통령, 메이저리그 야구 선수가 될 수도 있다. 하지만 사실은 될 수 없다. 우리는 수학을 싫어하고 부자도 아니며 공도 제대로 치지 못하기 때문이다. 이건 모두 또 다른 동화일 뿐이다.

가끔은 차라리 절대 불가능한 것을 믿는 게 나을 때도 있다. 주근깨 가득한 볼, 야윈 팔, 게다가 볼품없는 점프 실력 때문에 쓰레기통에 걸려 넘어진 아이보다는 비밀요원이나 사설탐정, 슈퍼히어로라고 믿는 편이 훨씬 낫다.

후끈거리는 발목과 까진 턱을 하고서 길 한복판에 벌렁 자빠진 채, 시도도 하지 말걸 하고 생각하기 전까지는 말이다.

스티브를 데리러 간 브랜드를 기다리면서, 나는 벤치에 앉아 부어오른 발목을 눌러봤다. 처음보다는 심하지 않았지만 움직이려 할 때마다 여전히 아팠다. 나는 빅스비 선생님한테 드릴 책이 든 책가방에 발을 올렸다.

브랜드와 스티브가 걸어오는 걸 보는 순간, 나는 뭔가 잘못되었다는 걸 알아챘다. 조지 넬슨은 우리 돈만 훔친 게 아니었다.

다른 게 더 있었다. 브랜드는 너무 화가 나서 벽돌 벽을 주먹으로 칠 것만 같았다. 스티브는 면목 없다는 듯 고개를 숙이고 있었다. 그리고 책가방을 마치 아기처럼 안고 있었다.

"토퍼한테 보여줘." 브랜드가 나한테 다가오며 말했다.

"뭘 보여줘?"

내가 묻자, 스티브가 마지못해 무릎을 꿇고 가방을 열었다. 나는 무슨 일이 일어났는지 알 수 있었다. 하얀 상자의 상태가 눈에 들어왔다. 상자는 모서리가 찌그러지고 한쪽이 움푹 들어갔다. 스티브가 상자 뚜껑을 열었다.

그 속에 들어 있던 25달러짜리 천국이 마치 지옥의 맛을 보고 온 것 같았다. 미셸 베이커리의 신성한 화이트 초콜릿 라즈베리 슈프림 치즈케이크는 이제 흰색과 빨간색 찰흙이 한데 뒤섞인 거대한 똥 덩어리 같았다. 따뜻한 열기 때문에 흐물흐물해진 케이크가 한 발 한 발 뛸 때마다 상자 벽에 부딪혀 엉망이 되고 만 것이다. 물론 맛이야 전과 다르지 않겠지만 과연 누가 그걸 먹고 싶어 할까 싶었다.

"엉망진창이야." 브랜드가 말했다. "모든 게 엉망진창이야."

브랜드가 나를 보지는 않았지만 나는 이게 결국 내 탓이란 걸 알았다. 브랜드의 말이 그 뜻이었다. 처음 계획을 짠 건 브랜드였지만 말이다. 저 케이크를 든 건 스티브였지만 말이다. 모든 게 내 잘못이다. 나만 아니었으면 조지 넬슨을 만나지 않았을 것이다. 조지 넬슨을 만나지 않았다면 우리는 돈을 지킬 수 있었을 것이고, 치즈케이크도 원래 모습을 유지하고 있을 것이다.

스티브가 케이크 상자를 다시 가방에 넣었다. 하지만 지금으로서는 그냥 통째로 버리는 편이 나을 것 같았다.

"이제 어떻게 해?" 스티브가 소심하게 물었다.

나는 뭐라고 답해야 할지 몰랐다. 우리에겐 이제 3달러밖에 없다. 게다가 발목을 삐었고 케이크는 엉망이 되었다. 경찰서로 갈수도 없는 노릇이다. *저기, 경찰관 아저씨, 저희가 어떤 아저씨한테 돈을 주고 와인을 사다 달라고 부탁했는데 그 아저씨가 우리 돈을 들고 튀었어요.* 비웃는 소리가 들리는 것 같았다. 브랜드가 '오늘은 뭐 마실까' 아저씨한테도 에두아르도 아저씨한테 했던 것처럼 마법을 부려 와인을 얻어내는 건 불가능할 것이다.

"어떻게 해야 할 것 같은데?" 내가 되물었다.

"끝까지 해봐야지." 스티브가 말했다. "그냥 빅스비 선생님 보러 병원에 가자. 간 김에 네 발목도 좀 보고."

나는 스티브를 노려봤다. 안 그럴 수가 없었다.

"어련하시겠어. 아주 좋은 생각이네. 응급실에 가면 간호사가 우리 집에 전화하겠지. 그럼 난 왜 학교를 빠지고 시내에 있는지, 왜 우리 돈을 훔친 남자를 뒤쫓다가 발목을 삔 건지 설명해야겠지. 그다음엔 너희 집에 전화해서 이 얘기를 또 해야겠지."

말을 마치자마자 기분이 안 좋아졌다. 스티브는 어깨를 축 늘어트리고 고개를 푹 숙였는데 턱이 가슴팍에 닿을 지경이었다. 부모님한테 전화한다는 생각만으로도 무서운 모양이었다.

"내 말은, 모양새가 어떻든 상관없다는 거야. 노력했다는 게 중요하지. 안 그래?" 스티브가 말했다.

브랜드가 스티브의 책가방을 보더니 조지 넬슨이 도망친 쪽을 쳐다봤다. 브랜드의 얼굴이 벌겋게 변했다.

"말도 안 돼."

브랜드가 그렇게 말하고는 우리를 등지고 걷기 시작했다.

"잠깐만, 어디 가는 거야?"

스티브가 소리쳤지만 브랜드는 대답하지 않았다.

나는 왼쪽 신발을 손에 쥐고서 겨우 일어났다. 그리고 발을 절며 겨우 세 걸음 걸었다. 스티브가 와서 나를 부축해줬다.

"브랜드, 멈춰봐. 너, 어디 가는 거야?"

"집에 갈 거야." 브랜드가 화난 듯이 답했다.

나는 스티브를 목발 삼아 절뚝거리는 발로 브랜드를 쫓아갔다.

"제발 좀 멈추라고!"

내가 다시 소리치자, 브랜드가 멈춰 섰다. 하지만 여전히 우리를 등지고 있었다. 나는 조심스럽게 몇 발 더 앞으로 나아갔다. 그때 브랜드가 뒤를 돌아봤다. 나는 브랜드의 뺨이 눈물로 젖은 걸 봤다. 지금까지 브랜드가 우는 건 본 적이 없었다.

"너흰 모를 거야." 브랜드가 소리치듯 말했다. "모두 끝이야. 우리가 전부 망친 거라고."

"그냥 케이크일 뿐이야."

브랜드가 머리를 흔들었다.

"아니야. 케이크뿐만 아니라 이건 모두 멍청한 계획이었어. 우린 시간만 낭비한 거야. 우리가 바꿀 수 있는 건 첨부터 아무것도 없었어. 이런 게 문제가 아니라고!"

브랜드가 스티브 어깨에서 가방을 거의 뺏다시피 잡아채며 말을 이었다.

"와인이나 멍청한 음악, 책이 문제가 아니란 말이야. 이 따위 케이크로는 암을 고칠 수가 없어!"

브랜드는 자기 말이 틀렸다는 걸 증명할 수 있으면 해보라는 듯 한참을 우리와 대치하듯 마주 봤다. 나는 입을 뗐지만 목이 바싹 말라서 아무 말도 나오지 않았다.

브랜드가 다시 뒤돌아서 걷기 시작했다.

"브랜드, 기다려."

"뭘 기다려야 하는데?" 브랜드가 우리 쪽으로 몸을 돌렸다. "상황이 나아질 때까지? 그럴 일은 없어. 절대. 점점 더 나빠지기만 할 뿐이라고. 그 남자가 우리 돈을 가져갔잖아. 끝이야. 넌 발을 절고 케이크는 망가졌어. 돌아갈 차비도 간당간당해. 이 작전은 망한 거야. 너희끼리라도 가고 싶으면 가. 하지만 난 안 갈 거야. 난 그만둘 거야. 집에 갈래."

스티브와 나는 서로를 쳐다봤다.

"이렇게 끝이야?" 내가 물었다. "뭔가를 해야 한다면서? 선생님은 더 좋은 걸 받으실 자격이 있다면서?"

"그래, 선생님은 더 좋은 걸 받으실 자격이 있어."

"그런데 지금 와서 그만둔다고?"

브랜드가 눈살을 찌푸렸다.

"그렇게 말하지 마. 넌 몰라. 오늘이 유일한 기회였어. 그런데 이젠…" 브랜드가 소매로 코를 닦고 같은 말을 반복했다. "넌 몰라." 그러고는 다시 몸을 돌려 걷기 시작했다.

"그럼 빅스비 선생님은? 빅스비 선생님은 어쩌고?"

하지만 아무 대답이 없었다.

빅스비 선생님은 이런 분이었다.

선생님은 항상 마술사가 되고 싶어 했다. 선생님이 나한테 이런 이야기를 해주신 적이 있다.

사실은 반 아이들 모두에게 해주신 이야기다. 〈호빗〉을 처음 읽기 시작했을 때, 우리는 선생님한테 가장 좋아하는 인물이 누군지 물었다.

"농담해? 간달프지. 간달프 말고 누가 있겠어?"

그런 뒤 선생님은 선생님의 할머니가 어쩌다가 애완용 모래쥐를 죽일 뻔했는지 들려주셨다.

선생님은 마술사가 되고 싶었다. 길거리에서 소매에 숨겨놓은 카드를 꺼내거나 조그만 빨간 공을 사라지게 만드는 그런 마술사가 되고 싶은 게 아니었다. 선생님은 데이비드 카퍼필드나 랜스 버튼 같은 위대한 마술사가 되고 싶었다. 관중이 보는 앞에서 사람이나 건물 등 무엇이든 사라지게 만들 수 있는 마술사 말이다. 어렸을 때 선생님은 도서관에서 마술 책을 페이지마다 접어 놓고 연구했다. 그리고 가방에 카드를 넣고 다니면서 부모님이나 친구들 앞에서 푼돈을 받고 공연했고, 급식실 아줌마들의 머리 망 뒤에서 동전을 꺼내는 마술을 선보여 아줌마들을 놀라게 하기도 했다. 그러던 어느 날, 선생님은 모자에서 토끼를 꺼내는 고전 마술을 선보이기로 했다.

선생님은 검정 펠트 천이 둘러진 특대형 실크해트를 크리스마스 선물로 받은 적이 있었다. 모자는 머리에 쓰기엔 지나치게 컸지만 토끼를 숨기기엔 충분한 크기였고, 형형색색의 스카프부터 토끼까지 숨길 수 있는 위장 밑바닥도 있었다. 하지만 선생님은 토끼가 없었다. 그래서 부모님께 토끼를 사달라고 했다.

선생님은 토끼 대신 애완용 모래쥐 두 마리를 받았다. 선생님은 각각 지크프리트와 로이라는 이름을 지어줬다. 그리고 매일같이 모래쥐를 모자에 넣고 연습했다. 플라스틱 막대기를 휘두른 후 모자에 손을 넣고 상상 속 박수갈채를 받으며 모래쥐 두 마리를 꺼냈다. 이 묘기를 완전히 익혔다고 생각되자, 선생님은 공연비로 25센트씩 받고 친구들과 가족을 거실로 불러 모았다.

모든 게 순조롭게 흘러갔다. 선생님은 카드 묘기, 동전 묘기에 이어 선생님 엄마의 코에서 리본을 빼내는 묘기까지 선보였다. 드디어 클라이맥스에 이르렀다. 선생님은 20분 전에 이 묘기를 선보일 준비를 끝냈다. 모래쥐 두 마리 중 좀 더 느긋한 로이로 골라서 모자의 숨겨진 밑바닥에 넣어두고 공기가 통하도록 작은 구멍을 냈다. 그리고 로이가 움직이지 않게 검정 천을 덧댔다. 어린 매기 빅스비는 묘기에 매료된 관객들과 비디오 녹화를 하고 있는 아빠 앞에서 모자를 벗어 재빨리 그 속에 아무것도 없다는 걸 보여줬다. 그리고 모자 안으로 손을 집어넣었다.

그런데 그 안에는 정말로 아무것도 없었다.

선생님이 카드 묘기와 엄마 코에서 리본 꺼내는 묘기를 선보이는 동안, 로이는 공기구멍을 갉아먹었다. 모자의 펠트 안감과 겉의 플라스틱까지 갉아먹은 것이다. 선생님이 모자에 손을 넣었을 때 로이는 책상에서 카펫으로 배로 떨어져 관객들을 기겁하게 만들었다. 선생님의 할머니가 "쥐야!" 하고 소리치며 발로 로이를 잡으려고 했다. 어린 마술사는 즉시 몸을 날려서 가까스로 털북숭이 마술 조수를 구할 수 있었다.

당시 열 살이었던 선생님은 큰 충격을 받았다. 아빠의 비디오 카메라를 한 번 보고는 눈물을 흘리며 방으로 뛰어 들어갔다.

"로이는 무사했던 거죠?" 이야기가 끝나자 앨리슨이 물었다. "로이가 다치거나 그런 건 아니죠?"

로이는 무사했지만 선생님은 이후로 다시는 그 묘기를 하지 않았다. 그리고 전문 마술사가 되겠다는 꿈도 포기했다. 이야기를 모두 마친 후 선생님은 선생님답게 우리한테 이 이야기의 교훈이 무엇인지 물었다.

"모래쥐는 토끼가 아니라는 거요." 레베카가 자신 없게 말했다.

"그건 사실이지." 선생님이 답했다.

"최고의 묘기를 마지막까지 아끼지 말 것." 메이슨이 말했다.

"다른 사람 코에서 뭔가를 잡아 빼서는 안 된다." 스티브가 말했다.

하지만 브랜드가 얻은 교훈은 달랐다.

"이 세상에 마술 같은 건 존재하지 않는다."

브랜드의 말에 선생님이 얼굴을 찌푸리며 말했다.

"어쩌면. 아니면 더 노력을 했어야 할지도 모르지. '날 수 있을까 하고 의심하는 순간부터 영원히 날 수 없게 되어버린다.'"(존 배리의 소설 〈피터팬〉에 나오는 말:옮긴이)

그러고는 반 아이들을 향해 미소를 지었다.

하지만 나는 그 미소를 특별히 브랜드를 위해 지은 것 같은 느낌이 들었다. 가끔 선생님이 미소를 지어주면, 그 사람만을 위해 아껴두었던 것 같은 기분이 들었다. 미소에 실제로 그 사람의 이름이 쓰여 있기라도 한 것처럼 말이다. 선생님은 우리의 마음을 다 읽은 다음, 우리 중 그 사람에게 가장 미소가 필요하다는 걸 알고 있는 것만 같았다.

〈호빗〉을 덮으며 선생님은 나중에 다시 읽어주겠다고 했다. 그리고 일어나서 선생님의 빈 의자에 책을 놓았다.

브랜드

아빠가 떨어졌다. 그리고 모든 게 엉망이 되었다.

두 번째 떨어졌을 때는 처음보다 훨씬 심각했다. 아빠가 처음 떨어졌을 때, 그건 아빠 탓이 아니었다. 발판 탓이었다. 제대로 물려 있지 않은 나사못 탓이었다. 신의 탓이었다. 만약에 신이 있다면 말이다. 그래서 나는 아빠를 탓할 수 없었다. 적어도 첫 번째 사고에 대해서는.

두 번째는 훨씬 천천히 떨어졌다. 하지만 내겐 이전보다 더 큰 상처가 되었다. 첫 번째 사고로 척추를 다쳤을 때와 달리, 이후 찾아온 좌절감이라는 두 번째 추락은 그 상처를 측정하기조차 어려웠다.

퇴원 후 처음 몇 달간은 토크쇼와 리얼리티 방송의 연속이었다. 아빠와 나는 지역 신문사와 인터뷰를 하기도 했고, 작년 지역

미인대회 우승자가 우리 집을 방문해 카메라 앞에서 아빠의 볼에 뽀뽀를 해주기도 했다. 잘 모르는 이웃 사람들도 잘 지내보자는 인사의 일종으로 현관 앞에 캐서롤(서양식 찜 요리:옮긴이)을 놓고 갔다. 아빠의 쾌유를 비는 전화가 끊이지 않았다. 아빠가 일했던 건설회사는 일주일 동안 매일 새로운 꽃을 보내왔다. 동네 정비소에서는 손으로 작동할 수 있는 가속 장치와 브레이크 장치를 우리 차에 무료로 달아줘서 아빠가 다리를 쓰지 않고도 운전할 수 있게 해줬다. 보험회사는 다달이 보험금을 입금하겠다는 약속으로 우리를 위로했다.

우리 집 선반은 약으로 가득 찼다.

아빠는 이 모든 것을 한꺼번에, 그리고 순순히 받아들였다. 그리고 상당히 자비로웠다. 아빠는 자신을 하반신 마비로 만든 건설회사를 용서했다.(물론 회사는 법적으로 상당한 책임을 져야만 했다.) 아빠는 이웃들이 갖다 준 캐서롤을 먹었고, 복용량에 맞춰 약도 잘 먹었다. 그리고 물리치료를 받았다. 다행히 치료에 진전이 있었고, 다리 기능이 조금씩 회복되기 시작했다. 의사들은 기뻐하며 조심스러운 미소와 진심 어린 악수를 건넸다. 물리치료와 재활치료를 더 많이 받으면 에이브 워커가 다시 다리를 쓸 수 있는 날이 올지도 모르는 것이다.

그러면 지역 신문은 훌륭한 헤드라인을 뽑을 수 있을 터였다.

'워커 씨, 다시 워킹 하다.'

그러다 모든 것이 기울어가기 시작했다. 이웃에서 캐서롤을 가져다주는 날이 줄어들었고, 뉴스 기자들은 다른 이야깃거리를 찾아 나섰다. 물에 빠진 강아지를 구한 여자 이야기, 여섯 쌍둥이를 출산한 부부 이야기 등등. 아빠는 물리치료를 빠지는 날이 많아졌다. 또 어떤 약은 아예 먹지 않았고, 어떤 약은 정해진 양보다 더 먹었다.

아빠는 새로운 삶에 적응했다. 우리는 휠체어와 리클라이너(등받이가 뒤로 넘어가는 안락의자:옮긴이) 사이에 미니 냉장고를 들여놓았다. 텔레비전 채널을 더 많이 보기 위해 케이블 요금제를 업그레이드했다. 약들은 냉장고 옆 플라스틱 통 속으로 옮겨졌다.

며칠, 몇 주 그리고 몇 달이 지났다. 공과금은 은행 계좌에서 자동이체 되었다. 텔레비전은 하루 종일 켜져 있었고 집안일은 내 몫이 되었다. 나는 가스레인지를 사용하는 법을 익혔다. 가스레인지 불에 딱 한 번 데었는데 손에 그 흉이 남았다. 나는 빨래하는 법을 배웠고 내가 할 수 있는 한 최선을 다해 침대보를 개켰다. 하지만 아빠 침대보는 갈 일이 없었다. 아빠는 거의 대부분 리클라이너에서 잤기 때문이다. 어떨 때는 변기 청소, 재활용 쓰레기 내다놓기, 과학 숙제 하기 같은 일을 하지 않고 방치하기도 했다. 보험회사는 보험료를 지급했다. 나는 설거지를 했다. 아빠는 가만히 앉아서 역사 채널을 봤다. 돈이 들어왔고, 나는 청소를 했다. 아빠는 앉아서 텔레비전을 봤고, 공과금이 빠져나갔다. 이런 생활이 반복되었다.

한동안은 나도 노력했다. 나는 틈틈이 아빠한테 외출하고 싶은지 물었다. 아빠가 원치 않으면 아무도 안 만날 수 있었다. 아빠는 사실 사람들과 있는 걸 불편해했다. 아빠 다리가 자기들한테 달려들어 물어뜯기라도 할 것처럼 사람들이 무서운 눈빛으로 아빠를 쳐다봤기 때문이다. 따라서 우리 둘이서만 시간을 보내면 되는 거였다. 하지만,

"나중에."

아빠는 항상 '나중에'라는 말만 했다.

올해 학부모 간담회가 있었던 날, 나는 학교까지 걸어갔다. 나는 토퍼와 토퍼 부모님 옆에 앉았다. 그날 저녁 빅스비 선생님은 주름진 노란색 드레스를 입고 있었는데 걸을 때마다 옷에서 사포 문지르는 소리가 났다. 선생님의 핑크색 머리 가닥들은 클립으로 고정되어 있었다. 선생님은 내 손을 잡고 악수하며 혼자 왔냐고 물었다. 나는 그렇다고 했다.

선생님은 괜찮다고 했다. 그리고 도와주겠다고 했다. 만일 필요한 게 있으면 주저하지 말고 말하라고 했다.

나는 그러지 않았다. 나는 선생님한테 부탁하지 않았다. 선생님이 자진해서 도와주신 것이다.

정확히 말하자면 그건 모두 선생님의 아이디어였다.

혼자 갔어야 했다.

나는 버스에 올라타면서 이 생각밖에 없었다. 하지만 솔직히 말하자면 겁이 났다. 나만 가면 선생님이 뭐라고 생각할지 무서웠

다. 선생님이 오해할까 봐. 선생님이 어떤 모습을 하고 있을지도 무서웠다. 선생님의 팔과 코에 기계와 연결된 튜브가 달려 있고 사방에서 삑삑대는 소리와 쌕쌕거리는 숨소리, 심장 소리가 들릴까 봐 겁이 났다. 사고 직후 침대에 고정된 채 퉁퉁 부은 눈을 껌벅거리면서 도대체 이게 어떻게 된 일인지 알고 싶어 했던 아빠처럼 됐을까 봐 겁이 났다.

그러다가 선생님이 우리한테 했던 말씀이 기억났다. 선생님이 자신의 마지막 날을 어떻게 보낼지에 대해 했던 말씀. 나는 바로 그거라고 생각했다. 하지만 혼자서는 할 수 없었다.

나는 스티브와 토퍼한테 이 얘기를 하면 적어도 토퍼는 즉시 함께하겠다고 말할 거라고 생각했다. 그건 모험이었다. 모험이 아니어도 토퍼는 모험처럼 보이도록 할 터였다. 그리고 토퍼가 끼면 스티브도 낄 터였다. 이 둘에 대해 내가 알게 된 점은 토퍼가 만화책 속 영웅들을 동경하는 만큼 스티브가 토퍼를 동경한다는 것이다. 그리고 그 둘에게도 빅스비 선생님은 소중한 존재였다. 물론 나만큼은 아니겠지만. 절대로 그럴 리는 없겠지만.

스티브와 토퍼는 내가 왜 꼭 가야 하는지 이해하지 못했지만 그건 그 애들 탓이 아니었다. 나는 그 애들한테 굳이 설명하지 않았다. 빅스비 선생님에 대한 것뿐만 아니라 다른 것들도. 왜 주말에 친구들을 집으로 부르지 못하고 친구들 집에 가려고만 했는지, 왜 어딜 갈 때면 태워다 달라고 부탁했는지, 왜 가끔씩 주먹이 까질 정도로 세게 교실 벽을 쳤는지 등등. 나는 왜 선생님을 이토록 만나야만 하는지에 대해 친구들한테 설명해준 적이 없었다.

물론 이제 와서 그런 건 다 소용없는 일이다.

우리는 학교로 돌아가기 위해 버스를 탔다. 토퍼가 계단을 오를 수 있도록 스티브가 도와줬다. 토퍼는 엄살이 심하지만 발목이 부은 건 사실이다. 얼음주머니 찜질을 하고 진통제를 먹으면 나을 것이다.

토퍼가 빈자리에 앉으면서 스티브한테 옆에 앉으라고 손짓했다. 나한테 화가 난 것이다. 토퍼가 말이다. 내가 토퍼한테 소리지르고 작전을 그만둔 것에 화가 난 것이다. 아니면 스케치북 때문일 수도 있다. 스티브는 화나 보이지 않았다. 늘 그렇듯 걱정스러워 보였다. 나는 맞은편 빈자리 안쪽에 앉았다.

스티브가 배터리가 죽어간다고 중얼거리더니 핸드폰을 끄고 다시 주머니에 넣었다. 핸드폰을 넣고 나니 스티브의 손은 뭘 해야 할지 모르는 것처럼 보였다. 그래서 그 손으로 책가방 지퍼를 만지작거리기 시작했다.

나는 창문에 얼굴을 기대고 밖을 내다봤다. 엔진 소리가 나는 것치고 실내는 조용했다. 버스 안에서 말하는 사람은 아무도 없었다. 괜찮다. 나는 조용한 것에 익숙하다. 나는 대화하지 않고 지내는 법을 터득했다. 빅스비 선생님과 보낸 금요일 오후에도 침묵의 순간들은 있었다. 차 안에서 하늘의 색이 변하는 모습을 보거나, 가야 하지만 아직은 집에 가고 싶지 않다는 생각이 들 때 나는 그저 조용히 있었다.

선생님과 보낸 날들은 느낌이 달랐다. 선생님과 함께 있으면 마치 나쁜 일이라곤 감히 생길 수 없는, 시간이 멈춘 마법의 공간에 있는 것만 같았다. 그날들은 거의 완벽에 가까웠다.

오늘도 그런 날이어야 했는데. 그래서 너무나 가슴이 아팠다.

복도 건너편에서 내가 어디 간 게 아닌지 확인이라도 하듯 토퍼가 나를 힐끔 쳐다봤다. 그러더니 다시 정면을 바라봤다.

"울버린하고 캡틴 아메리카가 싸우면 누가 이길 것 같아?" 토퍼가 물었다.

토퍼는 우리 중 누구를 콕 집어 물은 게 아니었다. 그냥 침묵을 깨고 빈틈을 메우려는 것뿐이었다.

나는 창문에 머리를 기댄 채 지나가는 차들을 보며 소원을 빌었다.

"울버린의 발톱으로 캡틴 아메리카의 방패를 뚫을 수 있잖아, 안 그래?" 토퍼가 덧붙였다.

나는 대답하지 않았다. 하지만 스티브가 자연스럽게 미끼를 물었다.

"아닐걸. 울버린의 발톱은 아다만티움으로 만들어졌고, 캡틴 아메리카의 방패는 프로토 아다만티움이라고 일반 아다만티움보다 강력한 걸로 만들어졌거든."

그래서는 절대로 여자 친구를 사귈 수 없다고 말해주고 싶지만, 스티브한테 그 말을 할 일은 없을 것이다. 하긴, 스티브는 어차피 여자한테 전혀 관심이 없어 보였다.

"그래." 토퍼가 여전히 앞자리를 보며 말했다. "그런데 네가 까먹은 게 있어. 캡틴 아메리카는 융통성 없이 잘난 척만 하잖아. 그리고 머리에 그 멍청해 보이는 작은 날개 같은 게 있으면 뭐해. 어차피 날지도 못하는데. 울버린은 엄청 멋진 구레나룻도 있고 과거 얘기는 더 근사하잖아. 울버린은 성격도 캡틴 아메리카보다 좋아."

"보통 슈퍼히어로를 성격이 얼마나 좋은지로 평가하진 않아."

"아니, 모두 성격을 갖고 평가해." 토퍼가 반박했다. "토르하고 캡틴 아메리카가 싸우면 어떻게 될까?"

"토르는 신이야. 모든 인간을 이길 수 있어."

"그럼 예수님도 이길 수 있어?"

나는 웃었다. 아니, 웃었다기보다는 콧방귀를 뀐 것에 가깝겠다. 내가 대화를 듣고 있다는 걸 토퍼가 알 수 있는 정도였다.

"내 생각엔 예수님과 토르는 처음부터 아예 싸우지 않을 거야." 스티브가 말했다. "예수님은 그런 분이 아니잖아."

토퍼가 고개를 끄덕이며 스티브의 말을 인정했다.

나는 혼자만의 시간을 가지며 저 둘을 무시하고 싶었다. 하지만 참을 수가 없었다. 토퍼는 내가 둘의 대화를 들을 수밖에 없도록 만들었다.

"만일 예수님한테 토르의 망치가 있다면? 예수님은 목수였잖아."

토퍼와 스티브가 나를 쳐다봤다. 불같이 화내고 소리쳤던 내가 대화에 끼어든 게 신기한 듯했다.

스티브가 고개를 저었다.

"신학적인 측면에서 볼 때, 예수님을 믿는 사람은 현재 수십억 명이고 토르를 경배하는 사람은 겨우 한 줌밖에 안 될 거야. 망치가 없어도 당연히 예수님이 더 유리하지."

나는 따지고 들지 않았다. 스티브는 매주 일요일 미사에 간다. 그러니까 더 잘 알 것이다. 우리 집에 교회 사람들이 우르르 몰려온 적이 있었다. 아빠의 사고가 있은 지 얼마 안 되어서였다. 신도들은 앞마당에 서서 "일어나라!" 하고 노래 불렀다. 교회 사람들은 정말 아빠가 일어날 거라고 생각했을 것이다.

"좋았어. 이번엔 내가 내볼게." 스티브가 말했다. "레골라스 대호크아이."

"그건 불공평하잖아." 토퍼가 말했다. "레골라스는 불멸의 존재인데."

"화살을 잔뜩 맞으면 죽을 수 있어." 스티브가 받아쳤다. "특히 호크아이가 폭발 화살을 쓰면 아무리 엘프라도 몸이 산산조각 날 거야."

"상관없어. 레골라스는 영원불멸이니까. 나이도 들지 않고 아프지도 않아. 레골라스를 죽인다 해도 오비완 케노비처럼 영혼이 돌아온다구. 레골라스는 어떤 일이 있어도 죽지 않아."

말을 마치자마자 토퍼가 인상을 썼고, 스티브는 콧등에 흘러내린 안경을 밀어 올렸다.

긴 침묵이 뒤따랐다. 나는 다시 창밖 하늘을 내다봤다. 구름이 모두 사라지고 끝없는 파란색 물결만 가득했다. 나는 무엇 때문에 사람들이 구름을 보면 천국을 생각하는지 궁금했다. 어쩌면 구름이 가로막고 있어서 그 너머로 정말 뭔가가 있다고 생각하는 것일 수도 있다.

갑자기 스티브 쪽에서 꾸르륵 소리가 들렸다. 복도 맞은편에 앉은 나한테까지 들릴 정도로 소리가 컸다.

"야, 너야?" 토퍼가 물었다.

"아침 이후로 먹은 게 없잖아. 벌써 열두 시가 넘었어." 스티브가 양손으로 배를 감싼 채 말했다.

"우리가 점심 생각을 못 했네."

토퍼가 그렇게 말하고는 몸을 돌려 버스 바닥을 봤다. 나는 토퍼가 뭘 보고 있는지 알아챘다. 토퍼는 스티브의 가방과 그 속에 든 흰색 상자를 보고 있었다.

"25달러는 그냥 낭비하기엔 큰돈이지." 스티브가 말했다. "그러니까 내 말은, 아무도 안 먹는다면 말이야."

토퍼와 스티브가 동시에 나를 쳐다봤다. 거의 내 돈으로 산 것이기 때문이다. 아니면, 이 모든 게 내 계획이기 때문이다. 케이크도, 이 계획도, 모두 다.

"선생님도 우리가 그냥 버리길 원하진 않으실 거야." 토퍼가 말했다.

맞는 말이다. 선생님은 무엇이든 최대한 활용하자는 주의였다.

나는 동의도, 반대도 하지 않고 그냥 어깨를 으쓱했다. 먹는다는 생각만 해도 배가 아팠다.

버스가 다음 정류장에 멈추자, 스티브가 가방을 열고 엉망이 된 상자를 꺼냈다. 토퍼가 준비해 온 접시를 찾기 위해 자기 가방을 뒤졌다. 하지만 케이크를 잘라 먹을 칼은 없었다. 있는 거라곤 와인 잔뿐이었다. 나는 결국 케이크를 한입 먹기로 결정했다. 빅스비 선생님을 위해서였다. 그리고 에두아르도 아저씨의 말이 맞는지 확인하기 위해.

스티브가 두 손으로 상자를 잡았지만 뚜껑을 여는 대신, 버스 앞쪽을 쳐다봤다. 스티브의 눈썹이 하늘 높이 치켜 올라갔다. 그러더니 밤색 비닐 천이 덧대진 앞 의자 뒤로 슬쩍 몸을 숨겼다. 토퍼를 끌어당기면서 나한테도 숨으라고 속삭였다.

"밑으로 숨어!"

"왜? 무슨 일인데?"

대체 스티브가 뭘 봤기에 이러는지 궁금했지만 나는 일단 의자 뒤로 몸을 피했다.

학교 사람이라도 본 것일까? 선생님? 맥켈로이 선생님? 아니면 스티브의 부모님이 스티브가 학교에 빠진 걸 알고 찾아다니는 것일 수도 있다. 아니면 주류 판매점 아저씨가 경찰을 불러서 우리를 쫓고 있는 것일 수도 있다. 그것도 아니면 그냥 스티브가 쇼를 하는 것일지도 모른다.

나는 앞좌석 너머를 훔쳐봤다.

입이 턱 하고 벌어졌다.

우리가 이렇게 운이 좋을 수 있는지 믿을 수가 없었다.

빅스비 선생님이 나를 구원해주신 거라고 할 수도 있지만 그건 조금 무리인 것 같다. 선생님은 나를 데려다주신 것뿐이다. 모든 게 다 운이 좋아서 시작된 것이다.

눈보라 때문에 내 무릎까지 눈이 쌓였던 날, 선생님이 나를 발견했다. 나는 두 팔로 여섯 개의 장바구니를 들고 있었다. 선생님이 나를 어떻게 알아본 것인지는 모르겠다. 내 코트를 알아본 것일 수도 있겠다. 아니면 내가 쓰고 있던 모자를 알아본 것일지도. 모자 위에는 파란색과 노란색의 털실 뭉치가 달려 있고 옆에 달린 커다란 귀마개는 거의 내 어깨까지 내려왔는데, 아빠 옷장에서 꺼내 쓴 것이었다.

나를 알아본 선생님이 차를 세우고는 창문을 열고 내 이름을 불렀다. 나는 멈추고 싶지 않았다. 선생님이 지금 상황에 대해 물어볼 게 분명했기 때문이다. 거기가 학교도 아니고 우리는 교실에 있는 것도 아니기에 나는 선생님이나 그 누구에게도 설명할 필요가 없었다. 그래서 나는 선생님이 부르는 소리를 못 들은 척 터덜터덜 걸어갔다.

선생님이 경적을 울리더니 창밖으로 몸을 내밀고 말했다.

"태워줄까?"

나는 따뜻한 히터가 있고 음악이 꽝꽝 울리는 선생님의 차와

집까지 걸어가야 할 무릎 높이만큼 눈 쌓인 길을 봤다.

차를 얻어 타는 게 나쁘지만은 않겠다는 생각이 들었다. 한 번 정도는 말이다.

그렇게 나와 빅스비 선생님의 인연이 시작되었다.

갑자기 몸이 뜨거워지는 기분이 들었다. 버스에 마지막으로 타는 사람. 찢어진 청바지에 파란색 셔츠를 입은 사내가 한 손에 갈색 종이봉투를 들고 있었다. 팔에는 발톱을 드러낸 용 문신이 있었다.

조지 넬슨.

우리 돈을 들고 튀어 우리의 하루를 망친 그 버럭이였다.

하지만 나한테 보인 건 조지 넬슨이 아니었다. 빅스비 선생님이 길가에 차를 세우고는 나한테 타지 않겠냐고 묻는 모습이 보였다. 선생님이 좋아하는 노래에 맞춰 손으로 운전대를 탁탁 치는 모습이 보였다.

내 앞에 서서 내 어깨에 양손을 올리고는, 시작도 하기 전에 나가떨어질 수 있지만 무슨 일이 있든 상관 말고 계속해서 나아가야 한다고 말씀하시던 모습이 보였다.

나는 아직 오늘이 끝나지 않았다는 걸 깨달았다.

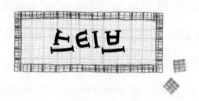

스티브

내륙타이판은 세계에서 가장 강한 독을 가진 뱀으로 알려져 있다. 하지만 가장 위험한 뱀은 아니다. 내륙타이판한테 물려서 생존할 확률은 항독 물질을 항상 뒷주머니에 넣고 다니는 파충류학자가 아닌 이상 10만 명에 한 명꼴이다. 그런데 내륙타이판한테 물릴 확률은 거의 영에 가깝다. 오스트레일리아 한가운데에 산다면 모를까. 또 설령 그렇다 하더라도 물릴 확률은 아주 낮다. 오히려 번개를 맞거나 떨어지는 코코넛에 맞아 기절할 확률이 더 높다.

때로는 의외의 것들이 더 위험할 때도 있다. 상어 밥이 될 확률은 400만 분의 1이지만 화장실에서 다칠 확률은 1만 분의 1이다. 즉, 화장실이 상어보다 400배나 더 위험하다는 뜻이다. 그렇다면 상어가 그려진 화장실에서 다칠 확률은 얼마나 될까. 딱 한 번이긴 했지만 나는 그런 화장실에서 무사히 살아 돌아왔다.

숫자는 거짓말을 하지 않기 때문에 무한대로 신뢰할 수 있다.

이건 토퍼가 나한테 해준 농담이다. 다만 토퍼는 농담하다 말고 부연 설명을 해야 했다. 그런 상황이 조금 답답할 수 있다는 걸 나도 안다. 여하튼 숫자는 마음을 편안하게 해준다. 숫자는 우리가 어떤 상황에 놓인 것인지, 앞으로 어떤 상황이 닥치게 될지를 알려준다.

몇 달 전, 빅스비 선생님이 우리한테 서로 사랑하는 두 사람이 운명의 장난으로 헤어지게 된다는 내용의 시를 한 편 읽어주셨다. 시 속 화자인 남자는 그 여자가 곁에 없어서 자기 삶이 너무도 불행하다고 말하고, 어떻게 해서든 다시 그 여자를 되찾겠다고 다짐한다. 선생님은 약간 유치하긴 해도 이 시는 은유가 많아서 좋다고 했다. 나는 은유법이나 시를 좋아하지 않는다. 나는 사람들이 생각하는 것을 곧이곧대로 말한다면 사는 게 훨씬 쉬울 거라고 생각한다. 하지만 빅스비 선생님은 은유법을 좋아했다. 그래서 우리는 운명으로 짝지어졌어야 할 남녀에 대한 시를 들어야 했다.

선생님이 시를 다 읽었을 때, 나는 손을 들었다.

"이런 일은 있을 수 없어요."

"어째서?"

"왜냐하면 선생님이 말씀하신 일은 통계적으로 불가능하거든요."

독서용 의자에 앉아 있던 선생님이 몸을 앞으로 기울였다. 아마 내 얘기를 더 듣고 싶다는 신호인 것 같았다.

"지구엔 약 72억 명의 사람이 살고 있어요. 그런데 선생님은 이 72억 인구 중에서 완벽한 운명의 짝을 찾는 게 가능하다고 믿으시는 거예요?"

"내가 찾을 수 있을지는 모르겠지만, 보통 사람들은 운명의 짝을 찾는 게 가능하다고 생각해. 이 시에 나오는 남자와 여자는 운명의 짝이었어. 서로 함께할 운명이었던 거지. 그게 바로 이 시의 내용이란다."

내가 책상에서 계산기를 꺼내 들자마자 선생님이 다른 아이를 지목했다. 나는 다시 손을 들었다.

"그래, 스티브."

"좋아요. 한 사람이 사랑에 빠질 때까지 적어도 5분이 필요하다고 가정해볼게요."

키득거리는 소리가 교실 여기저기서 터져 나왔다. 브라이언이 "넌 말고" 하고 지껄이자, 레베카가 브라이언을 째려봤다. 나는 그 말을 무시하고 계산기를 두들겼다.

"실제로는 그 정도 시간도 안 걸릴 수 있어." 선생님이 말했다. "첫눈에 반한다는 말 들어봤니?"

다시 깔깔거리는 소리가 터져 나왔다. 투덜거리는 소리도 있었다. 나는 토퍼를 힐끔 봤다가 계산기로 고개를 돌렸다.

"그럼 1분이라고 쳐요." 나는 한발 물러섰다. "불가능하긴 하지만 태어난 날부터 1분마다 새로운 사람을 만난다고 가정해볼게요. 그리고 우리가, 특히 남자들의 경우, 아주 넉넉히 잡아 여든다섯 살까지 산다고 치면… 약 4,467만 6,000명의 잠재적 운명의 짝을 만날 수 있어요. 그래도 아직… 71억 5,532만 4,000명은 보지도 못하고 죽네요."

나는 이 숫자의 무게가 선생님한테 전달될 수 있도록 잠시 멈췄다가 말을 이었다.

"그러니까 제 말은, 그런 사람이 존재한다 해도 우린 운명의 짝을 단 한 명도 못 만날 수 있다는 거예요."

혹시라도 내 말을 믿지 않을까 봐 나는 계산기를 들어 선생님한테 보여드렸다. 나한테 꽂혔던 시선이 선생님한테 옮겨 갔다. 선생님이 어깨를 으쓱했다.

"사람들은 만유인력의 법칙에 의해 사랑에 빠지는 게 아니란다."

나는 계산기를 내려놓았다.

"네?"

"한번 생각해봐."

선생님은 그렇게 말하고는 우리한테 작문 공책을 꺼내서 직접 감상적인 사랑의 시를 지어보라고 했다.

나는 토퍼를 쳐다봤다.

"선생님이 좀 이상해."

"이상한 건 너야." 토퍼가 말했다.

"하지만 72억 명이라고."

토퍼가 어깨를 으쓱했다.

"나한테 확률 얘기는 절대 하지 마."

그 남자가 한 손에 갈색 종이봉투를 들고 버스에 올라타는 모습을 보자, 처음엔 있을 수 없는 일이라고 생각했다. 그다음엔 절대 있을 수 없는 일은 아니지만 그래도 이런 일이 일어날 확률은 거의 없다고 생각했다. 즉, 이상한 일이 일어난 것이다.

그다음엔 만일 저 남자가 우리를 보면 죽이려고 달려들 거라는 생각이 들었다. 우리를 목 졸라 죽여버릴 것만 같았다.

나는 토퍼를 끌어당기면서 몸을 숨겼다. 그리고 브랜드한테 숨으라고 속삭였다. 새로 탄 사람들이 빈자리를 찾아 걸어오는 소리가 들렸다. 버스는 반밖에 차지 않아서 빈자리가 많이 있었지만 조지 넬슨이 이 끝까지 와서 우리의 오른쪽 건너편 자리, 즉 브랜드 바로 옆에 앉을 확률은 통계적으로 꽤 높았다. 나는 발소리에 집중했다. 고함 소리가 나기를 기다렸다. 내 앞좌석 등받이 위로 조지 넬슨의 얼굴이 나타나기를 기다렸다.

정확히 무엇 때문에 무서운지는 알 수 없었다. 저 남자는 우리 돈을 훔쳤다. 오히려 우리가 저 남자를 쫓아 다녀야 할 판이다. 하지만 토퍼와 놀면서 닌자와 해적 싸움, 핵폭탄 제거, 반란군 우주선 조종 등 다양한 모험을 해봤어도, 실제로 범죄자와 맞닥트린 적은 없었다.

갑자기 생각해보니 오늘 하루 동안 벌써 두 번이나 누군가를 피해 숨어야 했다.

"그 남자야!" 브랜드가 속삭였다.

"나도 알아."

"그 남자가 누군데?" 토퍼가 물었다.

나는 재확인을 위해 다시 등받이 너머를 훔쳐봤다.

조지 넬슨이 운전석에서부터 세 번째 자리에 앉았다. 우리와는 한참 떨어진 앞쪽 자리였다. 남자는 아직 우리를 보지 못했다. 아니면 보고도 못 본 척하는 것일 수 있다. 남자가 양쪽 귀에 이어폰을 꽂고 머리를 위아래로 까딱까딱하기 시작했다. 언제 내릴지 모르겠지만 남자가 내릴 때까지 우리는 버스에 숨어 있을 수밖에 없다.

"이건 운명이야." 브랜드가 속삭였다.

아니, 이건 운명이 아니다. 이건 정말 운이 안 좋은 것이다. 하지만 그렇게 생각하는 건 나쁜이었다. 옆에서 토퍼가 고개를 끄덕였고, 브랜드는 주먹을 쥐었다. 순간 우리를 보고 괴짜 순찰대라고 놀린 트레버를 거의 때릴 뻔했던 브랜드의 모습이 떠올랐다. 둘은 그네 근처에서 서로 몸을 밀치기 시작했다. 결국 트레버가 바닥에 얼굴을 박는 걸로 싸움은 끝이 났다. 토퍼의 스케치북에 그날의 모습이 담겨 있다.

지금 브랜드는 그때와 같은 표정을 짓고 있었다.

"우리 돈을 도로 찾아와야겠어." 브랜드가 말했다.

토퍼가 고개를 끄덕였다. 나는 어쩔 수 없이 다시 한 번 명백한 사실을 상기시켜주는 역할을 맡아야 했다.

"저 사람은 다 큰 어른이야. 게다가 문신도 있어. 그냥 문신도 아니고 용 문신이야."

저 문신이 아기 유니콘이었다고 해도 내 기분은 나아지지 않았을 것이다.

"우린 셋이고 저쪽은 혼자야." 브랜드가 말했다. 브랜드가 숫자는 맞게 셌지만 내가 듣기에는 논리적 오류가 있었다. 개미 세 마리와 테니스화 한 짝은 절대 같지 않다. "저 사람이 우리 돈을 가져갔잖아. 본때를 보여줘야겠어."

나는 머리를 절레절레 흔들었다. 조지 넬슨한테 맞선다는 생각만으로도 토할 것 같았다. 더 이상 배가 고프지 않았다.

"우리가 할 수 있는 건 없어. 경찰도 못 불러."

브랜드의 얼굴에 음흉한 미소가 번졌다.

"스티브, 넌 정말 천재야."

"그게 지금 이 상황이랑 무슨 상관이야?"

"네가 한 말이 상관있지. 핸드폰 배터리 남았어?"

핸드폰을 보니 배터리가 2퍼센트밖에 남지 않았다. 배터리가 완전히 나가기까지는 약 1분 정도 남았을 것 같았다.

"상관없어." 브랜드가 말했다. "핸드폰은 토퍼한테 주고 조지 넬슨이 내릴 때 따라 내릴 준비나 해."

나는 토퍼의 핸드폰이 어떻게 됐는지 알기 때문에 토퍼한테 내 핸드폰을 맡기고 싶지 않았다. 그리고 조지 넬슨이 내릴 때 따라 내리고 싶지도 않았다. 하지만 브랜드는 한 명은 핸드폰을 들고 빠져 있어야 한다고 했다. 토퍼가 발목을 다쳤으니 이 일에 제격이라고 했다.

"빠져 있어야 한다니, 그게 무슨 소리야?"

브랜드는 걱정하지 말라고 했다. 계획이 있다고 했다.

새로 전학 온 브랜드가 나와 토퍼 옆에 앉았던 그날, 빈자리는 주변에 여섯 개나 더 있었다. 내가 빈자리를 다 세어봤기 때문에 정확히 안다. 물론 전체 일곱 개의 빈자리 중 세 자리는 여자애들만 앉은 테이블에 있었기 때문에 브랜드가 그쪽 자리를 선택하지 않은 건 충분히 이해할 수 있다. 하지만 브랜드가 우리 테이블에 앉을 확률은 25퍼센트밖에 되지 않았다.

72억 분의 1보다는 4분의 1의 확률이 크지만, 그래도 흔한 경우는 아니었다.

브랜드가 처음 우리와 같이 앉았던 날, 나는 토퍼를 쳐다봤다. 딴 데로 가라고 하라는 뜻이었다. 직접 말로 할 수는 없었다. 왜냐하면 나는 맞을 만한 짓이나 문제를 일으킬 법한 일은 하지 않아야 한다고 생각하기 때문이다. 하지만 토퍼는 가라고 하지 않았다. 대신 이렇게 말했다. "비었어. 여기 앉아." 그래서 브랜드는 우리와 앉게 되었고, 나는 빈 의자 수를 세어봤던 것이다.

그 첫 주 동안, 나는 브랜드가 우리와 어울리지 않는다고 생각하게 만들기 위해 할 수 있는 방법은 다 썼다. 마치 브랜드가 없는 것처럼 행동하기도 했고, 방과 후 토퍼를 우리 집으로 초대할 때마다 브랜드한테는 일부러 말하지 않기도 했다. 민디 윙클러가 쓴 것처럼 해서 점심시간에 같이 앉지 않겠냐는 내용의 쪽지를 브랜드한테 보내기도 했다. 그런데 다음 날 민디가 치아 교정기를 조여야 하는 문제로 학교에 오지 않자, 이 작전은 누가 이쪽지를 보낸 것인지 궁금하게 만드는 역효과를 가져왔다. 당연히나는 모르는 일이라고 말했다.

브랜드가 싫거나 그런 건 아니었다. 브랜드는 내 머리에 침을 뱉은 적도 없고, 계단 밑으로 밀친 적도 없고, 내 얼굴에 대고 트림을 하지도 않았다. 브랜드는 그저 점심시간에 우리 테이블에 앉기만 했을 뿐이다. 하지만 그때는 브랜드가 같이 앉았다는 이유만으로도 그 애가 미웠다. 둘도 없는 단짝인 나와 토퍼 사이에그 애가 끼어드는 게 싫었기 때문이다. 브랜드는 좋은 아이 같아 보였다. 볼 만한 영화도 많이 봤고 재미있는 농담도 많이 알았다. 토퍼는 확실히 브랜드를 멋진 아이라고 봤다. 그러다 시간이 흐르면 언젠가 토퍼가 나 대신 브랜드를 선택하는 날이 올지도 몰랐다. 나는 절대 그렇게 되어서는 안 된다고 생각했다.

우리는 닌자다. 버스에서 내리자마자 토퍼가 이렇게 선언했다. 잠행 그리고 속임수의 달인.

우리에겐 닌자 검이 없었다. 내가 가진 카라트 멀티툴로는 진흙 정도나 자를 수 있을 뿐이다. 우리는 치즈케이크를 잘라 먹을 때 쓸 칼도 가져올 생각을 못 했다. 하지만 토퍼는 상관없다고 했다. 우리는 그냥 닌자처럼 걷기만 하면 된다. 누구의 목을 베거나 하는 게 아니니까.

닌자가 어떻게 걷는지 모르지만 왠지 발가락 끝으로 걸어야 할 것 같았다. 그래서 나는 발가락 끝으로 걸었다. 하지만 시간이 조금 지나자 발가락이 아파서 보통 걸음으로 걸었다. 토퍼는 발가락이 잘려 비틀대며 절뚝거리는 닌자처럼 걸었다. 중간중간 손을 뻗어 내 어깨에 의지하면서. 그리고 길 반대편에 있는 브랜드는 '적당한 순간'이 오기를 기다리며 조지 넬슨과 2미터 정도 떨어져 걷고 있었다.

갑자기 조지 넬슨이 우리 쪽을 봤다. 순간 나는 얼어붙었고, 그 바람에 뒤따르던 토퍼하고 충돌할 뻔했다. 다행히 조지 넬슨은 우리를 보지 못한 듯, 차가 오는지 확인한 뒤 교차로를 건너 길모퉁이에 있는 약국 뒤 작은 골목으로 들어갔다.

지금이 바로 그 순간이었다. 브랜드가 양손으로 자기 머리 위를 거칠게 때리며 신호를 보냈다. 잠행의 달인 닌자보다는 놀란 개코원숭이에 더 가까웠다. 브랜드가 골목 입구를 손가락으로 가리키며 또 손동작을 해댔다. 이번에는 토네이도나 발레리나가 회전을 하는 것 같았다. 그런 뒤 브랜드는 약국 앞으로 달려갔다.

"가서 저 남자를 막아." 토퍼가 뒤에서 말했다.

나도 약국 쪽으로 잽싸게 뛰어갔다. 이미 짜부라진 치즈케이크가 가방 속에서 흔들리며 더 엉망이 되는 게 느껴졌다. 골목 입구에 다다르자 나는 잠깐 기도를 한 뒤 벽에 바짝 붙어 서서 골목 안을 들여다봤다.

그 안에 조지 넬슨이 있었다. 조지 넬슨은 어느 문에 붙은 포스터를 들여다보고 있었다. 나는 브랜드를 찾았다. 저 남자한테 맞설 사람은 바로 브랜드니까. 나는 그냥 조지 넬슨이 도망치지 않도록 하기만 하면 된다. 우리 부모님은 여름 동안 나를 태권도 학원에 등록시켰다. 하지만 새 학기가 시작되자 태권도 학원에 가지 않아도 됐다. 나 스스로를 지키는 것보다 전 과목에서 A를 받는 게 부모님에겐 더 중요하니까. 나는 태권도 수업을 받은 세 달 동안 고작 한국어 네 마디와 띠를 매는 법을 배웠을 뿐이다. 만약 조지 넬슨이 도망치려 한다면 내가 막아낼 방법은 없었다.

그런데 브랜드가 보이지 않았다. 나는 토퍼가 잘 쫓아오고 있는지 확인했다. 토퍼는 한참 뒤에 있었다.

나는 다시 고개를 돌렸다.

조지 넬슨이 나를 쳐다봤다.

순간 조지 넬슨이 당황한 듯 보였다. 그의 눈에서 섬광이 번뜩였다. 내가 주류 판매점 앞에서 자신이 입양한 성가신 중국인 아이라는 걸 알아차린 것이다.

매년 평균 1만 5천 명의 사람들이 잔인하게 살해된다. 내가 이걸 왜 알고 있는지 모르겠다. 지금 같은 순간만큼은 그런 것 좀 몰랐으면 좋겠다.

조지 넬슨이 한 손에 종이봉투를 든 채 다른 손으로 청바지 주머니를 뒤졌다. 순간 나는 이제 끝이라고 생각했다. *조지 넬슨이 총을 찾아서 나를 쏘겠지. 난 초등학교도 졸업 못 하고 여기 이 골목에서 죽게 되겠지.* 이상하게도 가장 먼저 든 생각은 누가 내 장례식에 올지였다. 누나가 과연 검은색 옷을 입을지, 또 아빠가 나에 대해 뭐라고 할지도 궁금했다. 아마 미처 보지 못한 내 잠재력에 대해 얘기하겠지.

그때, 갑자기 조지 넬슨이 뒤돌아 골목 반대쪽으로 도망치기 시작했다.

"멈춰!"

내가 소리치자 조지 넬슨이 순간 멈칫했다. 그리고 하늘에서 뭔가가 그 앞으로 떨어졌다. 토퍼와 시간을 너무 많이 보내서 그런지, 처음 든 생각은 그게 배트맨일지도 모른다는 것이었다. 하지만 하늘에서 떨어진 이 뭔가는 가슴에 웃기게 생긴 호랑이 그림이 있었다. 바로 브랜드였다. 브랜드가 약국 지붕에서 뛰어내려 대형 쓰레기통에 착지했다가 조지 넬슨 앞을 막아선 것이다. 놀라운 장면이었다.

조지 넬슨이 갈색 종이봉투를 꼭 쥐고서 나와 브랜드를 앞뒤로 번갈아 쳐다봤다. 나는 재빨리 뒤에 있는 토퍼를 찾았다. 토퍼는 흔적도 없었다. 불과 2초 전만 해도 저기 있었는데.

"우리 돈 어디 있어요?"

브랜드의 말소리에 나는 급히 고개를 돌렸다. 하지만 브랜드

목소리처럼 들리지 않았다. 일부러 목소리를 낮게 깔고 허스키하게 말하는 것 같았다.

"이거 지금 장난이지?" 조지 넬슨이 말했다.

"25달러 어디 있어요?"

"나한테 없어."

"우리랑 약속했잖아요."

조지 넬슨이 뒤로 세 발 물러서더니 가늘게 뜬 눈으로 앞뒤를 쏘아봤다.

"왜 이래, 꼬맹이들? 내가 정말 너희한테 와인을 사줄 거라고 생각했던 거야? 너희는 술 마시기엔 아직 너무 어리잖아."

"하지만 도둑질 당할 정도로 어리진 않죠."

브랜드가 조지 넬슨 쪽으로 두 발 다가갔다.

나는 다시 토퍼를 찾아 주위를 살폈다. 하지만 여전히 토퍼는 보이지 않았다.

조지 넬슨이 비웃으면서 브랜드와의 거리를 좁혔다.

"저리 가, 꼬맹이."

"우리 돈 돌려줘요."

브랜드는 비키지 않았다. 나라면 비켰을 텐데.

"두 번 말하지 않을 거야."

조지 넬슨이 브랜드의 두 발 사이로 침을 뱉었다. 그런 뒤 양손으로 브랜드의 가슴팍을 밀었다.

브랜드가 뒤로 휘청했지만 곧바로 균형을 잡았다. 그리고 조지 넬슨을 밀었다. 내가 생각한 것보다 훨씬 세게 밀었다. 조지 넬슨이 비틀거리며 뒤로 밀려나 나한테 가까워졌다. 눈 깜짝할 사이, 브랜드가 조지 넬슨한테 가까이 다가가서 다시 내 쪽으로 밀었다. 우리 셋은 뒤엉켰다. 나는 토퍼를 부르려고 했지만 그 이름이 목구멍에서만 맴돌았다.

조지 넬슨이 비틀대면서 뒤로 물러서더니 주먹을 치켜들었다. 하지만 브랜드가 민첩하게 피했고, 조지 넬슨의 왼손 펀치는 브랜드를 완전히 비껴갔다.

나는 브랜드 옆에 섰다. 하지만 피할 생각은 하지 못했다. 태권도를 세 달 배웠지만 피하는 방법까지는 배우지 못했다. 내 턱이 조지 넬슨의 주먹에 제대로 맞았을 때 폭발하는 듯 아팠고 이가 흔들리는 것 같았다. 벽이, 내 발밑 땅이 빙글빙글 도는 것 같았다. 나는 길바닥에 쓰러져 머리를 부딪혔다.

어렴풋이 브랜드가 조지 넬슨의 얼굴에 책가방을 마구 휘두르는 게 보였다. 그렇게 조지 넬슨을 정신없게 만든 뒤 브랜드는 그의 무릎에 태클을 걸었다. 조지 넬슨이 균형을 잃으면서 뒷걸음쳤고, 둘은 건물 벽에 부딪혔다. 나는 그냥 이대로 땅에 누워 있는 게 낫겠다는 생각이 들었다.

둘은 고꾸라져서 한참 씨름을 했다. 조지 넬슨이 한 손으로 싸우는 탓에 브랜드한테 유리해 보였는데, 그런데도 조지 넬슨은 성배라도 되는 듯 한 손에 종이봉투를 꼭 쥐고 있었다.

둘은 다시 비틀거리면서 일어섰다. 조지 넬슨이 브랜드한테 주먹을 또 휘두를 것 같았다. 그런데 골목 쓰레기통 부근에 있는 뭔가를 보고 그가 동작을 멈췄다.

바로 토퍼였다. 내 핸드폰을 들고 갑자기 나타난 것이다.

"이거 다 확보했지?" 브랜드가 물었다.

"다 확보했어." 토퍼가 답했다.

"뭘? 뭘 확보했는데? 쟤 뭐 하는 거야?"

조지 넬슨이 화를 내자 토퍼가 말했다.

"아저씨가 내 친구를 때리는 장면을 아주 가까이서 찍었거든요. 열두 살짜리 애를 이유도 없이 때리는 걸 뭐라고 하더라?"

"폭행 및 구타." 브랜드가 답했다.

나는 브랜드의 도움을 받으며 일어섰다. 이가 흔들리는 것 같고 입 속에서 피 맛이 느껴졌다. 눈도 깜빡일 때마다 아팠다.

"정확해. 아저씨가 내 친구를 폭행하고 구타하는 영상이죠. 그리고 경찰도 부를 거예요." 토퍼가 뿌듯하게 말했다.

갑자기 조지 넬슨이 말을 더듬거렸다.

"잠시만! 기다려봐. 핸드폰 내려놓고. 모두 진정해, 알겠지? 너희들이 날 포위한 거잖아. 네가 날 때렸잖아."

"비디오엔 그렇게 안 나오는데요?" 토퍼가 내 핸드폰을 보면서 얼굴을 찡그렸다. "이야. 아이고. 경찰이 이걸 보고 뭐라고 할지 훤하네요. 특히 이 부분 말이에요." 그러고는 전화를 걸 것처럼 동작을 취했다.

조지 넬슨이 토퍼한테 손을 뻗었다.

"잠시만! 전화하지 마. 그래, 너희들이 이겼어. 그 핸드폰 좀 내려놔!"

토퍼가 브랜드를 쳐다보자 브랜드가 고개를 끄덕였다.

"무슨 일이 있어도," 조지 넬슨이 머리를 매만지며 뒷걸음쳤다. "난 절대 감옥에 가지 않을 거야, 알겠어? 절대 그럴 일은 없어."

"그럼 당장 우리 돈 25달러 돌려줘요, 이 패배덩이야." 브랜드가 말했다.

"방금 뭐라고 했냐?" 조지 넬슨이 으르렁댔다. 하지만 토퍼가 내 핸드폰을 가까이 들이미는 걸 눈치챘다. "알겠어. 그래, 좋아. 너희 돈, 줄게. 나도 정말 주고 싶어. 그런데 지금은 돈이 없어."

그런 뒤 아까부터 손에 쥐고 있던 종이봉투를 들어 보였다.

"보이지? 이미 다 썼다고."

조지 넬슨이 종이봉투에서 병을 꺼내 우리한테 보여줬다.

라벨에는 '잭 다니엘 테네시 위스키'라고 적혀 있었다. 올드 넘버 7. 마치 다른 세기에서 온 물건 같았다. 1930년대 대공황 당시의 의약품처럼 보였다.

"그건 와인이 아니잖아요." 토퍼가 말했다.

"내 말 들어봐." 조지 넬슨이 우리 앞에 병을 흔들며 말했다. "이게 와인보다 훨씬 낫지. 이거 가져가, 어때? 이거 받고 그 영상은 지우는 거야. 그리고 방금 일어난 일은 모두 잊자."

조지 넬슨이 술병을 다시 갈색 종이봉투에 집어넣고는 땅에 내려놨다.

"그거 얼마였어요?" 브랜드가 물었다.

"몰라. 20달러쯤 됐어. 너, 그 핸드폰 좀 내려놓을래?"

"지갑 보여줘요." 브랜드가 다시 말했다.

토퍼는 내 핸드폰을 무슨 장전된 총인 양 들고 있었다. 나는 소가 음식을 씹는 것처럼 턱을 움직여봤다. 괴롭힘도 많이 당했고 땅에 밀쳐진 적도 많지만 주먹에 얼굴을 맞은 건 처음이었다. 나는 용기를 내서 손가락으로 입술을 만져봤다. 입술은 내가 아는 것보다 훨씬 커져 있었고 축축했다.

조지 넬슨이 한숨을 쉬더니 청바지 뒷주머니를 뒤져 검정 가죽 지갑을 꺼냈다.

"아마 2달러 정도 남았을 거야." 조지 넬슨이 지갑을 열고 우리한테 보여줬다. "자, 봐. 신용카드도 이미 한도 초과야."

"이리 줘봐요."

"방금 다 보여줬잖아. 안에 아무것도 없다니까."

브랜드가 토퍼를 보더니 고개를 끄덕였다.

"전화해야겠네." 토퍼가 말했다. "9, 1…."

조지 넬슨이 욕을 내뱉으면서도 지갑을 브랜드한테 던졌고, 브랜드는 운전면허증을 꺼내서 확인했다.

"헤이즐? 본명이 헤이즐이에요?"

"증조할아버지 이름을 물려받은 거야."

브랜드가 나한테 헤이즐의 운전면허증을 건넸다.

"나중을 위해 기록해둘 수 있지?"

나는 운전면허증을 훑어보며 기억 속에 저장했다. 면허증에 있는 사진은 최악이었다. 사진에서조차 이 남자는 헤이즐 모건보다는 조지 넬슨이란 이름이 어울리는 범죄자처럼 보였다. 나는 전부 다 외웠다. 키, 몸무게, 눈 색깔, 머리 색깔, 생년월일, 주소. 남자는 스물여덟 살이었다. 하지만 그보다 훨씬 늙어 보였다. 어쩌면 문신 때문일 수 있다. 나는 머릿속으로 이 모든 정보를 각각 세 번씩 외운 다음, 브랜드한테 면허증을 돌려줬다.

브랜드가 면허증을 도로 지갑에 꽂더니 2달러를 빼고 나서야 지갑을 주인한테 돌려줬다.

"이제부터 우리가 어떻게 할지 잘 들으세요, 헤이즐 아저씨. 이건 우리가 가져갈 거예요." 브랜드가 몸을 숙여 잭 다니엘 병이 든 봉투를 집어 들었다. "그리고 이것도." 2달러를 들어 보였다. "아저씨가 부탁한 것처럼 우린 여길 나가자마자 오늘 있었던 일을 모두 잊을 거예요." 이번에는 토퍼와 핸드폰을 가리켰다. "하지만 우린 핸드폰 영상에 아저씨 이름, 주소까지 모두 갖고 있으니까 언제든지 경찰을 부를 수 있어요. 웬 스물여덟 살짜리 남자가 꼬마들을 패고 돈까지 빼앗았다는 얘기를 들으면 경찰들이 엄청 관심을 갖겠죠."

헤이즐 모건이 손등으로 입을 스윽 닦았다.

"두고 봐, 내가 이거 하나는 약속하지. 언젠가 네가 커서 이 일을 잊어버렸을 때 우리가 다시 마주치면 그땐 네 녀석을 반 죽여 놓을 거야."

"절대 못 잊을 것 같은데요?" 브랜드가 대꾸했다. "그리고 지금 그 말은 협박처럼 들리네요. 스티브 네가 듣기에도 협박 같지?"

나는 고개를 끄덕였다.

"이것도 찍어야겠네. 귀찮겠지만 한 번만 다시 말해볼래요?"

헤이즐 모건이 우리를 노려봤다.

"사이코 녀석들이군. 그래라, 그래. 잭 다니엘이고 뭐고 가져가. 그리고 다신 내 눈에 띄지 마라. 알겠냐? 특히 너!"

헤이즐 모건이 뒷걸음치면서 브랜드를 가리켰다. 그런 뒤 몸을 돌려 고개를 숙이고 골목을 빠져나갔다.

"패배덩이?" 토퍼가 우리 쪽으로 걸어오며 물었다.

"그냥 생각난 거야." 브랜드가 웃으며 말했다. "버럭이보다 더 최악이지. 버럭 대마왕 정도라고나 할까."

"맘에 드는데?" 토퍼가 몸을 돌려 내 얼굴을 살폈다. "이야, 정말… 아프겠다."

입술을 만져본 후 손을 보니 피가 묻어 있었다. 현기증이 나서 또 쓰러질 뻔했다. 다행히 이번에는 토퍼가 나를 잡아서 일으켜 줬다.

시내에서는 좀처럼 나무를 찾아보기 힘든데, 요즘은 랜드마크 라고까지 부를 정도다. 우리는 이 몇 안 되는 나무를 찾아 그 밑 잔디밭에 앉았다. 토퍼가 가방에서 휴지를 꺼내더니 입술을 닦으 라고 나한테 건넸다.

"즉흥 액션 부문 최우수연기상의 주인공은 바로⋯ 스티브 사카타입니다."

토퍼는 가상의 상을 주는 걸 좋아한다. 그리고 대부분 그 상을 받는 건 나다. 내가 사카타 집안의 아이이고 부모님을 기쁘게 하기 위해 상을 모은다는 걸 토퍼가 알기 때문일 것이다.

"그래, 그 펀치 맞느라고 정말 고생했어." 브랜드가 말했다.

"고맙다. 저 사람이 나 때릴 거 알고 있었지?"

"저 남자가 누군가한테 주먹을 휘두르리란 건 알고 있었지. 내가 맞으려고 했는데 맞기 바로 직전에 나도 모르게 본능적으로 피해버렸어. 미안해."

나는 앞으로, 특히 주먹다짐을 할 때는 브랜드 옆에 있지 말아야겠다고 결심했다. 물론 그럴 일이 아예 없으면 더 좋겠지만.

"그래도 작전이 통했잖아." 토퍼가 내 등을 치며 말했다. "내가 핸드폰으로 다 찍었다고 했을 때 저 남자 표정 봤어? 다 큰 어른이 열두 살짜리 애한테 주먹을 쓰다니. 게다가 안경까지 쓴 애한테 말이야. 그리고 무슨 슬로모션처럼 네가 빙그르르 돌면서 툭 쓰러졌잖아. 실제로 찍었으면 좋았을 텐데. 그럼 그 장면을 갖고 영화도 만들 수 있었을 텐데."

브랜드와 나는 동시에 토퍼를 쳐다봤다.

"잠깐, 뭐라고?"

토퍼가 나한테 핸드폰을 건넸다. 화면이 온통 까맸다. 전원 버튼을 눌러도 반응이 없었다. 완전히 배터리가 나간 것이다.

"너, 그럼 뻥친 거였어?"

토퍼가 어깨를 으쓱했다.

"제대로 말해봐. 아무것도 못 찍은 거야?"

"응. 비디오도, 자백도 없어. 경찰한테 전화하고 싶어도 할 수가 없는 거지."

나는 도저히 믿을 수가 없어서 머리를 흔들었다. 우리는 핸드폰이 자연적으로 다시 작동되기를 기다리기라도 하듯 꺼진 핸드폰만 쳐다봤다.

"저 남자가 우릴 정말 죽일 수도 있었던 기네." 브랜드가 웅얼거렸다.

나는 그 말이 이유 없이 웃겼다. 그래서 웃기 시작했다. 토퍼가 나를 보고 미소 지었다가 곧 껄껄대며 웃기 시작했다. 어느새 우리 셋은 모두 뒤로 누워 나뭇가지를 보며 사악한 사이코처럼 미친 듯이 웃어댔다.

"웃으면 안 되는데."

나는 기침을 하며 옆구리를 잡았다. 웃으니까 턱이 더 아파왔다. 나는 다시 휴지를 입술에 대고 피가 멈췄는지 확인했다.

브랜드가 일어나 앉더니 찢어진 종이봉투에서 호박색 액체가 든 병을 꺼내 햇살에 비췄다.

"와인보다 낫다고?" 브랜드가 믿기지 않는다는 듯 말했다.

나도 일어나 앉아서 혹시 우리를 보고 있는 사람은 없는지 주위를 살폈다.

"그거 다시 넣어놔. 아니면 갖다 버리든가. 저기 쓰레기통 있네." 나는 골목에서 떨어진 길모퉁이를 가리켰다. "집이나 학교에 가져갈 순 없잖아. 가게에 가서 환불할 수도 없고."

하지만 브랜드는 멍하니 병만 쳐다봤다.

"브랜드?"

"갖고 싶은 걸 다 가질 순 없지."

"뭐라고?"

"미안." 브랜드가 재빨리 답했다. "노래에 나오는 가사야. 입술은 좀 어때?"

나는 입술을 삐죽 내밀고 브랜드한테 보여줬다.

"아프지."

"그냥 긁힌 거야." 토퍼가 덧붙였다.

브랜드가 토퍼를 보고 미소를 지었다. 뭔가 다른 생각을 할 때 브랜드가 짓곤 하는 그런 미소였다.

"네 발목은 어때?"

"괜찮아." 토퍼가 답했다. "또 도둑을 쫓아가야 하는 것만 아니면 말이야."

"좋았어."

브랜드가 가방을 열고 잭 다니엘 병을 안에 넣었다.

"우린 이제부터 좀 걸어야 하거든. 아까 저 패배덩이한테 얻어낸 2달러를 더해도 버스를 두 번이나 더 타고 마지막 준비물까지 살 돈이 될지 모르겠다."

"잠깐만, 뭐라는 거야?"

내가 물었지만 토퍼와 브랜드는 서로 고개를 끄덕이더니 동시에 일어났다. 그때 나는 우리가 집으로 돌아가지 않는다는 걸 깨달았다.

빅스비 선생님이 만유인력의 법칙과 사랑에 빠지는 것에 대해 해주신 이야기는 사실 아인슈타인이 먼저 한 것이었다. 놀랍게도 아인슈타인은 우리가 예상치 못한 것에 대한 많은 이야기를 했다. 예를 들어, 상상력은 지식보다 중요하고 진정한 교육은 우리가 학교에서 배운 모든 것을 까먹은 뒤 남아 있는 것이라고 했다. 대부분의 사람들이 아인슈타인을 천재라고 하지만, 그렇더라도 저 말에 동의해야 할지는 모르겠다. 어쨌든 아인슈타인도 그렇게 말했고 빅스비 선생님도 그러셨으니, 적어도 선생님이 말씀하신 것에 대해 고민해볼 필요는 있겠다는 생각이 들었다.

내가 생각해낸 최선의 답은 이거다. 인간은 자기가 한 일에 대해 언제나 그럴듯하게 과학적으로 설명할 수는 없다는 것이다. 세상일이란 게 모두 공식에 들어맞는 것도 아니고 공통분모로 없애 나갈 수 있는 것도 아니다. 모든 일에 공식이 있는 게 아니라 가끔은 이유 없이 일어나기도 한다. 그게 좋은 것이든 나쁜 것이든, 또 논리적이든 그렇지 않든 말이다. 빅스비 선생님은 모든 일에는 사실 다 이유가 있지만, 다만 그 당시에는 우리가 이해하지 못하는 것뿐이라고 말씀하실 것이다.

나는 숫자도 가끔 틀릴 수 있고, 우주에는 아직 많은 미스터리가 남아 있고, 또 우리가 하는 행동의 이유를 항상 알 수는 없다고 생각하면 이상하게 마음이 편안해진다. 가끔은 절대로 그렇게 될 수 없다는 증거에도 불구하고 그렇게 되기도 하는 법이다.

빅스비 선생님이 우리한테 선생님의 병에 대해 말씀해주신 그날, 나는 집에 가서 케첩 얼룩이 묻은 바지를 벗고 그 병에 대해 찾아봤다. 단순한 호기심 때문이 아니었다. 빅스비 선생님한테 이런 일이 일어나다니. 우리 아빠와 다투고 내 리본을 게시판에 걸어주신 선생님, 나한테 좋은 사람이 되고 있는 그대로의 모습을 간직하라고 말씀해주신 선생님, 가끔씩 록 음악도 들으라고 하신 바로 그 선생님한테 말이다.

나는 좀 더 확실히 알기 위해 여러 웹사이트를 찾아봤지만 전부 같은 대답만 나왔다. 진행 중에 있는 췌관선암종 환자의 1년 생존율은 25퍼센트라는 것이다.

토퍼

용을 만나면 죽여야 한다.

먼 길을 떠나는 여정에서 우리는 수수께끼도 풀고 지도를 따라가며 능력치를 업그레이드해나간다. 그러다가 이내 우리는 용, 악마 또는 버럭 대마왕과 맞닥뜨리게 된다. 그러면 방전된 핸드폰을 꺼내 그 용을 처치하고 용의 잭 다니엘을 훔쳐야만 한다. 그 대가로 입술이 찢기고 발목이 붓는 한이 있더라도.

나는 브랜드를 쳐다봤다. 브랜드가 무슨 생각을 하는지 알 수 있었다. 아까 집에 가고 싶어 했던 이유가 뭔지 몰라도 이제는 아닌 것 같다. 위스키 때문인가? 알코올이 사람을 이상하게 만든다고 하던데. 하지만 그러려면 먼저 술을 마셔야 하는 게 아닌가? 아니면 조지 넬슨과 다시 맞닥뜨린 것을 신호라고 여긴 것일 수도 있다. 어쩌면 브랜드는 자신만의 악마나 뭔가를 물리쳐야만 했던 것일 수 있다. 그 도둑 버릇이를 물리친 게 바로 그런 것일 수도 있다.

분명한 사실은, 브랜드의 얼굴을 봤을 때 내 머릿속에 바이올린과 트럼펫 소리가 울리는 것 같았고 우리가 어디로 향할지 알 수 있었다는 것이다.

"맥도날드입니다. 주문하시겠어요?"

계산대 여직원이 나를 보며 미소 지었다.

그녀는 나보다 훨씬 나이가 많은 것 같았지만 요정처럼 동그란 얼굴이어서 조금 어려 보였다. 명찰에는 '클라리스'라고 적혀 있었다. 요정 이름으로 딱이다.

나는 메뉴판을 봤다. *네. 로버트 몬다비 나파 모스카토 어쩌고저쩌고 하는 와인하고, 라즈베리를 잔뜩 먹은 180킬로그램짜리 비둘기가 제 친구 가방에 싼 똥처럼 보이지 않는 화이트 초콜릿 치즈케이크 주세요.* 하지만 안타깝게도 메뉴판에는 그런 것들이 없었다. 만에 하나 있다 해도 우리가 가진 돈은 동전까지 탈탈 털어봤자 고작 4달러밖에 되지 않았다.

"물 세 개에 하나는 얼음 추가로 넣어주시고, 라지 사이즈 감자튀김 하나 포장해주세요."

우리 목록의 마지막 준비물은 감자튀김이었다. 우리가 유일하게 제대로 준비할 수 있는 것이었다. 어쨌든 우리는 거의 다 해냈다. 여기서 뭔가 더 잘못될 거라는 건 상상도 할 수 없었다.

"네 친구 괜찮니?" 여직원이 물었다.

그녀는 내 어깨 너머로 아랫입술이 보라색 거머리처럼 퉁퉁 부은 스티브를 보고 있었다. 스티브는 그렇게 하면 부은 게 가라앉기라도 하듯 쉴 새 없이 입술을 만져대고 있었다. 약간 정신 나간 사람처럼 보였다.

"괜찮아요. 힘든 날이었거든요."

"누구나 그런 날이 있지."

여직원이 총 1달러 63센트라고 했고, 나는 헤이즐 모건의 지갑에서 가져온 2달러로 계산했다.

"감자튀김은 몇 분 기다려야 해."

여직원이 그렇게 말하고 나를 보며 다시 미소 지었다. 직업상의 친절일 뿐인 걸 알면서도 나는 스티브가 내 어깨를 치기 전까지 계산대 앞에서 어슬렁거렸다.

"저 누나가 나 좋아하는 것 같아."

내가 그렇게 속삭이자 스티브가 인상을 썼다.

나는 브랜드가 맡아놓은 테이블로 물을 갖고 갔다. 스티브가 곧장 컵 뚜껑을 열고 위에 둥둥 뜬 얼음에 입술을 갖다 대더니 몸서리를 쳤다.

맥도날드는 점심을 먹으러 온 사람들로 가득했다. 그리고 놀이방은 아기들과 엄마들로 북적였다. 처음 스티브와 친구가 되었을 때 스티브 엄마는 이런 곳에 우리를 데려와서 마음껏 놀게 해줬다. 하지만 안타깝게도 이제 우리는 놀이방에서 놀 수 있는 최대신장을 넘긴 나이가 되어버렸다. 어른이 되는 건 정말 별로다.

"아직도 아파?" 브랜드가 스티브의 부어오른 아랫입술을 가리키며 물었다.

스티브가 브랜드를 향해 눈으로 살인 광선을 뿜어내며 얼음을 빨았다.

"너, 누구한테 주먹으로 얼굴 맞은 적 있어?"

브랜드가 고개를 저었다. 나는 우리 셋 중 가장 먼저 입술이 터질 사람은 브랜드일 거라고 생각했다. 평소 싸움을 피하느라 바쁜 스티브가 되리라곤 생각도 못했다.

"통과의례야." 나는 스티브한테 말했다. "이제 맨손으로 곰만 잡으면 진정한 남자가 되는 거지."

"맨손으로?"

브랜드가 히죽거렸고, 스티브는 즐거워 보이지 않았다.

"그래도 안경이 망가지진 않았잖아."

최근에 스티브가 안경을 깨먹었을 때 스티브 부모님은 새 안경 값으로 10시간의 사회봉사를 시켰다. 나는 동네 놀이터에서 스티브가 쓰레기 줍는 걸 도왔다. 내 책임도 있다고 느꼈기 때문이다. 어떻게 보면 거의 내 탓이었다. 그날 우리는 튼튼한 낚싯줄과 낡은 구명조끼 그리고 큰 사이즈의 고무줄 500개로 번지점프 장치를 시도했다. 거의 성공할 뻔했는데.

나는 다른 사람의 주문을 받으며 나한테 보여줬던 것과 똑같은 미소를 보내고 있는 클라리스를 보기 위해 계산대를 힐끔거렸다. 그런데 그때, 놀이방 너머 출입문 쪽을 보고 있던 브랜드의 눈이 휘둥그레지더니 폭탄이 투하되는 것 같은 낮은 휘파람 소리를 냈다.

"이거, 골치 아프겠는데."

나는 브랜드가 보고 있는 곳을 따라 봤다. 문이 열리면서 어떤 여학생이 들어왔다. 내가 평소 생각하는 모습처럼 녹색 피부, 사마귀가 난 코에 검은 뿔 모양 모자를 쓰진 않았지만, 그 여학생은 바로….

영화 〈사이코〉의 끽끽대는 바이올린 소리, 큐.

크리스티나 누나를 본 순간, 스티브가 화산이 폭발하듯 물을 반 컵이나 뿜었다. 그 바람에 나와 브랜드는 물벼락을 맞았고, 건너편 테이블까지 물이 튀었다.

"뭐 하는 거야?"

그러거나 말거나 스티브는 기침을 두 번 더 하고 의자 밑으로 몸을 숨기더니 테이블 아래로 들어갔다.

크리스티나 누나의 검은 머리카락은 짱짱하게 외갈래로 묶여 있었고, 거의 여름이 된 이 시점에 핏빛 스웨터를 입고 있었다. 누나는 썩 좋지 않은 표정을 짓고 있었는데 이것도 별로 놀랄 일은 아니다. 누나가 미소 짓고 있는 걸 본 적이 없기 때문이다. 세상에서 그 무엇보다 좋아하는 피아노를 칠 때도 누나는 인상을 썼다. 나는 누나가 집중하느라 그런 거라고 생각했지만 스티브는 실수할까 봐 겁나서 그러는 거라고 했다. 스티브는 또 누나가 가끔 미소를 짓긴 하는데 자기가 있을 때는 아니라고 했다.

어쩌면 누나가 북적이는 사람들 때문에 우리를 못 볼 수도 있겠다고 생각했지만, 누나는 자기 엄마를 너무도 닮았다. 누나는 곧바로 우리를 알아봤다. 누나의 눈이 면도날처럼 가늘어졌다.

영화 〈죠스〉의 음악, 큐.

누나가 우리 쪽으로 검정 부츠를 쿵쾅거리면서 걸어왔다. 브랜드가 잭 다니엘이 든 가방을 발로 밀어 치웠고, 테이블 밑에서는 스티브가 중얼거리는 소리가 들렸다. 이 위기를 모면하게 해달라고 신에게 기도라도 하는 것 같았다.

"스티브?"

누나가 허리춤에 두 손을 대고 우리 테이블 옆에 섰다. 누나는 열일곱 살이지만 그보다 훨씬 나이가 많아 보였다. 누나가 분명히 보고 있는데 스티브는 움직일 생각을 안 했다. 맥도날드 테이블에 식탁보 같은 게 있을 리 없는데도 말이다. 한편 브랜드는 창밖을 보며 마치 누나가 온 걸 모르는 척했고, 나는 누나를 보며 미소를 지었다. 물론 누나는 미소를 지어주지 않았다.

"스티브 사카타, 당장 테이블 밑에서 나와."

스티브가 천천히, 고통스럽게 일어나서 의자에 주저앉았다.

"너, 여기서 뭐 해? 지금은 금요일 오후 12시 30분이야. 학교에 있을 시간 아니야?"

누나의 핏빛 니트 스웨터가 누나가 숨을 쉴 때마다 움직였다.

스티브는 답하지 않았다. 그래서 내가 대신 답했다.

"우리가 누나한테 묻고 싶은 건데?"

그러자 누나가 눈썹을 치켜떴다. 누나는 좁은 얼굴과는 어울리지 않게 큰 눈썹을 갖고 있다. 누나의 얄미울 정도로 예쁜 얼굴에 유일한 오점이라고 할 수 있다. 그래서 내가 언젠가 검정 털북숭이 애벌레가 누나 이마에 붙은 것 같다고 했더니, 누나는 나보고 뇌에 물이나 주라고 했다.

"난 현장 실습 받으러 동물병원에 가는 길이야." 누나가 스티브를 노려봤다. "엄마 아빠가 너 여기 있는 거 아셔? 그리고 너, 입술은 왜 그래? 그거 피야?"

스티브는 그저 어깨를 으쓱할 뿐이었다.

"아니다, 됐어. 알고 싶지도 않아. 그냥 엄마한테 전화해서 네가 어디 있는지 말하면 어떨까? 그럼 엄마가 회사 조퇴하고 널 데리러 오실 텐데. 난 널 데려다줄 시간이 없거든."

스티브는 여전히 아무 말이 없었다. 마치 부풀어 오른 입술이 말이 못 새어나오게 막기라도 하는 것 같았다.

그래서 내가 나섰다.

"누나야말로 착한 척에 잘난 척하는 꼬마 아첨꾼 노릇은 그만두고 스티브 좀 괴롭히지 마."

물론 누나한테 꼬마라는 말은 맞지 않다. 누나는 나보다 키가 15센티미터나 크다. 게다가 지금 우리는 앉아 있고 누나는 서 있어서 그보다 훨씬 커 보였다.

"토퍼 넌 빠지는 게 어때? 분명 너 때문에 애 꼴이 이렇게 된 거겠지. 뻔해. 장담하는데 너희들이 학교 안 간 걸 우리 엄마 아빠가 아시면⋯."

누나는 일부러 말을 마치지 않고 스티브로 하여금 어떤 벌을 받을지에 대해 상상할 수 있게 만들었다. 그런 뒤 핸드폰을 꺼내 들었다.

브랜드가 짧게 숨을 들이마셨다. 데프콘 3에서 갑자기 데프콘 1이 발령되어버렸다. 스티브 부모님이 이 일을 알면 모든 게 쫑나고 만다. 누나가 전화해서 스티브가 이탈하면 우리는 어쩔 수 없이 작전을 멈춰야 한다. 이 작전에서는 한 명이라도 빠지면 안 되기 때문이다.

누나가 핸드폰을 입에 갖다 대고 "엄마 회사로 전화 걸기" 하고 말했다.

엄마 회사로 전화 걸기. 핸드폰이 답했다.

당장 극단적 조치가 필요했다.

스티브는 부모님이 데리러 올 거라는 생각에 극도로 긴장해서 몸이 마비된 듯 보였다. 나는 빠르게 생각들을 정리했다. 내가 누나를 쓰러뜨려서 핸드폰을 뺏은 다음 테이블에 내리치면 어떨까. 하지만 누나는 오랫동안 체조를 해서 힘이 정말 장사다. 작년에 누나랑 1달러를 걸고 팔씨름을 했는데, 결국 나는 바닥으로 굴러떨어졌고 누나는 물론 스티브마저도 나를 비웃었다. 아니면 우리 뒤에 있는 비상구로 셋이서 냅다 도망치는 건? 하지만 이 부은 발목으로 잘 뛸 수 있으려나. 아니면 누나 핸드폰에 물을 부어서 방전을 시키는 건? 하지만 그랬다간 누나가 내 목을 꺾어버릴지도 모른다. 스티브는 누나가 핸드폰을 베개 밑에 두고 잘 정도로 애지중지한다고 했다.

브랜드가 이제 어떡해야 하냐고 묻듯 나를 쳐다봤다. 나는 발목이 부었거나 말거나 두 번째 계획으로 마음이 기울고 있었다. 스티브는 계속해서 "안 돼, 안 돼"를 기도문처럼 중얼거리고 있었다. 나는 브랜드를 향해 고개를 까딱거렸다. '도망치자'라는 뜻으로 한 것인데 브랜드가 당황스러운 듯 나를 쳐다봤다. 위급 상황에 대비해 신호를 맞추는 연습도 해야 할 것 같다. 어쨌든 지금으로서는 그 방법도 늦은 것 같았다. 누나의 핸드폰에서 신호가 가는 소리가 들렸다.

그런데 일이 벌어졌다. 상상도 못할 일이.

"아니!"

스티브가 벌떡 일어나는 바람에 테이블이 흔들려 거의 물을 쏟을 뻔했다.

"뭐라고?"

"전화 끊어. 이건 누나가 나설 일이 아니야."

스티브의 퉁퉁한 입술이 떨렸지만 목소리는 떨리지 않았다.

누나가 스티브를 무시하고 귀에 핸드폰을 갖다 댔다.

"내가 전화 끊으랬지!" 스티브가 손으로 테이블을 쾅 치며 소리쳤다.

이제야 누나는 스티브한테 집중했다. 식당 전체가 스티브한테 집중했다. 모든 대화가 멈췄다. 모든 얼굴이 우리한테 쏠렸다. 음식을 씹다 말고, 음료를 마시다 말고, 케첩을 짜다 말고 우리를 봤다. 심지어 예쁜 미소를 가진 클라리스도 우리를 보고 있었다.

누나가 통화 종료 버튼을 누르고 핸드폰을 내려놨다. 긴장한 듯 붉어진 얼굴로 주변을 힐끔거리더니 누나가 테이블 위로 몸을 기울였다.

"뭐 하는 짓이야, 스티브. 사람들이 다 쳐다보잖아."

"이건 누나가 상관할 일이 아니야. 모든 일에 다 상관하려고 하지 마."

"너, 대체 무슨 말을 하는 거야?" 누나가 목소리를 꾸역꾸역 낮추며 말을 이었다. "이건 무책임한 행동이야. 학교를 빠진 데다 다치기까지 했잖아. 너 아직 혼이 덜 난 것 같은데 제대로 혼날 줄 알아."

"상관없어." 스티브가 받아쳤다. "난 지금 엄청 중요한 일을 하고 있어. 누나가 그걸 이해해주든 말든, 허락해주든 말든 그런 건 다 상관없어. 그냥 방해나 하지 마."

나와 브랜드는 테니스 경기를 보듯 누나의 공격을 기다렸다. 누나는 주저했다. 잠시나마 놀란 것 같았다. 하지만 재빨리 냉정을 되찾고 침착한 목소리로 말했다.

"잘 들어. 저 두 녀석이 너한테 뭘 하라고 했는지 모르겠지만 그게 무엇이든 분명 잘못된 거야. 그러니까 엄마한테 전화해서 널 학교에 데려다주라고 할 거야."

'학교'라는 말에 브랜드가 움찔했다. 하지만 스티브는 한 치의 물러섬도 없었다.

"나, 학교에 가지 않을 거야. 일을 마칠 때까지는 안 갈 거야. 그러니까 엄마한테 전화하지 마. 이번만큼은 누나가 하는 말 안 들을 거야. 나도 내가 무슨 짓을 하는지 알고 있어."

"모르는 것 같은데? 네 꼴을 봐."

누나가 스티브를 봤다. 브랜드도, 나도 스티브를 봤다. 위장복 차림이지만 스티브는 여전히 범생이 스티브였다. 나의 최고 절친 스티브였다. 내가 수학에서 A를 받을 수 있도록 도와주고, 함께 영화를 볼 때면 언제나 나보고 영화를 고르라고 하고, 아직도 어두운 게 무서워서 밤이면 복도 불을 켜놓는 스티브.

우리가 아는 그 스티브라면 지금의 이런 말들을 하지 않을 것이다. 누나한테는 특히.

"나도 내가 무슨 짓 하는지 안다니까." 스티브가 계속 말했다. "그리고 이건 누나 일이 아니야."

"이젠 내 일이 된 거지, 안 그래? 널 돌보는 건 내 일이야. 엄마 아빠는 내가 널 돌봐야 한다고 생각하신단 말이야."

답답한 마음에 누나의 목소리가 갈라졌다.

스티브가 뭔가 기대하는 눈빛으로 누나를 쳐다봤다.

"그러니깐 그렇게 해. 날 돌봐줘."

테이블을 사이에 두고 남매가 마주 봤다. 나는 말을 덧붙이고 싶었지만 섣불리 끼어들면 상황을 더 나쁘게 만들 것 같았다.

그때 누나의 핸드폰이 울렸다. 우리는 시한폭탄이라도 되는 양 핸드폰을 쳐다봤다. 누나는 벨이 네 번 울린 후에야 전화를 받았다. 전화를 받고도 한참 뜸을 들이다가 이렇게 대답했다.

"…여보세요. 엄마? 네, 제가 전화했어요. 아니요, 아무 문제 없어요. 그냥…."

드디어 올 것이 왔다. 누나는 자기가 얼마나 좋은 딸인지를 스스로 증명할 또 한 번의 순간을 맞이했다. 나는 누나가 아줌마한테 이 모든 일을 털어놓기를 기다렸다. 스티브는 연행되어 부모님에게 넘겨질 것이고, 누나는 자기가 채워야 한다고 생각하는 그 표에 붙일 황금별을 하나 더 받게 될 것이다. 나는 다 셀 수도 없을 만큼 많은 누나 방의 메달과 트로피를 떠올렸다. 스티브가 따라가야만 했던 수많은 피아노 리사이틀과 박수갈채, 누나의 완벽한 성적표 그리고 끝없는 압박을 생각했다. 언젠가 스티브는 나한테 자기는 절대 누나처럼 크고 싶지 않다고 말한 적이 있었다. 나는 스티브가 한 말이 무슨 뜻인지 정확히 이해했다.

누나가 통화하면서 계속 스티브를 쳐다봤다.

"저, 지금 시내 나왔다고 말하려고 전화한 거예요. 네, 조심할게요. 이따 저녁 때 봬요."

누나가 전화를 끊더니 핸드폰을 바지 뒷주머니에 넣었다.

브랜드와 나는 깊은 숨을 내쉬었다.

"고마워." 스티브가 눈에 띄게 머쓱하게 말했다.

그건 저 둘 사이에서 쉽게 들을 수 있는 단어가 아니었다.

"잠깐 얘기 좀 할 수 있어?" 누나가 스티브한테 말했다.

남매는 구석에 있는 자판기 쪽으로 움직였다. 나는 스티브가 누나를 따라가는 모습을 보며 이번에는 어떻게 혼날지 궁금했다. 누나가 손가락을 흔들면서 요란하게 혼을 내고 스티브는 고개를 늘어뜨릴 거라고 예상했지만, 그런 일은 벌어지지 않았다. 둘의 대화는 1분도 안 걸렸다. 둘은 속삭였다. 나는 스티브만큼 입술 모양을 잘 읽지 못하기 때문에 둘이 무슨 말을 하는지 알 수 없었다. 누나가 뭐라고 하자 스티브가 고개를 끄덕였다. 그런 뒤 둘은 다시 우리 테이블로 왔다. 스티브가 내 옆에 앉았고, 누나는 허리춤에 손을 갖다 대면서 우리를 한 명씩 내려다봤다. 누나는 아직도 조금 악마처럼 보였다.

"좋아, 이렇게 하자. 너희들은 나를 못 본 거야, 알겠지? 난 이 자리에 없었던 거야. 너희들도 알다시피 우리 엄마 아빠도 조만간 다 알게 되실 거야. 그때 내 얘기 하지 마. 내가 여기서 너희들을 봤다는 걸 아시면 분명 또 내 탓이라고 하실 테니까. 난 이미 걱정거리가 차고 넘치거든."

"맞아, 누나도 참 삶이 고단하겠어."

나는 이렇게 말하면서 곧바로 알아차렸다. 내가 무슨 말을 하든지 상황을 최악으로 만든다는 것을.

그런데 누나는 이번에도 나를 그냥 무시했다.

"저녁 전까지는 꼭 집에 와야 해. 그리고 이게 무슨 일인지 모르겠지만, 이번 한 번뿐이라는 거 명심해."

"그럴 거야." 스티브가 답했다. "오늘 하루뿐이야."

누나가 머리를 흔들더니 "정말 문제다" 하고 중얼거렸다. 누나가 말한 그 문제가 나를 말하는 건지, 스티브를 말하는 건지, 아니면 자기 부모님을 말하는 건지는 확실치 않았다.

"난 여기 없었던 거야." 누나가 가려다 말고 돌아서서 마지막으로 쏘아붙였다. "그리고 진짜 멍청한 짓은 하지 않도록 해."

나는 "이미 늦었어" 하고 받아치려다 참았다. 대신 누나가 손을 흔들어주지 않을 걸 알면서도 손을 흔들었다. 예상대로 누나는 손을 흔들지 않았다.

스티브도 손을 흔들었다. 뿌듯한 미소를 지을 줄 알았는데 스티브는 잔뜩 겁에 질려 있었다.

"아슬아슬했어." 브랜드가 말했다.

"맞아." 나도 말했다. "그리고 멋있었어."

스티브를 알아온 시간을 통틀어 이렇게 스티브가 누구한테 맞서는 걸 본 건 처음이었다.

스티브가 두 손으로 컵을 잡고 물을 들이켰다. 그리고 누나의 차가 주차장을 나가는 걸 조용히 지켜봤다.

누나는 맥도날드에서 아무것도 사지 못하고 가버렸다. 그래도 다른 걸 먹긴 했다. 스티브가 확실히 한 방 먹였으니 말이다.

계산대에서 클라리스가 내 이름을 부르는 소리가 들렸다.

우리가 주문한 게 나왔다.

우리가 분명 알고 있다고 믿는 것도 사실 다 알 수는 없는 법이다. 모든 건 바뀌기 때문이다. 대부분은 자라는 풀이나 짙어가는 안개 혹은 늦은 오후가 될수록 냄새가 나는 겨드랑이처럼 점차적으로 변화한다. 그리고 순식간에 변화가 일어날 때면 항상 우리의 예상을 뛰어넘는 뭔가가 일어난다. 하늘에서 선택받은 자라는 엄청난 계시를 얻거나, 오케스트라 연주를 뒤로하고 장엄하게 적군으로 돌격하는 그런 대단한 일이 아니다. 보통은 훨씬 사소한 것들이다. 맥도날드에서 누나한테 맞서는 것처럼 말이다. 아니면 약국 뒷골목에서 패배덩이와 대결하는 것처럼 말이다.

아니면 쓰레기를 뒤지는 빅스비 선생님을 발견하고 서랍 제일 아래 칸에 선생님이 무엇을 숨겨뒀는지 봤을 때처럼 말이다.

나는 방과 후에 선생님의 이런 모습을 봤다. 선생님은 재활용 쓰레기통을 살피고 있었다. 그러다가 그 안에서 뭔가를 꺼냈는데, 내 것이었다.

그 목요일은 이상하게도 지루했다. 내 삶이 바뀌게 될 거라는 어떤 징조도 없었다. 까마귀가 울지도 않았고, 검은 고양이가 보이지도 않았다. 하늘에 수상한 검은 연기도 없었다. 그저 비가 억수같이 내렸다. 아마 그게 그 뜻이었던 것 같다. 하지만 당시에는 그저 쉬는 시간에도 밖에 못 나간다는 의미일 뿐이었다.

우리는 교실 구석에 셋이서 모여 앉았다. 브랜드는 교실에 있는 아이패드를 가지고 놀았고, 스티브는 집에 가자마자 숙제하라는 말을 들을 걸 알기에 미리 숙제를 했다. 나는 언제나 그렇듯 종이에 그림을 그렸다. 오래전에 채점까지 다 한 문제지였다.(집에 가져가서 부모님께 보여드렸어야 했는데 공통분모 찾기 시험에서 내가 B⁻를 받은 걸 부모님이 과연 신경 쓸까 싶었다.) 스케치북은 내 가방에 있어서 그걸 가지러 가기 귀찮았다.

나는 거미 한 마리가 모퉁이 라디에이터 근처에서 집을 짓고 있는 모습을 종이에 담았다. 트레버나 다른 멍청한 애들이 저 거미를 보면 당장 죽일 게 뻔했다. 그래서 저 용감한 무모함에 경의를 표하는 마음에서 그림을 그렸다. 브랜드한테 그림을 보여주니 꽤 잘 그렸다고 했다. 브랜드는 늘 그렇게 말한다. 이런 면은 약간 우리 부모님 같다.

잘 그렸다는 소리를 듣긴 했지만 끝내주는 건 아니었다. 간직할 정도는 아니었다. 그래서 나는 그냥 재활용 쓰레기통에 종이를 던져버렸다.

그날은 엄마가 나를 데리러 오는 날이었다. 엄마는 그 주 내내 바빴다. 3일 연속 12시간 근무를 했다. 그래서 나한테 미안한 마음이 들었는지 우리 둘이서만 아이스크림을 먹으러 가자고 했다. 그런데 행정실에서 엄마가 늦을 거라는 말을 전했다. 내겐 전혀 놀라운 일이 아니었다. 그래서 다시 교실로 들어가 엄마가 올 때까지 빅스비 선생님의 다양한 책 중 하나를 골라 읽기로 했다.

그렇게 해서 선생님을 훔쳐보게 된 것이다.

나는 문 옆에 서서 재활용 쓰레기통에 몸을 숙이고 있는 빅스비 선생님을 봤다. 선생님의 머리가 얼굴로 흘러내렸고 손에는 종이가 한 장 들려 있었다. 선생님은 그날 버터 빛 여름용 원피스에 아주 얇아서 어딘가 더 따뜻한 곳으로 날아가버릴 것 같은 흰색 스웨터를 입고 있었다.

"뭐 잃어버리셨어요?"

내가 묻자 선생님이 깜짝 놀라 펄쩍 뛰었다. 나는 선생님이 들고 있는 종이를 봤다. 내 이름과 성적뿐 아니라 뒷장에 그려진 거미의 윤곽까지 보였다.

선생님이 딱 걸렸다는 표정으로 나를 쳐다봤다. 마치 우리 시험 성적을 조작하다가 들키기라도 한 것처럼 말이다.

"어머나, 토퍼 안녕? 어머니가 데리러 오시는 거 아니었니?"

나는 어깨를 으쓱했다.

"늦으신대요. 그래서 선생님 책 좀 읽으려고요. 그거 뭐예요?"

나는 그게 뭔지 알고 있었지만 왜 선생님이 그걸 손에 들고 있는 건지 알고 싶어서 물었다. 어쩌면 내 성적을 다시 확인하려고 보고 있는 것일지도 몰랐다. 내가 B⁻가 아닌 B⁺를 받아 마땅하다는 생각이 들어서.

선생님이 그림을 보며 미소 지었다.

"거미구나. 집을 짓고 있네."

나는 본능적으로 내가 몇 시간 전에 앉아 있었던 구석 자리를 힐끗 쳐다봤다. 거미줄은 기적적으로 여전히 그 자리에 있었지만 거미는 사라졌다.

"내가 이걸 왜 들고 있는지 묻는 거겠지?"

선생님은 두 번이나 입을 뗐다 다물었다 하면서 어떻게 말해야 할지 고민하시는 것 같았다. 어색한 상황이었다.

"사실은 붙여놓으려고 했어." 선생님이 마침내 말했다. "마음에 들거든."

"아."

선생님이 손가락으로 거미줄의 모양을 짚어가며 그림을 뚫어져라 봤다.

대체 마음에 든다는 게 무슨 말일까? 저 그림에 스마일 스티커라도 붙여주려고 했던 걸까? 반 아이들한테 보여주려고 했던 걸까? 정말로 선생님 마음에 들었다는 걸까?

"이 그림을 버린 이유가 있니?"

"모르겠어요. 그걸 갖고 뭘 해야 할지 몰라서요."

"간직해둘 가치가 없다고 생각한 거겠지?" 선생님이 정곡을 콕 찔렀다.

나는 재활용 쓰레기통 속을 봤다. 책, 종이, 시험지, 찢어진 감염 검사지, 포스트잇으로 만든 종이비행기, 한 주 동안의 학습지와 놀잇감으로 가득 차 있었다.

"그랬나 봐요."

나는 우리 집 냉장고를 떠올렸다. 내가 어렸을 때 냉장고에는 자석으로 붙여놓은 종이와 그림이 가득했다. 지금은 배달 전단지와 학교 가정통신문만 붙어 있다.

선생님이 미소를 지었다. 비밀을 털어놓을 것 같은 미소였다.

이런 미소를 지은 다음에는 대개 인용문을 알려주거나 말 좀 잘 들으라는 말씀을 하지만 이번에는 아니었다. 그 미소 너머 뭔가가 더 있었다.

선생님이 책상으로 와보라고 손짓하고는 책상 가장자리에 걸터앉았다.

"토퍼 렌, 내가 지금부터 보여주는 건 우리 둘만 아는 거야. 알겠지?"

나는 묵묵히 고개를 끄덕였다.

"스티브하고 브랜드한테도 말하면 안 돼. 다른 사람한테 상처를 주고 싶지 않으니깐 꼭 약속 지켜야 해."

나는 잠시 생각해봤다. 쉽지는 않을 것 같았다. 나는 스티브한테 모든 걸 다 말한다. 빅스비 선생님도 이런 우리 사이를 잘 아시는 것 같았다.

"약속할게요."

나는 그럴 만한 가치가 있는 거겠지 싶었다. 〈나니아 연대기〉에서 옷장에 들어간 루시 페벤시가 된 기분이었다. 해리 포터가 펜시브(사람의 기억을 볼 수 있는 마법 물건:옮긴이)를 들여다보는 기분이었다.

"혹시 수잔 기븐스라고 아니?"

나는 고개를 저었다. 들어본 것 같았지만 아마 라디오나 텔레비전 광고에서 들은 이름일 것이다. 하지만 이런 나의 예상은 완벽히 틀렸다.

"내 옛날 제자 중 한 명이야. 지금 수잔은 고등학생이 됐지. 다정하고 굉장히 똑똑하지만 무척이나 수줍음을 타는 아이였어. 남들과 잘 어울리지도 않고."

"스티브랑 비슷하네요."

"내가 아는 많은 학생들처럼 말이야." 선생님이 한쪽 눈썹을 치켜뜨고는 말을 이었다. "수잔은 작가였어. 내가 가르친 학생들 중 가장 뛰어난 작가였지."

나는 고개를 끄덕였지만 약간 질투가 났다. 내 수학 퀴즈 점수(스쿨버스 안에서 스티브의 숙제를 베끼듯 할 수 없으니까)와 달리, 내가 써낸 모든 것에 빅스비 선생님은 A를 줬다. 누구나 자기가 잘한다고 생각하는 것을 모르는 사람과 비교해서 듣고 싶지는 않을 것이다. 어쨌든 선생님은 여전히 내 거미 그림을 손에 들고 있었다.

"수잔의 시에 난 감동했어." 선생님이 말을 이어갔다. "복잡 미묘하고 이미지와 감정이 가득한 시였지. 수잔도 이런 종이에 시를 쓰곤 했어." 선생님이 내 그림을 들어 보였다. "교실에 있는 동안 틈만 나면 시를 쓰는 수잔을 볼 수 있었지. 수잔은 자기가 쓴 시를 일부는 간직하고 일부는 버렸어. 하지만 내가 아는 한 수잔은 누구에게도 시를 보여주지 않았어. 반에서 친한 여자애들 몇 명한테도 말이야. 그런데 하루는 내가 수잔의 시를 발견했어. 네 그림을 발견한 그곳에서. 그래서 난 그 시에 메모를 적은 다음 다시 수잔의 책상에 놔뒀어."

"뭐라고 적으셨는데요?"

선생님이 손가락을 입술에 갖다 댔다.

"말해줄 수 없지. 그건 나와 수잔 사이의 비밀이거든. 약속은 약속이니까. 그런데 다음 날 수잔이 책상을 보더니 다시 나를 보더라. 그리고 아무 말도 하지 않았어. 수잔은 원래 직접적으로 말하는 애가 아니었어. 그런데 며칠 후 내 책상 키보드 아래 또 다른 시가 숨겨져 있는 걸 발견하게 됐지 뭐야. 그리고 또 다른 시를 보게 됐지. 매주 그랬는데, 어떨 때는 두 개일 때도 있었어. 그래서 난 빨간색 파일에 이 시들을 모으기 시작했어."

선생님이 책상에서 일어서서 원피스를 매만졌다. 그리고 서랍의 마지막 칸을 잡아당겨 열었다. 서랍 칸이 딸깍 소리를 내더니 미끄러지듯 열렸다. 그 안에는 반쯤 먹다 남은 프레첼 스틱과 빈 커피 병이 있었다. 철제 받침대 위에는 예상 가능한 이름의 라벨이 붙은 누런 파일이 열두 개쯤 있었다. 수업 계획서, 성적표, 수학 학습지, 지각 딱지 같은 것들이었다. 선생님이 무릎을 꿇고서 이 평범한 폴더를 밀자 뒤쪽에 있는 폴더들이 보였다. 이 폴더들은 각기 다른 색이었고 제일 앞에는 빨간색 폴더가 있었다.

"너한테 보여줄 순 없어. 남들에게 보여주려고 만든 게 아니거든. 하지만 네가 그날 이후 어떤 일이 일어났는지 보고 싶어 할 것 같아서."

선생님이 폴더를 꺼내서 책상 위에 올려놓았다. '수잔 기븐스'라는 라벨이 붙은 그 빨간색 폴더는 너무 두꺼워서 터질 것 같았다.

한 주에 두 개씩 시를 썼다 해도 이렇게 폴더를 꽉꽉 채울 수는 없다. 교실에 있는 시간 내내, 쉬는 시간이며 점심 때 구내식당에서 줄을 서며 썼다 해도 이럴 수는 없다.

"믿기지가 않아요."

"수잔은 내가 가르치는 학생일 때만 나한테 시를 써서 준 게 아니란다. 그후로도 계속 나한테 이메일을 보내고 있거든. 그럼 난 그 시를 인쇄해서 여기에 보관해."

나는 무심코 엄지로 종이 가장자리를 만졌다.

"그건 수잔의 것이고. 네 것은 이쪽에…."

선생님이 여섯 개 남짓 되는 무지갯빛 폴더를 뒤적이더니 서랍장 제일 끝에 있는 녹색 폴더를 꺼냈다. 겨우 열 장 정도 될까 말까 한 얇은 폴더였다. 겉에는 검정 사인펜으로 '토퍼'라고 적혀 있었다. 선생님은 수잔 기븐스의 폴더 위에 내 폴더를 올려놓으며 내가 볼 수 있게 한 발 옆으로 물러났다.

폴더 속에는 그림들이 있었다. 대부분의 그림은 시험지나 퀴즈 종이 뒤에 아무렇게나 그린 낙서였다. 임시 선생님이 오셨던 날 미술 시간에 내가 그린 그림을 복사해놓은 것도 있었다. 또 카일한테 동전을 받고 판 그림도 있었다. 카일은 그저 뭉쳐서 던져버릴 종이가 필요했던 것뿐인데, 선생님이 휴지통에서 그 그림을 찾아 구김을 펴고 폴더에 넣어두었던 것이다. 그 그림들은 모두 내가 버린 것들이었다.

"이걸 다 갖고 계셨던 거예요?"

선생님이 고개를 끄덕였다.

"내가 커서 뭐가 되고 싶었는지 기억하니? 선생님이 되기로 결심하기 전에 말이야."

"위대한 마술사 매기요."

"그리고 내 애완용 모래쥐를 모자에서 꺼내 보이려 했던 그 묘기가 있었지."

"그리고 선생님 할머니가 그 모래쥐를 밟으실 뻔했죠."

"하지만 내가 왜 그 꿈을 포기했는지는 말해주지 않았지." 선생님이 천천히 말을 이었다. "웃음 때문이었어. 부모님, 할머니, 할아버지, 오빠는 그 일이 있은 후 내가 묘기를 망친 게 무슨 엄청난 농담이라도 되는 것처럼 웃어댔거든. 난 마술사가 아니라 코미디언이 되어버린 거였어. 아마 내 가족들은 평생 동안 친구들과의 모임이나 식사 자리에서 그 얘기를 해댈 거야. 그리고 그때마다 자지러지게 웃어대겠지. 난 그날 방에 가서 펑펑 울었어. 하지만 가족들은 이해하지 못했지. 그저 어린애가 잠시 우는 척하는 걸로만 생각했을 거야."

나는 녹색 폴더 속 그림을 넘겨보는 걸 멈추고 선생님을 봤다. 선생님은 언제나 자신감에 차 있고 우리보다 늘 한 발 앞서 있는 것처럼 보였지만, 지금은 달라 보였다. 확신이 없어 보였다.

"어릴 때 어떤 게 가능하고 또 어떤 게 가능하지 않은지 머릿속으로 구분 짓는 방식은 꽤 웃겨. 하루는 천하무적이 됐다가 다음 날에는 옷장 속에 뭐가 들어 있을까 봐 겁을 내기도 하잖아. 난 마술사가 되고 싶었어. 하지만 대신 선생님이 되었지. 가르치는 건 멋진 일이야. 그렇지만 열 살짜리가 꿀 꿈은 아니잖아."

"묘기를 한 번 망치신 것뿐이잖아요. 선생님은 지금도 마술사가 될 수 있어요." 나는 선생님이 인용문을 읊을 때 종종 그러시듯 영감을 주는 듯한 목소리로 말하려고 애썼다. "뭐가 문제인 건데요?"

선생님이 웃었다. 그 웃음은 왠지 내가 바보 같다고 느끼게 만들었다. 선생님이 대단원의 막을 내릴 묘기를 망친 후에도 이런 느낌이었을까.

"토퍼, 이 세상의 엄청나게 많은 것들이 나를 막고 있단다. 넌 아마 상상도 못할 거야." 선생님은 마치 말하지 않은 비밀이 백 개는 더 있다는 듯 말했다. "그렇지만 이건 나에 관한 게 아니니까. 이건 내 폴더가 아니고 네 폴더잖아."

나는 내 그림을 봤다. 칼을 휘두르는 장군들. 가면을 쓴 자경단원들. 우리 반 교실 밖에 있는 버드나무 그림도 있었다. 나는 폴더를 닫고 선생님을 봤다.

"아무도 우리를 보지 않는다고 생각하는 순간들이 있지. 그럼 관심을 받기 위해 눈에 띄는 행동을 해야 할 것 같거나, 다른 사람인 척해야 할 것 같기도 할 거야. 하지만 누군가는 알아보고 있단다, 토퍼. 누군가는 다 보고 있어. 누군가는 네가 세상에서 가장 멋지다고 생각하고 있을 거야. 절대 네가 부족하다고 생각하지 마."

선생님이 책상으로 가서 거미 그림을 집어 들었다.

"네가 원치 않으면 보관하지 않을게. 다른 그림들도 마찬가지야. 내 그림이 아니니까. 이 그림들을 모으기 전에 너한테 먼저 물었어야 했는데… 아직도 이 그림이 가치 있다는 생각이 안 들면 아까 있던 곳에 다시 버려도 돼. 하지만 난 솔직히 이 그림이 마음에 들어. 내가 보기엔 네 그림 중 가장 잘 그린 것 같아."

그림은 나와 선생님 사이에 놓여 있었다. 그리고 그 옆에는 선생님이 간직한 여섯 개의 꿈이 담긴 비밀 서랍장이 있었다. 그 꿈들은 선생님 것이 아니지만 안전하게 보관해둔 것이다.

나는 선생님이 구해주신 그 그림을 집었다. 그리고 폴더를 다시 열어 제일 위에 올려놨다.

맥도날드에서도 병원이 보였다. 걸어서 30분이면 갈 거리지만, 건포도도 넉넉하고 이 원대한 작전을 수행할 자신감도 충만했던 아침처럼 빠르게 걷지는 못했다. 나는 여전히 다리를 절뚝거렸고 스티브는 정신이 멍한 것처럼 보였다. 조지 넬슨이 날린 펀치 때문인지, 아니면 마침내 누나한테 맞설 용기를 끌어올리느라 용써서 그런 건지는 모르겠지만, 어쨌든 스티브는 9라운드를 마친 권투선수처럼 비틀거렸다.

나는 기름이 배어들어 자국이 생긴 감자튀김 봉투를 들었다. 내 가방 속에는 낡은 책과 이젠 쓸모없게 되어버린 스피커가 들어 있었다. 원래 스티브의 핸드폰을 스피커에 연결해서 베토벤의 음악이나 스티브가 넣은 노래를 들으려고 했다. 하지만 배터리가 다 나갔다. 이제 음악도 없고 와인도 없다. 그래도 우리에겐 치즈케이크 엇비슷한 게 있고 감자튀김도 있다.

그리고 그림.

지금은 찢어져버린 내 스케치북에서 브랜드가 찾아내 "내 보물" 하고 외치는 골룸처럼 굴었던 그 그림 말이다. 나는 아무도 안 볼 때 그 그림을 선생님한테 드리려고 했다. 테이블이나 베개 밑처럼 선생님이 나중에 찾을 수 있는 곳에 놓아두고 오려고 했다. 아니면 간호사가 발견하고는 선생님한테 보여주면서 "정말 잘 그린 그림이네요. 이거 선생님이죠?" 하고 말할지도 모른다. 선생님은 당연히 누가 그린 것인지 알 것이다. 미소를 지으며 "네, 저 맞아요. 이거 어디서 찾으셨어요?" 하고 물으실 것이다. 그리고 그림을 간직하실 것이다. 어딘가 가까운 곳에.

가는 내내 브랜드는 뒤에 혼자 처져 있었다.

"네가 오늘 시내에서 누나를 만날지도 모른다고 했잖아. 그 말이 씨가 된 것 같아."

"운이 나빴어." 스티브가 말했다. "100분의 1의 확률이야. 일어날 수 없는 일이라고."

"하지만 결국 일어났지. 그게 바로 운명이야. 누나는 네 볼드모트잖아."

스티브가 인상을 썼다.

"우리 누나는 볼드모트가 아니야. 그냥 나를 돌봐주는 것뿐이야."

"하! 네가 사고 치길 바라서 그런 거지. 누나가 거짓말한 걸 수도 있어. 부모님한테 전화해서 전부 말했을지도 몰라."

나는 스티브 아빠가 지금 차를 몰고 뒤를 밟으며 우리를 잡을 적당한 때를 노리고 있는 게 아닌지 의심스러웠다.

"누나는 전화 안 할 거야. 나한테 말하지 않겠다고 약속했어."

"넌 그 말을 진짜 믿어?"

스티브가 어깨를 으쓱했다.

"누나가 짜증날 때도 많고 가끔은 누나가 잘나면 얼마나 잘났는지 참을 수 없을 때도 있어. 하지만 그렇다고 내가 누나를 싫어하는 건 아니야. 누나한테 그렇게 못되게 굴지 마."

"나?"

"그래, 너. 상황을 더 악화시키잖아."

"잠깐… 악화가 무슨 뜻이야?"

"더 나쁘게 한다고. 네가 누나를 자극하잖아."

나는 길가의 돌멩이를 발로 찼다. 어쩌면 스티브 말이 맞을지도 모른다. 나는 가끔 상황을 악화시킬 때가 있다. 하지만 그렇다고 누나가 짜증나지 않는 건 아니다. 나는 어깨 너머를 힐끔거렸다. 브랜드는 뭔가 딴 생각을 하는 듯 저 멀리 뒤에서 느리게 걸어오고 있었다. 하지만 이제 와서 그만두기엔 이미 계획의 끝에 다다르고 있다.

"아까 자판기 옆에서 누나하고 뭐라고 속닥거린 거야?"

스티브는 뭐든 나한테 숨기는 법이 없다. 누구든지 스티브한테 뭐라고 귓속말하면 나는 결국 그 얘기를 듣게 된다. 스티브 귀에 뭐라고 속삭이는 사람은 대체로 나이기 때문이다.

"내가 정말 괜찮은지 물었어. 자기랑 같이 집에 가고 싶어도 너희들 앞이라 자존심 때문에 제대로 말 못 하는 건 아닌지 물었어. 아, 그리고 누나가 네 말을 이제 그만 들어야 하지 않겠냐고 하더라. 누나는 네가 사고뭉치라고 생각하나 봐."

"사고뭉치라니."

"너보다 괜찮은 친구를 사귀어보라고 그러더라."

나는 입이 턱 벌어졌다.

"나보다 괜찮은 친구? 없을걸. 난 네 삶에서 가장 멋진 사람이야. 누나보다도 말이야."

스티브가 어깨를 으쓱했다.

"네가 물어서 말해준 것뿐이야."

"그래, 누나가 털북숭이 환자한테 물려서 광견병이나 걸리면 좋겠다."

하지만 스티브가 누나의 조언대로 나를 버리고 다른 친구를 사귀면 어떡하나, 잠시 걱정이 되었다. 그렇게 되면 내가 그걸 받아들일 수 있을지 모르겠다.

"그래서 넌 누나한테 뭐라고 했는데?"

"세상에 완벽한 사람은 없다고 했어. 그리고 넌 내 인생에서 그 누구보다 멋진 사람이라고 했지."

"누나보다 더?"

"누나보다 더."

스티브가 고개를 들더니 앞을 가리켰다.

"다 왔다."

두 개의 커다란 건물이 통로로 연결된 세인트 메리 병원이 어렴풋이 보였다. 스티브가 전에 나한테 성인(聖人)의 수가 만 명이나 된다는 말을 해준 적이 있다. 천주교는 마치 종교계의 축하 카드 같아서 모든 경우에 그에 맞는 성인이 있다는 것이다. 연기자를 위한 성인도 있고, 나환자를 위한 성인도 있고, 알코올 중독자를 위한 성인도 있다. 미술가를 위한 볼로냐의 성녀 카타리나도 있다. 스티브는 이 성녀가 나를 보살펴줄 거라고 했다. 그리고 성 크리스토퍼도 그럴 거라고 했다. 이분은 선원, 운전사, 치통에 걸린 사람을 위한 성인인데, 그냥 나랑 이름이 같아서 그렇게 말한 것뿐이다. 만 명의 성인 중에서도 메리(성모 마리아)는 최고의 성인이 아닐까 싶다. 빅스비 선생님은 믿을 수 있는 곳에 계신다.

병원 정문이 보였다. 나는 잠시 멈춰 서서 구름이 갈라지며 강력한 햇살이 세인트 메리 병원을 환히 비추길 기다렸다. 머릿속에선 성가대의 모습이 선명하게 보이고 노래도 들리는 듯했지만, 그런 일은 일어나지 않았다. 그래도 주변의 다른 건물들과는 뚜렷이 비교가 되었다. 병원은 새 건물 같아 보였고 뚫리지 않는 요새처럼 든든하고 웅장했다.

"선생님이 우릴 보고 기뻐하실까?"

"잘 모르겠어." 스티브가 답했다.

"그래도 가는 게 맞겠지?"

"감자튀김이 식고 있어."

우리는 회전문 앞에서 브랜드가 올 때까지 기다렸다. 스티브가 부어오른 입술을 찔러보며 말했다.

"우리 꼴을 보면 응급실 환자인 줄 알겠다."

나는 다리를 절고 스티브는 피투성이였다. 길바닥에 앉고 도로를 구르고 쓰레기통 뒤에 숨느라 우리의 옷은 말도 못하게 더러워졌다. 나는 손을 뻗어 스티브의 머리를 단정하게 만져줬다. 내 머리는 굳이 신경 쓰지 않았다. 어차피 가망이 없으니까.

"우리가 해냈어." 내가 말했다.

모진 시련과 버럭이들 그리고 박제된 부엉이, 화장실 상어를 거쳐 우리는 마침내 여기에 도착했다. 그런데 왜 갑자기 불안해지는 걸까?

브랜드가 주머니에 손을 꽂은 채 다가왔다.

"딱 맞췄네." 스티브가 말했다.

우리 둘은 몸을 돌려 문으로 향했다.

브랜드는 움직이지 않았다.

"야, 너 안 갈 거야?"

"기다려봐." 브랜드가 말했다. "안에 들어가기 전에 너희한테 할 말이 있어."

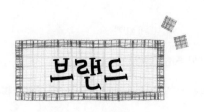

브랜드

진실을 말하는 것과 진실을 다 말하는 것에는 차이가 있다. 그래서 법정에서 성경책에 손을 얹고 '숨김과 보탬 없이' 오직 진실만을 말할 것을 대대적으로 맹세하는 것이다. 그렇지 않으면 요리조리 빠져나갈 것이기 때문이다. 사람들은 범죄가 성립되는 부분은 건너뛰고 말할 것이다. 불리한 내용은 속으로만 간직한 채.

빅스비 선생님은 다른 사람들한테 말하지 말라고 하셨다. 학칙에 어긋나는 일이라 학교 이사회에서 이 일을 문제 삼을 수 있다고 했다. 그리고 아빠도 못마땅하게 생각할 터였다. 어쩌면 사회전체가 이걸 못마땅하게 받아들일 수도 있었다. 그러면 선생님이 해고될지도 몰랐다. 하지만 선생님은 그렇게 될 거라곤 생각하지 않았다.

진실은 바로 이것이다.

나는 두 달 반 동안 매주 금요일에 빅스비 선생님을 만났다. 학교에서 금요일마다 본 걸 말하는 게 아니다. 학교를 마친 후에 말이다.

선생님은 우리 집으로 나를 데리러 오셨다. 다만 나는 아빠가 아는 걸 원치 않았기에 우리 집이 아니라 길모퉁이에서 선생님을 기다렸다. 그러면 선생님은 'I♥Brains'라는 범퍼 스티커가 붙여진 조그만 흰색 승용차를 타고 나타났다. 선생님은 그 스티커가 좀비에 관한 농담인 동시에 대다수 남자들에 대한 경고라고 했다. 내가 차에 타면 선생님은 가방을 뒷좌석으로 던지고 껌을 권했다. 그리고 지난주 금요일에 갔던 곳과 똑같은 곳으로 차를 몰고 갔다. 우리는 언제나처럼 거기서 한 시간을 보냈고 선생님은 다시 나를 길모퉁이에 내려주셨다. 그리고 내가 작별 인사 후 짐을 들고 집으로 들어갈 때까지 기다려주셨다.

매주 금요일. 한 주도 거르지 않고 열 번의 금요일에 말이다. 눈 속에서 쓰러질 뻔했던 나를 발견한 그날부터였다. 그리고 현관에 쓰러져 있는 아빠를 발견한 마지막 금요일까지.

나는 매주 금요일을 크리스마스이브처럼 기다렸다. 아니, 그보다 3월 31일인 것처럼 기다렸다.

나는 길모퉁이에서 팔짱을 끼고 무의식적으로 숨을 참고 서 있었다. 별일 아닌 척하려고 애쓰는 모습을 들키지 않기 위해 더 별일 아닌 척하고 서 있었다. 내 가방에는 빵 통에서 꺼내 온 100달러와 장 볼 목록이 들어 있었다. 선생님의 차가 모퉁이를 돌면 선생님은 불빛을 깜박이거나 창문을 내리고 타지 않겠냐고 물었다. 어차피 나를 태우러 오신 건데도 말이다. 그러면 나는 웃으면서 고개를 끄덕이고는 차에 탔다. 선생님이 운전하는 동안, 나는 신발만 내려다보거나 창밖을 봤다.

선생님은 내가 듣고 싶은 채널로 틀어도 된다고 했지만, 나는 선생님이 뭘 듣고 있든 간에 주파수를 바꾸지 않았다. 선생님은 한 번도 같은 장르의 음악을 듣는 법이 없었다. 어떨 때는 클래식이 나왔고, 어떨 때는 라디오 토크쇼가 나왔다. 한번은 헤비메탈 음악을 들었는데, 선생님은 그날 다른 선생님과 실랑이가 약간 있어서 기분을 풀기 위해 아이언 메이든의 힘을 빌려야겠다고 했다. 선생님은 모든 장르의 음악을 좋아했지만, 그래도 특히 선호하는 게 있었다. 선생님은 언제나 롤링스톤스가 나오면 볼륨을 한껏 높였다. 선생님 차에서는 항상 커피 향이 났다.

선생님은 늘 차를 주차장 먼 곳에 댔다. 걸어서 나쁠 건 없다면서 말이다. 그렇게 걷다 멈춰 서서 이른 3월에 추위를 뚫고 싹을 틔운 새싹의 용감함에 감탄하기도 했다. 슈퍼마켓에 도착하면 선생님은 선생님의 목록을 꺼냈고, 나는 내 목록을 꺼내서 각자 카트를 밀었다. 나는 선생님과 함께한 그 모든 시간 동안 내 얼굴에 미소가 떠나질 않았다고 확신한다.

"잠깐만. 선생님이랑 쇼핑을 간 거야?" 스티브가 동그란 시리얼 같은 입 모양을 하고 나를 쳐다봤다. "장을 본 거야?"

"61번가에 있는 슈퍼 있잖아."

"매주 금요일에?"

"걸어서 가려면 멀거든. 장 본 것도 무겁고, 아빠가 운전할 수
도 없어서."

그건 진실을 다 말한 게 아니었다. 손으로 브레이크와 액셀 페
달을 작동할 수 있도록 차를 수리했기 때문에 아빠가 운전하는
데는 아무 문제가 없지만, 그냥 아빠가 운전하지 않기로 한 것
이었다. 아빠가 집을 나가지 않기로 한 이유가 있었다. 먹지 않
고 살 수는 없으니, 내가 슈퍼마켓에 걸어갔다 올 수밖에 없었다.
가게까지는 3킬로미터밖에 안 되지만 우유, 감자, 패밀리 사이즈
맥&치즈 여섯 통을 들고 오려면 영원처럼 느껴지는 거리였다. 게
다가 차디찬 비까지 내릴 때는 죽을 맛이었다.

병원 회전문이 돌았고, 나이 든 부부가 손을 잡고 나왔다. 스티
브는 고개를 저었다. 토퍼는 말이 없었다.

"너희한테 진작 말했어야 했는데 선생님이 우리끼리만 아는 게
나을 것 같다고 하셔서. 나를 차로 태워주고 하는 게 학교에서
문제가 되거나 법적으로도 문제되는 게 있나 봐. 식수대 같은 거
랄까. 한 명을 마시게 해주면 다른 사람들도 모두 마시게 해줘야
한다는 거지."

"선생님이 우리하고 다 같이 장 보러 갈까 봐 걱정하셨다는 거
야?" 스티브가 물었다.

"말하자면 그렇다는 거지."

"난 장 보는 거 싫어해."

나도 그래. 그런데 굶기 싫으면 어쩔 수 없이 요리를 해야 하거든. 하지만 나는 말하지 않았다.

"그거였어?" 토퍼가 마침내 입을 열었다. "그게 네 엄청난 비밀이야? 빅스비 선생님하고 슈퍼마켓 같이 갔던 게? 난 또 다른….."

"맞아, 그거야."

하지만 전부는 아니었다.

진실을 모두 말하자면 빅스비 선생님은 나를 구해주셨다. 첫날에는 눈 속에서, 그리고 다른 날들은 다른 것들로부터 말이다. 눈 뜨면 자욱이 깔린 세상의 안개로부터, 나를 따라다니던 먹구름으로부터, 항상 너무 많은 짐을 짊어져야 했던 상황으로부터 나를 구해주셨다.

동네를 떠날까 생각한 날들도 있었다. 어디론가 멀리 떠나버리고 싶었다. 나는 내 방문 앞에 서서 복도 너머 리클라이너에 앉아 있는 아빠를 가만히 쳐다보곤 했다. 아빠는 다리를 가리기 위해 춥지도 않은데 담요를 무릎에 덮고, 관심도 없으면서 세계에서 가장 귀여운 강아지나 엄청난 양의 햄버거를 먹는 사람이 나오는 방송을 보고 있었다. 아빠는 분명 저걸 보며 인생은 불공평하다고 생각했을 것이다. 엄마도 잃고, 다리도 잃었으니 말이다. 샤워하러 의자에서 일어나지도 못하는 자신이 홀로 아이를 키워야 하는 게 말이다. 나는 그런 아빠를 보며 우리는 둘 다 서로에게 아무 도움이 안 된다고 생각하곤 했다. 만일 내가 떠나면 아빠는 어쩔 수 없이 스스로를 돌봐야 할 것이다. 혼자서 빨래도, 설거지도 해야 할 것이다.

만일 내가 떠난다면 아빠가 직접 장을 보러 가야 한다. 나는 더 이상 그 먼 길을 걷지 않아도 된다. 걷는 건 최악이었다. 한 걸음 내디딜 때마다 내가 할 수 있는 것과 아빠가 할 수 없는 게 떠올랐다. 내가 해야만 하는 것과 아빠가 하지 않는 것이 떠올랐다. 슈퍼마켓에 가서는 내가 이 음식을 만들고 나면 또 내가 치워야 한다는 생각에 화가 났다. 내가 떠난다면 아빠는 직접 음식을 하거나 아니면 의자에 앉아 굶게 될 것이다. 어떤 날은, 정말 최악의 날에는 아빠가 이런 일을 당한 게 어쩌면 당연한 일이 아니었을까 생각하기도 했다.

그러던 어느 날, 빅스비 선생님이 와서 내 옆에 차를 세운 것이다. 처음엔 우연이었지만 그다음부터는 정해진 약속처럼 오셨다. 선생님은 이런저런 질문을 했다. 무엇에 관심이 있는지, 바다를 본 적이 있는지, 가장 좋아하는 아이스크림 맛은 뭔지, 강아지나 고양이 중 뭘 더 좋아하는지 같은 것들이었다. 선생님은 부모님에 관해서는 묻지 않았다.(물론 내 학교 서류에 다 기재되어 있겠지만.) 우리한테 주어진 시간은 이 한 시간이 전부라는 듯 조금도 시간을 낭비하지 않으려 했다.

선생님 자신에 관한 이야기도 해주셨다. 많이는 아니었지만 학교에서라면 절대 하지 않을 이야기였다. 선생님은 한 번 결혼했는데, 6년을 같이 살았다고 한다. 하지만 남편이 나쁜 사람(늘 알고 있었지만 믿고 싶진 않았던)이고 앞으로도 바뀌지 않을 거라는 결론을 내리면서(이런 결론을 내리기까지 오랜 시간이 걸렸다) 결혼 생활을 마무리했다. 선생님은 고등학교 때 오스트레일리아로 여행 갔던 이야기와 트램펄린에서 떨어져 팔이 부러진 이야기도 해주셨다. 군대에 있는 오빠가 조만간 휴가차 집에 올 거라는 이야기와 멀리 동부에서 영어를 가르치는 아버지 이야기도 해주셨다. 선생님 아버지는 선생님의 점심 도시락에 자신이 좋아하는 책 인용문이 한가득 담긴 종이를 같이 넣어주시곤 했다고 한다. 적어도 한 가지는 설명이 됐다. 빅스비어는 가족 전통인 것이다.

선생님은 어렸을 때 혼자 보내는 시간이 많았다고 한다. 친구를 사귀는 게 어려웠고, 그래서 오후 내내 동네에 길게 뻗어 있는 기찻길을 걸으면서 언젠가는 집으로 돌아가지 않고 기찻길이 닿는 데까지 계속 걸어가겠다고 생각했다. 하지만 결국 그러지 않았다. 우리의 고민거리는 우리의 그림자와도 같기 때문이다. 볼 수는 없지만 그렇다고 달아날 수도 없다.

슈퍼마켓에서 장을 볼 때는 어째서 포도나 체리 한 알을 맛보는 게 도둑질이 아니라 '고객 만족 보장'인지 설명했고, 할인 쿠폰에 대해 말하다가 그 시간을 갑자기 수학 시간으로 만들기도 했다. 꽃집에 가서는 카네이션이 장미보다 싸다는 이유로 나쁜 평판을 듣는다면서, 선생님은 카네이션이 끈질긴 성질이 있어서 더 좋아한다고 했다. 장미는 쉽게 포기한다. 장미는 우리가 장미에 익숙해지기도 전에 포기하고 죽어버린다.

슈퍼마켓에서의 한 시간이 그렇게도 빨리 지나갈 수 있다는 건 놀라웠다. 그렇게도 빨리 카트를 채우고 그렇게도 빨리 계산까지 마치다니. 그리고 단순히 생존하기 위해 그렇게나 많은 비용이 든다는 것도 경이로웠다. 선생님은 내가 산 음식 중 절반 정도(특히 핫도그)는 계속 먹을 경우 내가 죽을 수도 있다고 했다. "가공육을 너무 많이 먹으면 건강에 안 좋아."

장을 다 보면 선생님 차 트렁크에 짐을 싣고 처음 만났던 길모퉁이로 나를 데려다주셨다. 그리고 월요일에 보자면서 주말에 시간 내서 책을 읽으라고 하셨다. 선생님은 늘 나랑 장 보는 게 재미있었다고 했지만 나는 선생님이 예의상 그렇게 말씀하시는 거라고 생각했다. 선생님은 언제나 나한테 몸을 잘 챙기라고 하셨다. 응급실에서 보낸 그 밤을 제외하고. 그날 밤 선생님은 이런 말을 하나도 하지 못했다.

회전문을 따라 세인트 메리 병원 안으로 들어가니 차가운 바람이 우리를 맞았다. 나는 병원에서 많은 시간을 보냈다. 내 또래 아이들이 보통 보냈을 법한 시간보다 훨씬 긴 시간을. 그래서 병원에 대해 누구보다 잘 안다. 우선 병원보다는 무슨 큰 호텔의 현관처럼 생긴 로비가 나오는데, 화려한 의자와 아무도 연주하지 않는 그랜드 피아노가 놓여 있다. 이 커다란 공간에는 카펫이 깔려 있고 커피숍, 선물 가게가 있으며 현재 위치를 표시해놓은 병원 지도가 있다. 햇살이 유리벽을 통해 쏟아져 들어와 복도의 거의 절반을 비춘다. 그리고 엘리베이터 옆에는 빈 휠체어들이 있다. 그 휠체어들은 우리가 있는 이곳이 사람들이 들어왔다가 죽어 나가기도 하는 곳이라는 걸 보여주는 유일한 증거다.

우리는 천천히 걸어 들어갔다. 토퍼가 긴장하지 말라고 속삭였지만, 다리를 절뚝거리면서 불안하게 주변을 살피는 사람은 정작 토퍼였다. 엘리베이터 근처와 안내 데스크 너머에는 보안 경비원이 있다. 여기 로비 전체에서 유일하게 사람이 북적거리는 곳은 작은 유리창에 '수납'이라고 적혀 있는 곳이다. 그곳에 종이를 든 어른들이 줄을 서서 자기 차례를 기다리고 있었다. 나도 예전에 저 줄에 서본 적이 있다.

붙잡고 갈 어른이 있다면 좋을 텐데. 그저 그 뒤에 숨어서 따라가면 되니까. 6학년 셋이 지나치게 서로 붙어서 쉬쉬거리며 움직이고 있으니 다른 사람들의 눈에 띌 게 분명했다. 물론 가장 최근에 어른한테 도움을 요청했을 때, 그 어른은 우리 돈을 훔쳐서 술을 사버리고 말았지만.

"계속 걸어." 나는 토퍼한테 말했다. "엘리베이터로 쭉 걸어가."

안내 데스크에 있는 남자는 우리가 앞을 지나가는데도 컴퓨터에서 고개를 들지 않았다. 데스크 위에 걸려 있는 커다란 시계를 보니, 금요일 오후 1시 22분이었다.

나는 금요일 오후를 손꼽아 기다리곤 했었다.

"얘들아, 뭘 찾고 있니?"

우리는 엘리베이터로 통하는 복도로 나오자마자 얼어붙었다. 우리를 가로막은 경비원이 총을 보관하는 벨트 부분에 엄지손가락을 넣으며 물었기 때문이다. 그저 경비원의 습관일 뿐일 테지만 약간 당혹스러웠다. 문득 병원 보안 규정이 어떻게 되는지 궁금해졌다. 예를 들어 가방 검사를 한다든지. 그러면 큰일이다. 경비원의 배지를 보니 아저씨 이름은 피트였다.

"아니요." 토퍼가 말했다. "저희는 할머니 뵈러 왔어요. 할머니가 심장마비로 수술을 받으셔서 지금 병원에 계시거든요."

"유감스러운 일이구나."

이런 말을 하루에도 골백번 할 거라는 게 경비원의 목소리에서 느껴졌다. 나는 아무 대꾸도 하지 않았다. 토퍼 역시 여기서 멈추길 바랐다. 하지만 토퍼의 지나친 상상력은 언제나 저 뚫린 입으로 곧장 연결되어 나온다.

"괜찮아요." 토퍼가 밝게 말했다. "이제 할머니는 더 이상 하루에 담배를 세 갑씩 못 피우실 테니까요."

경비원이 고개를 옆으로 갸우뚱했다. 하지만 우리한테 더 질문하기 전에 가장 가까이에 있는 엘리베이터 벨이 울리며 문이 열렸다. 우리는 후다닥 엘리베이터 안으로 들어갔고, 스티브가 4층 버튼을 눌렀다.

"하루에 세 갑?"

"이런 사소한 게 이야기를 더 그럴싸하게 만드는 거라구." 토퍼가 반박했다.

엘리베이터 문이 닫히자 순간 내 밑으로 세상이 쿵 하고 떨어져 버리는 것 같았다.

이런 기분이었다. 바로 5주 전에 말이다. 지구가 갈라지고, 내가 그 틈에 서 있는 것만 같았다. 3월의 마지막 금요일, 만우절을 나흘 앞둔 날이었다. 그날은 빅스비 선생님과 보낸 마지막 금요일이었다.

그날 오후는 딱히 특별한 게 없었다. 야구 시즌 개막을 축하하는 판촉 행사가 열리고 있었다. 코카콜라 말고 펩시가 할인 중이었고, 핫도그 빵을 하나 사면 하나는 공짜로 주기도 했다. 선생님이 할인 이벤트의 포로가 되면 안 된다고 했지만, 그래도 나는 샀다. 우리는 야외에 심어져 있는 꽃들을 구경했다. 선생님은 한해살이 식물과 여러해살이 식물의 차이점을 가르쳐주셨다. 그리고 두 배로 밝게 빛나는 불꽃은 반으로 짧게 탄다는 인용문을 들려주셨다. 중국 철학자의 말이라고 했지만 영화에서 들으셨을 거라는 생각이 들었다.

그날 나는 돈을 마구 쓰며 아이스캔디도 샀다. 선생님이 차로 집까지 데려다주시니 녹을 일은 없으니까. 아빠는 내가 어떻게 집에 왔는지 묻지 않았다. 그저 내가 저녁을 차리는지, 저녁 메뉴가 뭔지만 궁금할 뿐이었다. 선생님은 그날 작은 플라스틱 통에 든 블루베리를 다섯 개 샀다. 나는 선생님이 베리 바쁘시겠다고 했다. 그러자 선생님은 걱정해줘서 베리 고맙다고 했다.

슈퍼마켓을 나오는데 핑크색 옷을 입고 유방암 퇴치를 위해 모금하는 청소년들이 있었다. 선생님은 가방 속을 뒤져서 5달러를 그 애들한테 줬다. 나는 1달러만 냈다.

나는 물론 몰랐다. 빅스비 선생님은 그때까지도 우리한테 말하지 않았다.

선생님은 라디오에서 나오는 옛날 노래에 맞춰 부드럽게 운전대를 치며 천천히 차를 몰았다. 나는 여름방학이 얼마 안 남았는데 혹시 무슨 계획이 있으시냐고 선생님한테 물었다. 선생님은 잘 모르겠지만 아마 집에 있을 거라고 했다.

우리 집 앞 길모퉁이를 돌아서 차를 세울 때, 오후 햇살이 황금빛으로 빛나던 그때, 나는 아빠를 발견했다. 아빠는 현관 앞에 누워 있었다. 아빠의 보행보조기가 길로 이어진 마지막 계단에 걸려 넘어진 것이다. 아빠의 한쪽 팔은 계단에 걸쳐져 있었고 아빠는 꿈쩍도 하지 않았다.

"저기 혹시…?" 선생님이 물었다.

나는 멍하니 고개를 끄덕였다. 아무 말도 할 수 없었다.

선생님이 핸드폰을 꺼내서 911에 전화했고, 아이스캔디는 트렁크 속에서 그대로 녹아버렸다.

엘리베이터 맞은편의 데스크에 앉아 있는 간호사가 알렉산더 책방의 부엉이처럼 고개를 돌리고 우리를 지켜봤다. 간호사는 민트색 수술복을 입고 있었다.

"문지기야." 토퍼가 속삭였다.

나는 토퍼의 머릿속에서 과연 어떤 상상이 펼쳐지고 있을지 도무지 알 수가 없었다.

"내가 말하는 게 낫겠어."

토퍼가 오늘 하루 동안 가짜 할머니를 몇 명까지 죽음으로 몰아넣을지 모르니까. 놀랍게도 토퍼가 고개를 끄덕였다.

명찰에는 '공인 간호사 조지아 보너'라고 적혀 있었다. 조지아 보너는 상냥할 것이다. 사람을 싫어하는 사람은 간호사가 되지 않는다. 하지만 생각해보면 학교 선생님들도 우리가 기대한 것과 같지는 않다. 모든 선생님이 다 좋은 선생님은 아니다.

"무슨 일이니?" 우리가 다가가자 간호사가 무뚝뚝하게 물었다.

"저희는 매기 빅스비 씨를 만나러 왔어요."

나는 별일 아닌 듯 대답했다. 이도 저도 먹히지 않을 때는 그냥 진실을 말하면 된다. 진실을 다 말할 필요는 없다.

"미안하구나. 빅스비 환자는 지금 면회가 안 되거든. 가족만 가능해."

"저희도 가족이에요." 토퍼가 말했다.

나는 뒤돌아 토퍼를 쳐다봤다. 토퍼가 입을 다물었지만 이미 늦었다. 나는 다시 조지아 간호사를 보며 미소를 지었다.

"저희는 그분 조카예요."

"저는 입양됐어요." 스티브가 거들었다. "아시아에서요."

조지아 간호사가 인상을 쓰면서 우리를 훑어봤다.

"너희들, 부모님하고 온 거니?"

간호사는 우리 말을 믿지 않는 게 분명했다. 어쩌면 우리보다 빅스비 선생님의 가족에 대해 더 많이 알고 있을지도 모른다. 내가 아는 건 선생님이 아이를 갖기 전에 이혼을 했고 군인 오빠가 있다는 것뿐이다. 그 오빠가 결혼을 했는지 어떤지는 모른다. 선생님은 남자 조카가 없을 수도 있다.

"부모님은 아래층 선물 가게에 계세요." 내가 말했다. "어떤 카드를 살지 아직 못 정하셨거든요. 아빠는 열면 노래가 나오는 카드를 사고 싶어 하는데 엄마는 별로라고 생각하시나 봐요. 그래서 저희끼리 먼저 올라가도 된다고 하셨어요. 매기 이모 병실이 428호 맞죠?"

정말 이런 사소한 게 중요하긴 하다.

간호사가 컴퓨터를 확인하더니 다시 우리를 쳐다봤다. 거짓말이라는 걸 아는 것 같았다.

"넌 입술이 어쩌다 그렇게 됐니?" 간호사가 나와 토퍼 뒤에 숨어 있는 스티브를 보며 말했다.

"맞았어요." 스티브가 나를 가리켰다. "얘 때문에요."

"네가 때렸니?" 간호사가 물었다.

"제가 피했거든요." 내가 답했다.

간호사가 천천히 고개를 끄덕였다.

"그렇구나. 그런데 가방엔 뭐가 들었니? 과제물?"

"네."

나는 토퍼가 이 중요한 순간 진실을 말하는 기이한 짓을 저질러버릴까 봐 재빨리 대답했다. 일이 잘 풀리지 않고 있다. 나는 복도 양옆으로 붙은 병실 번호들을 봤다. 저 간호사는 절대 우리가 지나가도록 놔둘 리가 없다. 나는 미셸 베이커리에서 그랬듯 간호사한테 모든 걸 털어놓으려고 했다. 그런데 간호사가 한숨을 쉬며 타이어 바람 빠지는 소리 같은 걸 냈다.

"좋아." 마침내 간호사가 말했다. "10분만 줄게. 그 이상은 안 돼. 너희 이모는 쉬셔야 하거든."

간호사는 이모라는 말을 지나치게 강조했다. 우리는 얼른 고개를 끄덕였다. 지금 우리의 모습은 분명 목 빠지게 산책 나가기만을 기다리는 강아지 같을 것이다.

"그리고 조용히 해야 해. 이 층에는 몸이 굉장히 안 좋은 환자들도 있거든."

"네, 간호사님." 우리는 합창하듯 대답했다.

간호사가 미소를 지으며 모퉁이를 돌아가라고 가리켰다. 나는 고맙다고 인사하고 간호사 마음이 바뀌기 전에 자리를 뜨기 위해 스티브를 밀었다.

그런데 우리가 모퉁이를 돌기 직전에 간호사가 불렀다.

"얘들아."

우리가 멈춰서 뒤돌아보자, 간호사가 토퍼의 손에 들린 기름 자국이 난 감자튀김 봉투를 가리켰다.

"빅스비 환자는 엄격하게 식단 조절 중이란다."

"네, 간호사님. 저희도 알고 있어요."

물론 감자튀김은 선생님이 먹으면 안 되는 음식이다. 게다가 위스키와 치즈케이크까지 봤다면 간호사가 뭐라고 했을까.

나는 그날 밤, 먹지 않았다. 선생님이 응급차처럼 시속 90킬로미터가 넘는 속도로 차를 몰아 우리를 응급실에 데려다주신 그날 밤 말이다. 우리는 밤새 거기에 있었지만 나는 배가 고프지 않았다. 선생님이 병원 식당에서 머핀과 애플 시나몬을 사다 주셨지만, 머핀은 선생님이 남긴 것을 포함해 거의 그대로 쓰레기통에 버려졌다.

선생님은 검사가 다 끝날 때까지 나와 함께 있어주셨다. 응급실 의사 선생님과 그날 밤 신경과 당직 의사 선생님은 엑스레이, 피 검사, 뇌 스캔 그리고 내가 발음할 수 없는 검사들을 했다. 의사 선생님들은 아빠가 보행보조기를 조종해서 문을 나가다 넘어진 것 같다고 했다. '조종'이란 말은 의사 선생님들이 한 것이다. 마치 아빠가 바다에서 길을 잃은 배의 선장이라도 되는 듯이 말이다. 아빠는 넘어지면서 정신을 잃었고 뇌진탕을 입었다. 이건 이미 확실한 부분이고, 의사 선생님들은 척추에 더 손상이 가지 않았는지 등에 관한 것을 확인하려고 했다. 이는 몇 시간의 기다림이 더 지속되어야 한다는 것을 의미했다.

간호사들은 나한테 많은 질문을 했다. 나는 진실을 말했다.(진실을 전부 다 말하진 않았지만 그래도 거의 말했다.) 아빠와 단둘이 살고, 내가 학교에 가 있는 동안 아빠가 뭘 하는지 모르지만 내가 집에 있을 때는 대부분 의자에 앉아 텔레비전을 본다고 했다. 간호사 한 명은 빅스비 선생님한테 아빠의 여자친구냐고 물었다. 나는 그 남자 간호사를 때리고 싶었지만 선생님은 그저 웃으면서 가족의 친구라고 답했다.

검사 진행 상황을 기다리는 동안, 선생님은 내 기분을 전환시키기 위해 할 수 있는 모든 걸 했다. 우리는 당뇨 팸플릿 뒷면을 이용해 틱택토 게임을 했고 대기실을 돌기도 했다. 대부분의 시간에는 앉아서 얘기를 했다. 나는 선생님한테 한 번도 하지 않은 얘기를 했다. 우리의 금요일 오후를 망칠 만한 그런 얘기였다. 엄마가 있었으면 하고 얼마나 바랐는지, 나를 키우느라 아빠가 얼마나 힘들었을지, 지난 1년 반 동안 거실 배경과 동화되며 세상으로부터 점점 관심을 거두고 사는 아빠의 모습을 보는 게 어땠는지 등등. 선생님은 듣기만 했다. 언제나처럼 침착하게, 그리고 집중해서 내가 얘기를 마칠 때까지 고개를 끄덕이며 들어주셨다.

나는 빅스비어를 기다렸다. 내가 더 쉽게 이 상황을 이해하고 받아들일 수 있도록 노자나 벤저민 프랭클린, 믹 재거의 말을 인용해주시길 기다렸다. 하지만 끝내 선생님은 어떤 말도 하지 않았다. 어쩌면 해줄 말이 없었는지도 모르겠다. 영감을 주는 말이 다 떨어진 걸지도 모르겠다. 대신 선생님은 미안하다고만 했다. 삶은 가끔 이렇게 거지 같을 수 있다고 했다. 그러고는 엄마처럼 내 몸에 팔을 감았다.

의사 선생님이 찾았을 때 나는 대기실에서 빅스비 선생님의 품에 비스듬히 안겨 있었다. 의사 선생님은 미소를 지으며 좋은 소식을 전했다. 아빠의 척추에는 더 무리가 가지 않았다는 것이다. 단지 뇌진탕과 넘어지면서 손목을 삔 게 전부였다. 의사 선생님은 아빠가 깨어나서 나를 찾고 있다고 했다.

선생님이 나를 감싸고 있던 팔을 거두었다. 우리는 일어섰고 나는 복도를 향해 걸었다. 하지만 선생님은 따라오지 않았다.

"선생님, 안 오세요?"

선생님이 고개를 저었다.

"네 아빠잖아. 아빠는 지금 네가 필요하실 거야. 너만 말이야."

나는 움직이지 않았다.

"아니요. 혼자서 안 들어갈 거예요. 그럴 수 없어요."

내 옆에 서 있던 의사 선생님이 내 팔에 손을 올렸다. 하지만 나는 팔을 뺐다.

선생님이 몇 걸음 걸어와서 내 앞에 섰다.

"더 이상 저 혼자서는 못 하겠어요."

내 입에서 갈라지는 듯한 소리가 나왔다.

의사 선생님이나 다른 사람들이 듣는 걸 원치 않는 것처럼 선생님이 거의 속삭이듯 말했다.

"전에 네가 나한테 뭘 잘하는지 모르겠다고 말했던 거 기억나니? 다른 사람들은 다 특별한 재능이 있는데 너만 없는 것 같다고 했잖아."

나는 고개를 끄덕였다.

"내가 왜 금요일 오후마다 길모퉁이에 나타나는 줄 아니?"

나는 고개를 저었다.

"네가 나를 기다리고 있는 걸 알기 때문이야. 그런데 넌 나한테 의지하려고 거기서 기다린 게 아니라, 네 아빠가 너한테 의지하는 걸 알기 때문에 기다렸던 거야. 내가 나타나지 않았어도 넌 혼자 갔을 거야. 무슨 말인지 알겠어? 넌 내가 없어도 해냈을 거라는 뜻이야."

선생님이 나한테 몸을 숙였다. 이마가 서로 닿을 지경이었다.

"브랜드 워커, 넌 포기를 모르는 아이야. 그래서 네가 특별한 거야. 아빠한테 그걸 보여드려. 강하다는 게 어떤 건지 보여드려. 포기하지 않는 법을 아빠한테 가르쳐드리란 말이야."

그런 후 선생님은 나한테 그것을 주셨다. 빅스비어. 아껴뒀던 그 빅스비어를 내 귀에 대고 속삭여주셨다. 선생님이 가장 좋아하는 책에서 읽은 것이라고 했다. 선생님은 귓속말을 한 후 그대로 따라 해보라고 했다. 나는 스티브가 아니지만, 단번에 그걸 다 외웠다.

선생님은 나를 짧게 안아주고는 다른 말 없이 뒤돌아 가셨다.

나는 최선을 다해 꾹꾹 참아봤지만, 결국 울어버리고 말았다. 병원 침대에서 나를 기다리고 있는 아빠 때문이 아니었다. 나중에 알게 되었지만 다음 날 같은 병원에서 온갖 검사를 마쳐야 했던 빅스비 선생님 때문도 아니었다. 나를 위한 것이었다.

뜨거운 이기적인 눈물이 내 볼에 번졌다. 이게 끝이라는 걸 알 았기 때문이다.

어떻게 알았는지 모르겠지만, 나는 선생님을 독차지하는 시간 은 그날이 마지막이란 걸 알 수 있었다.

나는 뭐라고 말할지 정했다. 전부터 생각해두긴 했다. 선생님 을 찾아가겠다는 생각을 했을 때부터, 완벽한 하루를 만들겠다 는 생각을 했을 때부터 말이다. 지금은 모든 게 잘못되었고 완벽 하지도 않지만, 하려고 했던 말만이라도 하면 된다.

나는 회전문을 통과해 복도를 걸어오면서 머릿속으로 몇 번이 나 외워봤다.

이곳은 공동묘지처럼 조용했다. 병실은 대체로 어두웠다. 몇몇 병실에는 텔레비전이 켜져 있었지만 볼륨이 매우 낮았다. 408호 병실에서는 간호사인지 청소부인지 모를 사람이 빈 침대에 새 침 대보를 펼치고 있었다.

우리는 천천히 복도를 걸었다. 417호 병실 안에는 나이 많은 아 줌마가 깊이 잠자고 있었다. 아줌마 옆 책상에는 커다란 꽃바구 니가 놓여 있었다. 카네이션이었다. 토퍼와 스티브가 앞장서서 가 도록 한 후 나는 슬쩍 그 안으로 들어갔다 나왔다. 그리고 서둘 러 둘을 따라갔다. 둘은 눈치채지 못한 것 같았다. 417호 아줌마 도 모를 것이다. 나눠 주고도 남을 정도로 많으니까.

428호 병실 문은 닫혀 있었다. 커튼이 쳐진 창 틈으로 불빛이

새어나왔다. 선생님이 깨어 계시면 좋을 텐데. 나는 문 앞에 1분
쯤 서 있었다. 아니, 1분처럼 느껴지는 시간이었다. 그러다 스티
브와 토퍼를 향해 돌아섰다.

"같이 와줘서 고마워."

스티브가 고개를 끄덕였다. 토퍼는 "감자튀김 식었어" 하고 말
했다.

나는 숨을 깊이 쉰 후 노크를 세 번 했다. 머릿속으로 다시 한
번 그 말을 외워봤다.

들어와도 된다는 목소리가 들렸다. 익숙하지 않은 목소리였다.
문을 약간 밀자 쉽게 문이 열렸다.

빅스비 선생님이 침대에서 몸을 돌려 우리 셋을 봤다.

나는 갑자기 말문이 막혔다.

토퍼

영웅이 되기 위해서는 용을 무찔러야 한다. 쉬운 일은 아니지만 그래도 최소한 내가 싸워야 하는 대상이 무엇인지는 안다. 용은 찾는 것도 쉽다. 동굴에 살고 커다란 날개가 있으며 콧구멍으로 김을 뿜는다. 그리고 산더미처럼 쌓아놓은 황금 위에 누워 뜨거운 배를 식힌다. 어쩌면 용의 목에는 '나를 무찔러라'라는 팻말 같은 게 걸려 있을지도 모른다.

하지만 용 같은 건 없다. 그렇게 분명한 적은 없다. 우리가 싸워야 하는 대상은 종종 숨겨져 있다. 우리가 보지 못하는 깊숙한 곳에 말이다. 사실 아주 긴 시간 동안 우리는 그게 거기에 있었는지도 모르고 지나칠 수 있다. 어쩌면 처음에는 우리가 알아채지도 못할 만큼 별것이 아니었을 수도 있다. 그래서 우리는 그것을 다른 걸로 착각하거나 그저 무시해버린 걸 수도 있다. 하지만 한 번 커지기 시작하면 어느새 우리를 쫓아다니며 궁지에 몰아넣고 만다.

어쩌면 이것은 남들이, 특히 친구들이 나에 대해 뭐라고 생각할지 겁나서 얘기할 수 없었던 비밀일 수 있다. 아니면 이것은 끊임없는 나의 비교 대상, 모든 면에서 나보다 월등해 보이는 누나일 수도 있다.

아니면 그냥 기분일 수도 있다. 나를 갉아먹는 구멍이 가슴에 뻥 뚫린 것 같은 기분. 아무도 나를 진심으로 이해해주거나 생각해주는 사람이 없다는 기분. 나 같은 건 너 이상 누군가의 안중에 없다는 기분. 언젠가 쓰레기통을 뒤지는 선생님을 발견할 때까지, 선생님의 서랍 속에 들어 있는 보물들을 볼 때까지 말이다.

물론, 가끔은 정말 용일 수도 있다. 아니면 적어도 나 자신 혹은 내가 진심으로 좋아하는 사람을 파괴하려는 괴물일 수 있다. 그리고 그것이 거기 있다는 것도 안다. 단지 그걸 어떻게 멈추는지를 모를 뿐.

나는 문이 열리면 어떤 말을 해야겠다는 계획이 있었다. 그래서 걸어오는 동안 생각해봤다. 그리고 가장 멋있어 보이는 말을 최종 선택해뒀다.

428호실 앞에서 브랜드가 부드럽게 노크했다. 나는 가방 속에 넣어둔 그림을 생각했다. 꺼내기 쉽게 접어서 주머니에 넣을 걸 그랬다. 정말이지 오늘은 뒤늦은 후회를 많이 하는 날이다.

들어오라는 목소리가 들렸고 브랜드가 문을 열었다. 누군가 침대에서 나를 바라봤다.

빅스비 선생님이 아니었다.

빅스비 선생님은 옅은 갈색 머리에 앞머리에는 딸기 시럽 같은 핑크색 머리 가닥들이 있다. 빅스비 선생님은 반쯤 고양이가 아닐까 하는 생각이 들 정도로 밝은 초록색 눈을 갖고 있다. 빅스비 선생님은 밝은 스웨터와 무릎까지 올라오는 부츠를 신고 직접 만드셨을 것 같은 달랑거리는 귀걸이를 한다. 그런데 침대에 있는 저 여자는 머리카락이 없다. 침대에 있는 저 여자는 볼이 야위고 창백하다. 입을 턱 하고 벌린 채 우리를 쳐다보고 있다. 저 여자는 빅스비 선생님이 아니다.

순간 나는 우리가 다른 병실에 들어온 거라고 생각했다. 스티브가 살면서 처음으로 뭔가를 잘못 기억한 거라고 생각했다. 하지만 여자는 팔꿈치로 몸을 일으키더니 우리 어디서 본 적 없냐고 묻는 듯한 호기심 어린 미소를 지었다.

나는 병실로 한 발 들어갔다. 그리고 목청을 가다듬으며 대사를 쳤다.

"나는 루크 스카이워커다. 나는 당신을 구하러 왔다."

내 옆에 있던 브랜드가 입을 열려다가 조용히 닫았다.

침대에 있는 여자가 대답했다.

"스톰트루퍼(영화 〈스타워즈〉에서 제국군의 정예 부대:옮긴이)가 되기엔 좀 작은 거 아닌가요?"

그때 나는 이 여자가 빅스비 선생님이라는 걸 알았다.

"나는 친구를 데려왔다."

브랜드와 스티브가 보이게 내가 옆으로 물러나자 스티브가 머뭇거리며 손을 흔들었다. 브랜드는 아무 말도 하지 않았다. 대신 선생님과 눈빛을 주고받았다.

빅스비 선생님이 침대에서 몸을 더 일으켰다.

"와우."

선생님은 보통 우리가 한 일에 감동받았을 때 이렇게 말하곤 했다. 반대로 우리가 뭔가를 완전히 망쳤을 때도 이렇게 말했다. 지금도 그 둘 중 하나일 것이다.

선생님의 목소리는 거칠었고, 몹시 흔들렸다.

"너희 셋, 여기서 뭐 하니?" 선생님이 텔레비전 위에 있는 시계를 쳐다봤다. "지금 오후 1시 반이야. 학교 가는 날이잖아."

선생님은 '학교'라는 단어에 힘을 실어 말했지만 화가 나신 것 같지는 않았다. 그건 선생님의 짙은 눈동자를 보면 알 수 있다. 지금 선생님의 눈동자는 우리를 혼내는 게 아니라 호기심에 더 가까운 것이었다. 어쨌든 선생님은 정말 우리가 찾아올 거라곤 전혀 생각 못 하신 게 분명했다. 누군가를 놀라게 하기 위한 기본 조건은 충족된 셈이다.

"선생님이 가신다고 들어서요." 브랜드가 마침내 입을 열었다. "도시를 떠나신다는 얘기를 들었거든요. 그리고 인사를 드릴 기회도 없었잖아요."

"오늘이 선생님 마지막 날이잖아요." 스티브가 덧붙였다.

선생님이 갑자기 목에 뭐가 걸린 것처럼 조그맣게 소리를 냈다.

"그러니까 스티브 말은," 나는 스티브의 정강이를 차며 설명했다. "선생님이 공식적으로 학교에 나오는 마지막 날이란 뜻이에요."

"그래. 파티가 취소된 건 정말 미안해."

그러더니 선생님이 긴장한 표정으로 우리 뒤를 넘겨봤다.

"설마, 너희들 다 온 건 아니지?"

"저희 셋뿐이에요. 저희가 이거 가져왔어요."

나는 조지아 간호사가 나눠 먹지 말라고 했던 감자튀김 봉투를 선생님한테 드렸다. 오늘 한 일들을 생각해보면 암 환자에게 튀긴 음식을 주는 것 정도는 비교적 가벼운 범죄가 아닐까.

선생님이 특유의 눈빛으로 그게 뭐냐고 묻더니 봉투를 받아 조심스럽게 열었다. 죽은 쥐나 용수철 뱀 같은 장난감이 들어 있는 게 아닐까 하고 기대라도 하듯이. 처음 브랜드가 우리와 친구가 되었을 때 나는 브랜드의 장난 수법을 몰랐던 터라 몇 번이나 속아 넘어갔다.

선생님이 봉투 안을 보고는 당황하신 듯했다. 그러더니 떨리는 손을 입에 갖다 댔다. 팔에는 반창고가 여기저기 붙어 있었다.

"세상에나. 내가 그때 한 말 때문에? 내가….."

선생님은 말을 다 잇지 못했다.

"그거 괜찮아요?" 스티브가 물었다. "맥도날드에서 산 건데."

선생님이 싱긋 웃었다.

"그걸 말이라고 하니? 몇 달이나 이걸 못 먹었는데."

그러고는 봉투에 얼굴을 들이대고 과호흡을 하듯 크게 세 번 냄새를 맡았다. 어쩌면 진짜 과호흡이 온 것일 수도 있다. 감자튀김은 인류가 발명한 진정 최고의 작품임에 틀림없다.

"더 있어요. 모두 준비했어요. 아니, 거의 모두 다요. 아니, 약간 다른 의미로 모두 다요. 그런데 여기선 할 수 없어요."

"모두?"

선생님이 봉투를 닫으며 나를 봤다. 나는 선생님을 똑바로 보려 했지만 힘들었다. 선생님은 특히나 머리카락이 없어서 너무나 달라 보였다. 선생님이 평소와 다른 모습일 거라고 생각해보긴 했지만 이렇게까지 약해진 선생님을 볼 준비는 아직 안 된 것 같다. 선생님은 거의 움직이지 못했다. 학교에서의 선생님은 조금도 가만히 있질 못했는데. 누워 있는 선생님을 보는 게 영 낯설었다.

"여기서 못 하다니, 너희들 무슨 말 하는 거야?"

"저희만 믿으세요." 내가 말했다. "밖에 갈 만한 곳이 있어요. 한 블록 정도 떨어져 있는데 꼭 선생님을 모시고 가야 해요."

나는 확인을 위해 브랜드를 봤지만 브랜드도 선생님을 못 보겠는지 창문 밖을 보기 바빴다.

"여긴 담요를 펼치기에 공간이 부족해요." 스티브가 말했다.

선생님이 머리를 흔들었다. 선생님의 눈은 스티브의 입술처럼 부어 있었다.

"세상에… 너희들… 이건 정말이지… 감동이구나. 그런데 난 밖으로는 나갈 수 없어. 미안해. 저기 있는 사람들이 못 나가게… 난… 그게 있지, 치료도 예약돼 있고, 내 옷차림도 좀…."

선생님이 이불 사이로 보이는 파란색 환자복을 가리켰다.

"난 여기 있어야 해…."

선생님이 간곡한 눈빛으로 우리를 바라봤지만 나는 그만둘 마음이 없었다. 내가 치즈케이크에 대해 말하려는 순간, 브랜드가 창문을 보다 말고 고개를 돌렸다.

"아티커스 핀치." 브랜드가 말했다.

"뭐?"

나는 브랜드가 한 말이 전혀 이해되지 않았다. 하지만 선생님에겐 그 말이 무슨 작용을 하는 것처럼 보였다. 브랜드가 선생님을 똑바로 쳐다봤다. 마치 선생님한테 도발이라도 하듯이.

"읽은 거야?" 선생님이 물었다.

브랜드가 고개를 끄덕였다. 선생님이 스티브와 나를 봤다.

"그래서 너희 셋이 학교까지 빠져가면서 나한테 인사하러 온 거야?"

"브랜드가 생각해낸 거예요." 혼날 거라고 생각했는지 스티브가 방어적으로 말했다.

"그게 전부가 아니에요" 내가 말했다. "그런데 여기선 할 수 없어요. 저희가 하려는 건 여기서 할 수 없는 거예요. 이것만이라도 제대로 할 수 있게 해주세요."

선생님이 감자튀김 봉투를 봤다. 그리고 목을 길게 빼고는 우리 뒤로 문밖을 다시 넘겨봤다. 나는 순간 선생님의 눈이 반짝이는 걸 봤다.

"알았어." 선생님이 말했다. "5분 뒤에 엘리베이터에서 만나."

우리는 가방을 메고 밖으로 나와 엘리베이터 근처 벽에 기대섰다. 스티브가 화이트 초콜릿 라즈베리 천국을 또 깔아뭉개고 있지만 지금 상황에서는 더 나빠질 것도 없다는 생각이 들었다.

건너편 벽에는 접시에 담긴 브로콜리를 마치 시리얼인 양 보며 웃고 있는 꼬마 사진과 함께 건강하게 먹어야 한다는 글귀가 쓰인 멍청한 포스터가 붙어 있었다. 데스크 너머 조지아 간호사는 전화기와 컴퓨터를 미친 듯이 번갈아 다루느라 바빠 보였다. 넓은 어깨, 각진 턱, 땋아 내린 금발의 조지아 간호사는 노르웨이 신화에 나오는 헬가나 스베틀라나 같은 이름이 더 잘 어울릴 것 같았다. 토르가 홀딱 반할 것 같은 스타일이었다.

"아티커스 핀치라는 게 새 종류야?" 간호사가 우리한테 신경 쓰지 않도록 조심하며 스티브가 속삭였다.

"캐릭터야." 브랜드도 속삭이며 답했다. "50년 전쯤 쓰인 책에 나오는 사람."

"슈퍼히어로나 뭐 그런 거야?" 내가 물었다.

내겐 그 이름이 슈퍼히어로의 이름처럼 들렸다. 아니면 슈퍼히어로가 평소 일반인 행세를 하며 쓰는 이름이거나. 상냥한 기자,

아티커스 핀치. 분명 멋진 책일 것이다. 그렇지 않고서는 선생님이 브랜드한테 읽으라고 하셨을 리가 없다. 슈퍼히어로까지 나오니 확실히 재미있는 책일 것이다.(아티커스 핀치는 하퍼 리의 소설 〈앵무새 죽이기〉에 나오는 백인 변호사의 이름이다:옮긴이)

"변호사." 브랜드가 말했다. "그런데 그 책은 사실 이 사람에 관한 이야기가 아니야."

"그럼 뭐에 관한 건데?"

"올바른 일을 위해 불의에 맞선다는 내용인 것 같아."

"아. 칼싸움 같은 것도 나와?"

브랜드가 고개를 저었다.

칼싸움도 안 나오긴 하지만 그래도 언젠가 그 책을 읽어보고 싶어졌다.

데스크 너머 조지아 간호사는 투덜거리며 신경질적으로 마우스를 클릭하고 있었다. 나는 선생님이 브랜드한테 얼마나 많은 책을 추천했는지 궁금해졌다. 또 슈퍼마켓에서 카트를 이리저리 끌고 다니며 서로 읽은 책에 대해 얘기를 나눴는지 궁금해졌다. 브랜드는 선생님이 어떤 샴푸를 쓰시는지 알까? 고양이한테 어떤 사료를 먹이시는지 알까? 우유는 저지방을 드시는지, 무지방을 드시는지, 유기농 아몬드 우유 같은 걸 드시는지도 알까? 갑자기 나도 브랜드처럼 선생님에 관한 걸 알 수 있는 시간이 있었다면 좋았을 거라는 생각이 들었다.

그때 브랜드가 작게 소리 내며 복도를 가리켰다.

선생님이 오고 있었다. 환자복은 벗었지만 슬리퍼는 여전히 신고 있었다. 선생님이 입은 남색 운동복 윗도리에는 '호프스트라'라고 쓰여 있었다. 익살스러운 미소와 눈빛을 띠고 바닥을 미끄러지듯 오셨는데, 아픈 몸인데도 나보다 더 닌자 같았다. 한 손에는 감자튀김 봉투가, 다른 손에는 커다란 가방이 들려 있었다.

브랜드가 엘리베이터 버튼을 눌렀다. 보통 때 같으면 우리는 어느 쪽 엘리베이터가 빨리 올지 내기를 하겠지만, 암 환자를 병원에서 몰래 빼내려다 보니 다른 것에 신경 쓸 겨를이 없었다. 나는 조지아 간호사가 여전히 컴퓨터 모니터를 보면서 정신없이 일하고 있는지 확인했다.

엘리베이터가 도착해서 문이 열리자, 선생님이 서두르라면서 우리를 안으로 밀어 넣었다.

"내가 이런 일을 하다니 믿을 수가 없구나." 선생님이 말했다.

"믿을 수 있어요, 아가씨" 하고 나는 영화의 대사를 읊었다. 다만 그게 어떤 영화였는지 확실치 않았고, 아가씨라는 말이 어떤 의미로 쓰인 건지도 잘 몰랐다. 선생님의 표정을 보니 다시는 그 단어를 사용하면 안 될 것 같았다.

브랜드가 L 버튼을 적어도 열댓 번쯤 눌러댔다.

"빨리, 빨리."

브랜드의 재촉하는 소리와 신경질적으로 버튼 누르는 소리에 조지아 간호사가 컴퓨터를 보다 말고 고개를 들었다. 그러더니 전화기를 내려놓고는 못마땅한 듯이 말했다.

"거기 빅스비 환자예요?"

선생님이 스티브 뒤로 갔다. 하지만 스티브는 우리 중 가장 덩치가 작아서 선생님을 숨길 수 없었다. 브랜드가 이번에는 닫힘 버튼을 꾹 눌렀다. 나는 영화 〈에이리언〉에서 엘리베이터 문이 닫히기만 기다리다가 한 명이 산성 테러를 당하는 장면이 떠올랐다. 엘리베이터는 정말 최악이다.

"빅스비 환자, 어디 가세요?"

선생님은 그저 어깨를 으쓱해 보였다.

조지아 간호사가 데스크를 뛰어넘어 우리한테 당장 달려올 것처럼 일어섰다. 곧 발키리(북유럽 신화에서 오딘을 섬기는 전쟁의 처녀들:옮긴이)처럼 돌격할 것이다.

엘리베이터 문이 닫히기 시작했다.

"빅스비 환자. 이따가 치료 예약이…."

그 말과 함께 조지아 간호사가 사라졌다. 엘리베이터가 밑으로 내려가기 시작했다. 숫자들이 작아졌다. 4, 3, 2. 나는 귀에 손을 대고 나한테 작게 속삭였다.

"특수요원 렌 보고한다. 바구니에 달걀이 있다. 다시 한 번 말한다. 바구니에 달걀이 있다."

"너 지금 혼잣말하고 있어." 브랜드가 주의를 줬다.

우리 뒤에서 빅스비 선생님이 엘리베이터의 반들거리는 벽에 비친 자신의 모습을 살폈다. 그러면서 반창고가 붙은 손으로 매끈한 머리를 매만졌다.

"보기 좋아요." 스티브가 말했다.

거짓말이라는 게 눈에 훤히 보였다. 스티브는 거짓말을 할 때면 언제나 티가 난다. 눈을 가만두지 못하기 때문이다. 하지만 나는 자랑스럽다는 듯 스티브한테 웃어줬다. 여자들이 머리를 새로 잘랐으면 우리 눈에 예쁘지 않더라도 보기 좋다고 말해줘야 한다고 가르친 사람이 바로 나이기 때문이다.

"선제공격이야." 선생님이 말했다. "머리가 빠지기 전에 내가 밀었거든. 어차피 핑크색 머리가 지겨워지기도 했고."

"저는 그 핑크색 머리가 좋았는데." 스티브가 말했다.

물론 나도 좋아했다. 하지만 지금 이 상황에서 그렇게 말하는 건 좀 아닌 것 같았다.

땡 소리와 함께 문이 열렸고 우리는 다시 로비로 내려왔다.

나는 고개를 쭉 빼고 속삭였다. "첫 번째 경비원 보이지 않음. 두 번째 경비원 그대로 대기 중. 조심히 이동할 것." 안내 데스크를 봤다. "누구 마취 총 없어?" 그러면 훨씬 쉬울 텐데. 경비원한테 마취 총을 쏘면 데스크에 머리를 박고 쓰러질 테니까.

선생님이 눈을 굴리더니 내 티셔츠 앞자락을 잡아끌고 출입구로 걸어갔다.

"애들아, 나가자."

우리는 새끼 오리들처럼 한 줄로 서서 마치 학교 강당을 일렬 종대로 행진하듯 걸어갔다. 나는 다리를 절지 않으려고 애썼다. 괜히 불필요한 관심을 받고 싶지 않았기 때문이다.

병원에 온 방문객들 몇 명이 우리 쪽을 보긴 했지만 곧 다른 곳으로 시선을 돌렸다. 아마 선생님의 머리 모양 때문인 것 같았다. 그렇게 쳐다보는 건 예의가 아니니까.

우리는 무사히 프런트 데스크를 지나 출입구로 향했다. 거의 성공했다고 확신에 찼을 때 우리를 부르는 소리가 들렸다.

"저기요."

뒤돌아보니 경비원이 손에 무전기를 들고 있었다. 저 무전기 너머에 누가 있는지 나는 알아챘다. 조지아 간호사가 우리를 일러바친 것이다.

선생님이 멈춰 서는 바람에 뒤따르던 우리는 선생님한테 부딪힐 뻔했다. 내 뒤에서 스티브는 안절부절못했다. '무슨 일이 있어도 가방만은 뒤지지 않기를' 기도하는 것 같았다.

경비원이 손가락으로 총 모양을 하더니 빅스비 선생님의 가슴을 향해 쏘는 흉내를 냈다.

"가자, 프라이드!" 경비원이 말했다.

선생님이 호프스트라라고 쓰인 운동복 윗도리를 봤다. 돌격하는 두 마리의 용맹한 사자가 그려져 있었다. 호프스트라 대학을 나온 사람을 그렇게 부르나 보다. 프라이드.

"가자, 프라이드!" 선생님도 주먹을 흔들며 똑같이 말했다.

나는 경비원한테 엄지손가락을 치켜세워 보였다. 그리고 앞장서서 문으로 향하는 선생님의 운동복 윗도리 자락을 잡았다.

영화에서는 모든 것이 돌고 돌아 처음 시작했던 원점으로 돌아가곤 한다. 예를 들어 〈라이온 킹〉을 보면 커다란 바위 위에서 원숭이가 아기 사자를 들어 올리는 것으로 시작해서 똑같은 원숭이가 똑같은 바위 위에서 다른 아기 사자를 들어 올리는 것으로 끝난다. 그리고 우리가 멍청해서 이 점을 놓칠까 봐 말 그대로 삶의 순환(circle of life)에 대한 노래를 부른다. 〈오즈의 마법사〉에서는 도로시가 농장에서 잠을 깨면서 모든 게 꿈이었다는 걸 깨닫는다. 〈치어리더 대학살 7〉에서도 살인자는 딸이 치어리더 팀에서 쫓겨나자 칼을 주며 자신의 악마 같은 면을 딸한데 물려준다.

하지만 가만 보면 실제 삶은 영화와 같지 않다. 삶은 다시 한 바퀴를 돌아 원점으로 돌아오지 않는다. 그렇다고 직선도 아니다. 각이 져 있거나 굴곡도 있고, 꼬이기도 하고 되돌아가기도 한다. 하지만 처음 시작한 그곳으로 다시 돌아갈 수는 없다. 물론 다시 돌아가길 원하는 건 아니다. 만일 그렇게 된다면 아무것도 이룬 게 없는 것처럼 느껴질 것이다.

나는 되돌아가고 싶은 순간들이 몇 개 있다. 스노볼 같은 것에 그런 순간들을 담아 간직하고 싶다. 그래서 기분이 좋지 않을 때 그 스노볼을 흔들면 다시 그 시간과 장소에 있을 수 있게 말이다. 이건 정확히 말하면 처음부터 끝까지 되풀이하겠다는 게 아니다. 그저 영화에서처럼 그 부분만 다시 해보는 것이다.

모든 게 그럭저럭 잘 풀리는 영화에서처럼.

이번에는 진짜 공원이었다. 우리가 조지 헤이즐 패배덩이 넬슨한테서 위스키를 빼앗은 후에 모여 앉았던 그 반창고 크기만 한 잔디밭이 아니라. 나무도 많고, 3층짜리 분수대도 있고, 적당한 크기의 언덕도 하나 있는 진짜 공원이었다. 썰매를 탈 수 있을 정도는 아니지만 그래도 담요를 깔기에는 충분히 컸다.

빅스비 선생님은 언덕이 시작하는 곳에 서서 햇살을 받고 있었다. 그 모습이 마치 목소리를 대가로 지불하고 다리를 얻어 처음 육지로 나온 인어공주와 약간 닮았다. 나는 선생님이 며칠이나 병원에 계셨던 것인지 궁금해졌다. 선생님은 오는 동안 감자튀김을 모두 먹었고, "운 좋은 날이네" 하며 손가락 끝에 묻은 소금을 핥았다. 나는 라지 사이즈 감자튀김을 이렇게 빨리 해치운 사람은 본 적이 없다고 말했다.

"어떤 건 생이 짧기도 한 법이지."

선생님의 이 말에 우리는 한참 동안 조용히 있었다.

공원에 도착했을 때 우리는 선생님한테 잠시 시간을 달라고 말씀드렸다. 우리가 준비한 것을 세팅할 시간이 필요했다. 그리고 절대 쳐다보면 안 된다고 신신당부했다. 선생님은 병원에서 공원까지 두 블록 걸어온 게 지난 3일 동안 걸은 것 중 가장 길었다며 어차피 숨 고르며 좀 쉬어야 한다고 했다. 그리고 똑바로 서기 위해 내 어깨에 손을 올렸다. 나는 그리스 신화에서 지구를 떠받치고 있는 아틀라스처럼 가슴을 부풀렸다. 왜 그랬는지 모르겠지만 선생님이 나한테 기대자 내가 더 강해진 기분이 들었다.

언덕을 반쯤 올라간 브랜드가 가방을 열고 잭 다니엘 위스키 병을 잔디 위에 올려놨다. 그리고 담요를 꺼내 펼치다가 머리를 흔들었다.

"이럴 줄 알았어." 브랜드가 말했다.

나는 브랜드가 뭘 보며 인상 쓰고 있는 건지 살펴봤다. 담요 한가운데에 다이아몬드 조각들처럼 보이는 것이 한 주먹 있었다. 아마 브랜드가 가방으로 조지 넬슨의 머리를 내려쳤을 때 담요에 싸여 있던 와인 잔이 깨진 것 같았다. 와인 잔의 기둥은 말짱했지만 컵 부분은 산산조각이 났다.

"나 때문에 깨졌어." 브랜드가 믿을 수 없다는 듯 말했다. "내가 이걸 깨다니."

"그 패배덩이 머리가 깬 거야." 내가 말했다. "잘 휘둘렀어. 그리고 저런 술을 이런 잔에 따라 마시진 않잖아."

우리는 서둘러 유리 조각들을 줍고 엉덩이가 찔리는 일이 없도록 담요를 털었다. 나머지는 세팅하는 데 오랜 시간이 걸리지 않았다. 스티브의 핸드폰이 스스로 고속 충전될 리도 없고 오케스트라가 기적적으로 아래에 있는 분수대 앞에 나타날 일도 없으니, 음악은 포기. 나는 가방을 뒤져 구겨진 종이 접시를 꺼냈다. 스티브는 가방에서 망가진 상자를 꺼내 담요 한가운데에 올려놨다. 우리는 굳이 열지 않았다. 내 생각에 우리 모두 저 속에 뭐가 있는지 보는 게 약간 두려웠던 것 같다.

준비가 다 끝나자, 브랜드가 휘파람을 불며 손을 흔들었다. 선생님이 우리를 향해 천천히 언덕을 올랐다. 선생님은 손으로 다리를 짚으며 걸음을 뗄 때마다 눈에 띄게 힘들어했다.

"음악이 없어서 미안." 스티브가 웅얼거렸다.

"괜찮아." 내가 말했다. "난 어차피 베토벤 안 좋아해."

그런데 선생님이 언덕을 거의 올랐을 때쯤 갑자기 스티브가 낯선 짓을 했다. 나는 스티브의 저런 모습을 지금껏 처음 봤다.

스티브가 노래를 하기 시작했다. 처음에는 자기 목소리를 찾기라도 하듯 부드럽게 시작했지만 선생님이 걸음을 내디딜 때마다 목소리가 점점 커졌다.

"길을 걸을수록 우리의 그림자는 우리의 영혼보다 커져가네."

스티브의 음정이 정확하지 않아서 어디서 들은 노래인지 모르겠지만 가사는 왠지 익숙했다. 빅스비 선생님은 무슨 노래(레드 제플린의 〈Stairway to Heaven〉:옮긴이)인지 아시는 것 같았다. 스티브의 노래를 듣자마자 웃으셨기 때문이다. 평소 같으면 웃음소리를 듣고 바로 멈췄을 텐데 스티브는 더 크게 노래 불렀다. 놀랍게도 스티브는 굉장히 좋은 목소리를 갖고 있었다. 브랜드와 나는 서로 쳐다보며 어깨를 으쓱했다.

스티브는 계속해서 선생님을 위한 노래를 불렀다.

"저기 우리가 아는 여인이 밝은 빛을 내며 걷고 있네. 모든 사물이 어떻게 황금으로 변하는지 보여주고 싶어 하네."

선생님이 우리 곁에 다다르자 스티브가 갑자기 노래를 멈췄다.

선생님이 스티브한테 박수를 보냈다.

"내가 선곡했을 법한 노래는 아닌걸. 하지만 환상적인 공연이었어. 고마워."

"원래는 클래식을 준비하려고 했는데…." 스티브가 말했다.

"이 노래도 클래식이란다."

선생님이 미소를 지으며 담요를 보더니 입을 턱 하고 벌렸다.

"저거 위스키니?"

스티브가 내 뒤로 한 발 물러섰다.

브랜드가 병을 집어서 선생님한테 건넸다.

"그게… 그러니까… 원래 와인을 사려고 했거든요."

"모스카토." 스티브가 뒤에서 말했다. "아니면 브라케토."

"브루스게타." 브랜드가 스티브 말을 고쳐줬다.

"그건 치즈 종류야." 내가 끼어들었다.

"치즈가 아니라 구운 빵이야." 선생님이 내 말을 고쳐주며 브랜드가 건넨 위스키 병을 받아 햇살에 비췄다. "그리고 이건 확실히 와인이 아니네."

"와인보다 좋은 거예요." 스티브가 자기가 들은 말을 그대로 반복했다. 하지만 선생님이 믿을 수 없다는 듯 스티브를 쳐다보자 고개를 떨궜다. "그렇다고 들었어요."

선생님이 고개를 절레절레 저었다.

"제발 부모님 술을 몰래 훔쳐 온 게 아니라고 말해줘."

나는 이 말을 아예 회피해버리는 게 최선이라는 생각이 들었다. 분위기를 망칠 필요는 없으니까.

스티브가 아니라며 손을 내저었다.

"아니요! 당연히 아니죠! 토퍼가 길에서 만난 어떤 사람한테서 받아낸 거예요."

하지만 선생님은 더욱 경악한 것처럼 보였다.

"아니에요." 결국 내가 끼어들었다. "저희는 아무것도 훔치지 않았어요. 진짜예요. 저희가 돈을 지불한 거예요. 믿어보세요. 오늘은 선생님을 위한 날이잖아요."

선생님이 예전에 내가 수학 문제지에 있는 나눗셈을 직접 푸는 건 계산기에 대한 실례라고 말했을 때 지었던 표정으로 나를 쳐다봤다. 그런 다음 더 이상 정육면체가 아니라 엉망진창이 되어버린 흰색 상자를 가리켰다.

"저기서 럼주라도 나오기만 해봐."

우리는 불안한 듯 서로를 쳐다봤다. 스티브가 목청을 가다듬고 뚜껑을 열었다. 사방팔방으로 패대기쳐져서 도저히 먹는 음식처럼 보이지 않는 케이크가 모습을 드러냈다.

"뭔지 알겠어." 선생님이 말했다.

"그 가게…." 스티브가 말했다.

"어느 가게 것인지도 알아."

"처음 샀을 때는 훨씬 보기 좋았어요." 내가 말했다.

선생님이 코를 킁킁거렸다.

"여전히 아름다운걸."

미셸 베이커리의 화이트 초콜릿 라즈베리 슈프림 치즈케이크의 잔해를 보며 선생님이 고개를 저었다.

나는 어떡해야 할지 몰랐다. 무슨 말을 해야 할지도. 뭔가 심오하고 지혜로운 말을 해야 할 것 같았다. 빅스비어처럼 말이다.

내가 먼저 뭔가 말하고 싶었지만 이번에는 브랜드가 한발 빨랐다. 브랜드가 까치발을 하고는 선생님 귀에 대고 뭔가를 속삭였다. 한 단어가 아니었다.

선생님이 술병을 잔디밭에 떨어뜨리고는 브랜드의 두 손을 꼭 잡았다. 그리고 고개를 계속 끄덕였다.

"그래."

선생님은 스티브와 나를 불러서 우리 셋을 양팔로 안았다. 우리는 서로 꼭 끌어안았다. 빅스비 선생님과 우리가 말이다. 나는 그 순간 다시는 우리가 이렇게 가까이 있을 수 없다는 걸 알았다.

선생님이 우리를 놓아주셨을 때 우리는 콧물을 훌쩍이며 소매로 코를 훔쳤다. 나는 브랜드가 스티브의 코딱지를 떼어주려 했던 것과, 그 뒤로 스티브가 브랜드를 얼마나 견딜 수 없어 했는지가 생각났다. 하지만 우리는 익숙해지기 마련이다. 아니면 잊는 걸 배운다.

우리는 담요 위에 놓인 흉측한 치즈케이크 주변에 둘러앉았다. 브랜드는 접시를 나눠줬고 우리는 플라스틱 포크로 라즈베리 색깔의 덩어리를 퍼서 접시에 담았다. 먹고 싶지 않게 생겼지만 케이크가 입으로 들어간 순간, 그런 건 아무 상관이 없다는 걸 깨달았다. 어떻게 생겼든, 어떤 접시에 먹든, 어떤 방식으로 먹든 아무 상관이 없었다. 미셸이란 이름의 화려한 프랑스 제빵사가 파는 것이든, 에두아르도라는 이름의 덩치 큰 멕시코 아저씨가 파는 것이든 아무 상관 없었다. 한 달 용돈만큼 비싸도, 같이 먹을 알맞은 와인을 찾지 못했어도 상관없었다. 왜냐하면 아저씨는 거짓말을 하지 않았기 때문이다. 이건 정말이지 천국의 맛이었다.

우리는 입가엔 부스러기를, 입술엔 라즈베리 토핑을 묻힌 채 "으음" 하고 소리 내며 먹었다. 나는 단 세 입에 케이크를 끝냈다. 내 딴엔 남들보다 좀 더 음미하면서 먹은 것이었고, 브랜드처럼 그릇을 싹싹 핥아 먹지는 않았다.

선생님만 자기 몫을 다 먹지 못했다. 선생님은 감자튀김을 너무 많이 먹어서 그런 것 같다면서 식욕이 예전만 못하다고 했다. 내가 잭 다니엘을 드시겠냐고 물었더니, 선생님은 나중에 이 술이 필요할지도 모르니 아껴두겠다고 대답했다. 선생님 표정을 보니 우리는 저걸 맛보지 못할 게 분명했다. 물론 그걸 꼭 먹어보고 싶었던 건 아니다.

나는 핑크색으로 물든 접시들을 모아서 언덕 꼭대기에 있는 쓰레기통에 버렸다. 그리고 자리로 돌아왔을 때 스티브는 내가 알렉산더 책방에서 산 책을 내 가방에서 꺼내고 있었다.

그 책을 건네받은 선생님이 우리가 읽다 만 곳을 찾기 시작했다. 나는 선생님 반대편에 자리 잡았고 스티브는 내 옆에 앉았다. 책에 함께 볼 그림이 없는데도 우리 넷은 가까이 모여 앉았다.

"9장요." 스티브가 말했다. "원래 읽던 책으로는 262페이지였어요."

선생님이 페이지를 펴고 기침을 한 번 했다. 그리고 책을 읽을 준비를 했다.

"마지막 장."

선생님이 책을 읽어주시기 시작하자 나는 선생님 쪽으로 몸을 기댔다. 나는 눈을 감고 간달프가 자신이 아끼는 호빗을 혼내는 소리, 우리 뒤로 차가 지나가는 소리, 그리고 선생님의 말 한 마디 한 마디에 맞춰 뛰는 내 심장 소리를 들었다. 그러는 사이 오늘이 무슨 날인지조차 까마득히 잊어버렸다.

선생님이 책을 다 읽어주셨을 때는 시간이 꽤 흐른 뒤였다. 나는 계속 눈을 감고 있었다. 우리는 이 마법이 깨지기라도 할까 봐 모두 그 자리에 그대로 앉아 있었다. 누군가 한 마디라도 하면 중간계 혹은 우리가 찾아 떠났던 그 어디로부터 우리를 다시 제자리로 돌려놓을까 봐 두려웠다.

누군가 빅스비 선생님 이름을 부르는 소리가 들렸다. 눈을 떠보니 조지아 간호사의 모습이 보였다. 바이킹 여전사가 언덕 밑에 서 있었다.

내려올 시간이라고 했다.

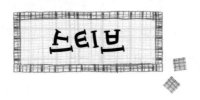

스티브

이야기는 이렇게 끝이 났다. 빌보가 간달프한테 담배 항아리를 건넸다. 그리고 빅스비 선생님이 책을 덮었다. 우리는 말없이 그 자리에 그대로 앉아 있었다. 내겐 별난 일이 아니지만 언제나 할 말이 많은 토퍼가 그러는 건 좀 이상했다.

끝은 약간 용두사미였다. 모두가 거기에 앉아 있는 것에 만족 하는 것 같아 나도 입 다물고 잔디밭을 봤다. 그러면서 빌보처럼 위대한 여정을 마친 후 집으로 돌아가서 부모님한테 그 문제로 혼나지 않는 건 어떤 걸까 하고 생각했다.

도망갈 곳이 없다. 부모님은 이 일을 어떻게든 알아내고 말 것 이다. 하지만 누나가 말하진 않을 것이다. 누나는 말하지 않겠다 고 했고, 나도 누나가 그러지 않으리라는 걸 안다. 토퍼가 생각하 는 것과 달리 우리 사카타 집안의 아이들도 때로는 규칙을 따르는 것에 지치기도 한다. 그리고 내 생각에 누나는 오늘의 나를 약간 자랑스러워하는 것 같았다. 부모님은 분명 맥켈로이 선생님이나 임시 선생님 같은 학교 사람들로부터 이 사실을 알아낼 것이다. 그렇지 않다면 성적표를 받고 결석 일을 대조해보기 전까지 모를 수도 있다. 그래도 내 입술에 대해서는 물을 것이다. 나는 사실대로 말할 생각이다. 비밀로 할 이유가 없기 때문이다. 그리고 어차피 난 거짓말도 잘 못 한다. 토퍼가 나를 가르쳐보려 했지만 내겐 그런 재능이 없다고 했다. 그래서 부모님이 물으면 사실대로 말하고, 그에 따른 대가를 치를 것이다. 그 대가가 무엇일지 생각하고 싶지 않을 뿐이다. 분위기를 망칠 필요는 없으니까.

느닷없이 4층에 있던 간호사가 언덕 밑에 나타나자 선생님은 가방 속에 위스키 병을 급히 숨겼다. 그러면서 "간호사들이랑 나눠 마실 순 없지" 하고 농담을 했다. 선생님은 토퍼한테 책을 건네고 슬리퍼를 한참 내려다본 뒤 도로 신었다.

"나를 다시 보고 싶거든 당신의 장화 밑창을 들어보라." 선생님이 말했다.

그게 무슨 뜻인지 모르겠지만 약간 무시무시하게 들렸다. 내가 걱정스러워 보였는지 선생님이 내 쪽으로 몸을 뻗어 내 무릎을 만지며 "시의 한 구절이야" 하고 말했다.(월트 휘트먼의 〈나 자신의 노래〉 중 한 구절:옮긴이) 선생님은 내가 시를 어떻게 생각하는지 아신다. 하지만 나는 아무 말도 하지 않았다. 어떤 시는 괜찮을 수도 있다.

선생님이 일어나자 우리도 일어났다. 우리는 교실에서처럼 선생님과 마주 봤다. 선생님은 토퍼를 크게 안아주셨다. 그리고 나도 안아주셨다. 평소 선생님한테 나던 냄새가 나지 않았고, 평소보다 더 세게 안아주셔서 숨쉬기가 힘들었다. 그런데 선생님이 브랜드는 안아주시지 않아서 이상하다는 생각이 들었다. 둘은 얼굴을 마주하고 섰다. 선생님은 브랜드보다 낮은 곳에 서서 눈높이를 맞췄다.

"아참, 까먹을 뻔했어요."

브랜드가 책가방 앞주머니를 열고 핑크색과 흰색이 섞인 꽃을 꺼냈다. 잎이 약간 구겨지고 줄기도 구부러졌지만 그래도 브랜드는 선생님한테 꽃을 드렸다. 카네이션이다. 누나가 피아노 리사이틀 때마다 그 꽃을 달아서 안다. 나는 저 꽃이 어디서 난 건지 알 수가 없었다. 우리 계획에는 분명 꽃에 관한 부분이 없었는데.

"장미는 빨리 포기하잖아요." 브랜드가 말했다.

꽃에 대해 저렇게 말하는 게 약간 이상하게 느껴졌다.

선생님은 웃으면서 울었다.

"얘들아, 고마워. 오늘은 상상한 것 이상으로 정말 좋았어."

그 말을 끝으로 빅스비 선생님은 몸을 돌려 언덕을 내려가기 시작했다.

나는 꽃을 들고 빅스비 선생님이 내려가는 모습을 지켜봤다. 조지아 간호사는 공원을 지나 길로 나가는 내내 선생님한테 설교를 했다. 마치 선생님이 우리를 혼낼 때처럼 말이다.

길모퉁이를 돌아 우리의 시야에서 사라지기 바로 직전, 선생님이 언덕에 있는 우리를 돌아보며 손을 흔들었다. 어떤 식으로든 작별 인사는 하지 않기로 했었는데 말이다.

선생님이 가신 뒤 나는 남은 접시를 주워 가방에 넣었고, 토퍼는 조심스레 담요를 접어서 가슴팍에 꼭 끌어안았다.

"여기 좋다." 브랜드가 잔디 언덕을 보며 말했다.

"완벽하지." 토퍼가 말했다.

나는 토퍼의 셔츠 소매를 잡아당겼다.

"집에 갈 시간이지?"

토퍼는 고개를 끄덕였지만 움직이지 않았다. 나는 토퍼와 브랜드 사이에 섰다. 우리 셋은 그저 빅스비 선생님이 계셨던 빈자리만 쳐다봤다.

14번가와 스테이트 거리 모퉁이에서 2시 45분 버스를 타려면 서둘러야 한다. 그 버스를 타면 하교 시간에 맞춰 학교에 도착할 수 있다. 우리의 작전은 우리가 타는 17번 스쿨버스에 몰래 올라타서 하루 종일 학교에 있었던 듯이 집으로 가는 것이다. 적어도 그게 나와 토퍼의 작전이다. 브랜드는 아마 걸어갈 것이다. 브랜드는 익숙하기 때문에 괜찮다고 했다.

시내버스는 우리를 학교로부터 한 블록 반 정도 떨어진 곳에 내려줬다. 토퍼가 맥켈로이 선생님을 신발 끈으로 목 졸라버리려 했던 아파트 단지와 멀지 않은 곳이다. 우리는 월요일이 되면 맥켈로이 선생님한테 혼날 게 분명하다. 하지만 토퍼는 월요일이 되려면 아직 멀었고, 지금부터 월요일까지 아주 많은 일이 일어날 수도 있다고 했다. 우리는 학교 운동장으로 조용히 걸어가서 수풀 뒤에 섰다. 토퍼는 학교 종이 울리고 학생들이 잔뜩 문을 나설 때를 기다려야 한다고 했다. 우리는 자연스레 그 무리에 섞이면 된다.

"혹시 우리 오늘 중요한 걸 놓치진 않았겠지?" 내가 물었다.

학교를 바라보고 있는 것만으로도 배가 아팠다. 점심으로 치즈 케이크를 먹지 말 걸 그랬다.

"오늘은 아니야." 브랜드가 말했다.

스쿨버스들이 줄을 지어 들어오기 시작했다. 천여 명의 아이들이 주말을 맞아 모험을 떠난다거나 다른 뭔가를 할 준비를 하며 책가방을 싸는 소리가 들리는 것만 같았다.

브랜드가 한숨을 쉬고는 떠날 준비를 하듯 가방을 고쳐 멨다.

"잠시만." 토퍼가 가방 안을 뒤적거리더니 가장자리가 구겨진 두툼한 종이를 꺼내서 브랜드한테 건넸다. "여기."

"뭐야? 너, 진심이야?"

브랜드는 그걸 받기를 두려워하는 것 같았다. 아까만 해도 그렇게나 돌려주기 싫어하던 걸 생각하면 이상한 반응이었다.

토퍼가 어깨를 으쓱했다.

"난 언제든지 새로 그릴 수 있잖아. 네가 사주는 스케치북에 제일 먼저 그릴게."

브랜드가 주저하며 빅스비 선생님의 그림을 받았다.

"고마워."

주차장에 줄지어 선 버스들이 시동을 걸고 우리를 기다리고 있었다. 매일 오후 아이를 데리러 오는 부모님들은 동그랗게 모여 있었다. 다행히 우리 부모님은 그러지 않으신다.

하교 종소리가 울리자 거의 즉각적으로 문이 열렸고, 아이들이 쏟아지듯 앞다퉈 걸어 나왔다.

"우리가 갈 차례군." 토퍼가 브랜드한테 주먹을 쳐줬다. "그럼 나중에 보자."

"그래, 나중에 보자." 브랜드가 내 턱을 가리켰다. "그 입술 꽤 완지하다."

나는 엉망인 입술을 만져봤다. 나는 '완지'가 무슨 뜻인지 몰랐다. 아마 '완전 지나치다'라는 뜻인 것 같다. 하지만 왠지 칭찬처럼 들렸다.

"웃으면 아파."

나도 브랜드와 서로 주먹을 쳤다.

브랜드가 걸음을 옮기기 시작했다. 우리와 헤어지는 게 싫은 것처럼 보였다. 브랜드가 걸어가는 모습을 보니 약간 마음이 안 좋았다.

"가자."

토퍼가 내 책가방 끈을 잡고 나를 무리 속으로 이끌었다. 우리의 작전대로 말이다.

손버그 교감선생님이 우리를 발견하고 소리쳤다.

"너희 둘! 어서 버스 타야지. 금요일이잖아! 집에 안 가고 싶어?"

우리는 타야 할 버스로 달려갔다. 오늘만 벌써 버스를 여섯 번이나 탄다.

버스에 올라타서 안으로 들어가니 6학년 아이들이 우리가 하루 종일 어디에 있었던 건지 궁금하다는 듯 쳐다봤다. 우리는 그 시선을 무시했다. 새라가 굳이 직접 그걸 물었지만, 토퍼는 우리끼리 체험학습을 다녀왔다면서 신경 끄라고 했다. 그리고 한 번만 더 쓸데없이 참견하면 삽으로 콧구멍을 파줄 거라고 말했다. 새라가 "흥" 하더니 옆자리에 앉은 여자애한테 뭐라고 속삭였다.

나는 토퍼한테 입가에 라즈베리가 묻었다고 말해줬고, 토퍼는 엄지손가락으로 긁어서 떼어냈다.

"증거 인멸." 토퍼가 말했다.

"증거 인멸." 나도 따라 말하고는 아랫입술을 조심해서 핥았다.

버스가 길을 따라 내려갈 때 토퍼가 걸어가고 있는 브랜드를 가리켰다. 토퍼가 창문을 치면서 브랜드를 불렀지만 브랜드는 듣지 못한 것 같았다. 브랜드는 토퍼의 그림을 손에 쥔 채 걸어가면서 그 그림을 보고 있었다. 브랜드의 뒤로 작년에 3학년과 4학년 학생들이 학교 밖에 심은 벚나무가 꽃을 막 피우는 게 보였다.

"저기, 토퍼?"

"왜?"

"궁금한 게 있어서…."

나는 하고 싶은 말을 모두 생각해뒀지만 아직 불확실한 게 많아서 가장 확실한 한 가지만 말하기로 했다.

"오늘 즐거웠어."

"맞아." 토퍼가 한숨을 쉬었다.

나는 토퍼의 어깨에 머리를 기댔다.

토퍼는 내 머리를 떨어뜨리지 않았다.

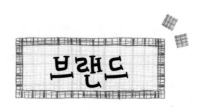

브랜드

마거릿 엘리너 빅스비가 서른다섯 살의 나이에 보스턴에서 사망하다.

빅스비 선생님은 자신의 전체 이름이 지나치게 비틀스 노래 같기도 하고, 아이들한테 화장실 벽에 낙서할 거리를 하나 더 제공하고 싶지 않다는 이유로 한 번도 교실에서는 말씀하신 적이 없었다. 마트 계산대 앞에 줄 서서 기다리고 있을 때 나한테만 말씀해주셨다.

선생님은 췌장을 포위하고 있는 종양 제거 수술 도중 합병증으로 심각한 출혈이 발생해서 돌아가셨다. 매사추세츠 종합병원 의사 선생님은 할 수 있는 모든 걸 했고 선생님도 마지막 순간까지 최선을 다해 싸웠다. 하지만 확률은 선생님한테 호의적이지 않았다. 확률이란 게 뭔지 정말 궁금하다면 스티브한테 물어보면 되지만 나는 사실 궁금하진 않았다. 6월 중순의 어느 금요일 오후, 선생님의 '영혼이 돌아가다'라는 부고가 전해졌다.

선생님이 돌아가신 날, 맥네어 교장선생님은 선생님이 지난 5년 간 가르친 130명쯤 되는 학생의 가족들에게 직접 연락해서 이 소식을 전했다. 그 명단에서 내가 몇 번째 학생인지는 모르겠다. 확실한 건 아빠가 전화를 받았고, 평소처럼 방에 있는 나를 부르는 대신 보행보조기로 직접 내 방에 와서 노크를 했다는 것이다. 그날은 기온이 30도가 넘고 습도까지 높아서 찌는 듯이 더웠다. 그래서 나와 스티브, 토퍼는 방에 틀어박혀 비디오 게임을 하고 있었다. 아빠는 내 방문을 부드럽게 세 번 두드리고 기다렸다가 내귀에 대고 이 소식을 속삭였다.

스티브와 토퍼는 이미 무슨 일인지 눈치챈 듯했다. 스티브는 눈을 감고 뭔가 속삭였고, 토퍼는 그저 신발만 내려다봤다.

나는 뭐라도 말해야겠다는 생각이 들었지만, 가끔은 침묵이 최선일 때도 있다. 그래서 침대에 앉아 벽을 쳐다보며 정답을 듣지 못한 알렉산더 아저씨의 그 수수께끼에 대해 생각했다.

토퍼가 어깨로 나를 툭 치더니 "아티커스 핀치" 하며 벽에 있는 인용문을 가리켰다. 그건 아빠가 병원에서 두 번째로 퇴원한 날 내가 침대 위 벽에 쓴 것이었다. 나는 고개를 끄덕였다. 이것은 작별 인사가 아니다. 우리는 이미 우리만의 인사를 했다.

그날 밤 아빠는 우리를 위해 피자를 시켜줬고 '빅스비 선생님을 위해' 디저트를 먹으러 나가자는 우리의 요구도 들어줬다. 하지만 아빠는 분명 우리가 이상한 방법으로 선생님을 기린다고 생각했을 것이다. 아빠는 여전히 운전하는 게 편치 않기 때문에 운전을 길게 안 해도 되는 곳으로 장소를 정하라고 했다. 아빠는 손으로 액셀과 브레이크 페달을 작동하는 게 마치 우주선을 조종하는 것 같다고 했다.

"어디로 갈까?"

우리는 서로 쳐다보기만 했다.

나는 아빠한테 빵 통에서 돈을 좀 더 꺼내 가야 한다고 말했다. 왜냐하면 우리가 가려는 곳은 결코 저렴한 곳이 아니기 때문이다. 하지만 갈 만한 가치가 있는 곳인 건 분명했다.

그리고 그 길 아래에 있는 책방에 아빠한테 보여주고 싶은 게 있었다.

매일매일을 마지막인 것처럼 살아라.

이건 분명 빅스비어다. 다만 선생님조차 그건 불가능하다고 말씀하실 것이다. 너무 어려운 일이기 때문이다. 나는 인생의 마지막 날을 경험한 적이 있었고, 그 한 번의 경험은 나를 한참 동안이나 따라다녔다.

진실을 모두 말하자면 마지막 날이 가장 중요한 건 아니다. 살아가면서 문득 돌아볼 수 있는 날들이 중요한 것이다. 그런 날들은 마치 카네이션 꽃 같다. 처음에는 눈에 띄지 않지만 우리와 오래도록 함께한다.

마치 4월 1일 고무 개똥 옆에서 깨어나는 것처럼 말이다.

아니면 마침내 제일 친한 친구 두 명을 집으로 데려와도 된다고 허락받았을 때처럼 말이다.

아니면 민디 윙클러가 이번에는 진짜로 점심시간에 같이 앉고 싶은지 묻는 쪽지를 보낸 날처럼 말이다.

아니면 슈퍼마켓에서 집으로 걸어가던 나를 담임선생님이 눈 속에서 구해준 날처럼 말이다.

아니면 아빠가 내 방문을 두드리고 2년 만에 처음으로 같이 걷지 않겠냐고 물은 날처럼 말이다.

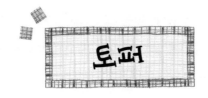

레베카 로더부시는 작가적 한계에 부딪혔다.

연필을 입에 물고 있는 모습을 보면 알 수 있다. 레베카는 깊이 생각할 때면 뿌루퉁한 표정을 짓느라 종이에 나 있는 줄처럼 이마에 주름이 생긴다. 그 모습은 약간 귀엽다. 레베카가 고민에 빠진 데는 다 이유가 있다. 오늘 아침 빅스비 선생님은 꽤나 어려운 주제를 던져주셨다.

지구에서 머무는 날이 딱 하루 남아 있다면 그날을 어떻게 보내겠는가?

오늘의 짧은 글쓰기 주제가 칠판에 적혀 있었다. 스마트 칠판이 아닌 구식 칠판에. 빅스비 선생님은 그냥 구식 칠판을 더 좋아하신다. 그렇다고 선생님이 새로운 기술을 싫어한다거나 그런 건 아니다. 선생님은 칠판에 글을 쓸 때 손가락에 묻어나는 분필 가

루의 느낌이 좋다고 했다. 나는 그 말에 공감한다. 오일 파스텔과 목탄 연필은 종이에 닿는 느낌이 다르다. 가끔은 이런 물건의 느낌도 중요한 법이다.

글쓰기 주제는 1월 7일이라는 날짜와 오늘의 인용문 아래 적혀 있었다.

손에 총을 쥐고 있는 사람이 용기 있는 게 아니다. 시작하기 전부터 패배할 것을 알고도 어쨌든 시작하고 그것이 무엇이든 끝까지 해내는 것이 용기다.

나는 전에도 이 인용문(소설 〈앵무새 죽이기〉에서 아티커스 핀치가 한 말:옮긴이)을 본 적이 있는데, 분명 선생님이 가장 좋아하시는 구절 중 하나인 것 같다. 나는 스티브처럼 인용문을 다 외우진 못하지만 어쨌든 이 인용문은 낯이 익다. 그래도 금요일 인용문치고는 조금 많이 무거운 감이 있다.

나는 공책을 꺼내 빈 페이지를 펼쳐서 첫 번째 줄에 오늘의 주제를 적었다. 내 옆에서 스티브는 이미 두 문단 정도 적어 내려가고 있었다.

트레버가 나와 스티브 사이로 몸을 기울이더니 "지구에서 머무는 마지막 날이라면 너희들이 타고 갈 우주선이 드디어 돌아왔다는 뜻이려나?" 하고 말했다.

"닥쳐, 여드름 궁뎅이야." 브랜드가 옆에서 성질을 냈다.

빅스비 선생님이 브랜드의 이름을 조용하지만 단호하게 불렀고 브랜드는 곧바로 공책에 얼굴을 파묻었다.

바깥세상은 여전히 눈으로 뒤덮여 있다. 주차장 한편에는 제설기로 산처럼 눈을 쌓아놓은 곳이 있는데, 쉬는 시간 동안 그 눈 더미에 오르는 걸 선생님이 허락해주시면 좋겠다. 나는 그 눈 더미 중 가장 큰 것에 에베레스트라는 이름을 붙였다.

우리는 이후 10분 동안 어느 정도 침묵 속에서 글쓰기를 했다. '어느 정도'라고 한 이유는 속삭이는 소리가 여기저기서 계속 들렸기 때문이다. 나는 공책 가장자리에 낙서를 몇 개 했다. 세계 종말에서 중요한 요소인 살인 병기 로봇과 충돌하는 유성을 그렸다. 주제는 '나의 마지막 날'이지만 이왕 갈 거면 멋지게 가야겠다고 생각했다.

스티브가 내 공책을 힐끔 보더니 "그거 터미네이터야?" 하고 물었다.

나는 "만일 내가 사라지게 된다면 남은 사람들도 모두 데리고 갈 거야" 하고 속삭였다.

또 몇 분이 흐르자 빅스비 선생님이 시간이 다 되었다고 했다. 선생님이 빙그르르 돌아서 책상 앞으로 왔다. 선생님의 드레스에는 이상하게 생긴 소용돌이무늬가 수놓아져 있었다. 그 무늬를 지나치게 오래 보면 최면에 걸릴 것만 같았다.

"자, 누가 자기가 쓴 거 한번 읽어볼래?"

즉시 몇 명이 손을 들었다. 멜리사가 가장 먼저 했다. 멜리사는 부럽게도 매년 여름이면 하와이에서 휴가를 보내는데, 마지막 날 그곳에서 가족들과 어떻게 시간을 보낼지에 대해 얘기했다. 선생님은 멜리사의 얘기를 완전히 집중해서 들었다. 반면 우리는 바깥 기온이 영하 6도인 이 상황에서 하와이가 얼마나 멋진지에 대해 듣는 것에 질려버렸다.

그다음에 몇 명이 자진해서 자기 글을 읽었다. 미시는 부모님한테 나중에 혼날 걱정 없이 오빠를 두들겨 패주겠다고 했다. 나는 누구보다도 스티브가 저 말에 공감할 거라고 생각했다. 하지만 솔직히 말해 스티브는 뭘 해도 크리스티나 누나를 이기지 못할 것이다. 그리고 카일은 그냥 하루 종일 비디오 게임을 하겠다고 했다. 슬프긴 하지만 사실일 것 같다.

나는 선생님이 나를 부르지 않기를 기도했다. 나는 별로 쓴 게 없었다. 친구들과 위대한 여정을 떠나겠다는 내용만 몇 줄 적은 게 다였고, 대부분 그림으로 채웠다. 선생님은 우리 공책을 거둬가지 않기 때문에 이걸 보실 일은 없다. 이 글쓰기는 우리한테 영감을 주기 위한 것이라고 했다.

선생님이 누군가를 부르려고 했다. 하지만 레베카가 우리를 살렸다.

"선생님은요? 선생님은 어떻게 보내실 거예요?"

"내 마지막 날에? 정말 알고 싶니?"

반 아이들 모두 고개를 끄덕였다. 만약 선생님이 얘기를 길게 한다면 수학 시간이 그만큼 줄어들 것이고 그럼 우리는 퀴즈를 풀지 않아도 될 것이다. 스티브는 화를 내겠지만.

"그래, 나의 마지막 날에는 치즈케이크가 있어야 해."

교실 뒤에서 누군가가 토하는 소리를 냈다. 선생님은 눈빛으로 그 애 입을 다물게 만들었다.

"치즈케이크요?" 스티브가 물었다. "왜 치즈케이크예요?"

"만약 나한테 정말 마지막 날이 온다면, 살면서 내가 사랑하게 된 모든 것들에 감사하고 싶거든. 치즈케이크도 그중 하나야."

"정말요?" 제이미가 물었다. "가족이나 친구들하고 보내지 않으실 거예요?"

"물론 그래야지. 하지만 치즈케이크는 꼭 있어야 해. 그리고 아무 치즈케이크가 아니라 시내 쇼핑센터 근처에 있는 미셸 베이커리의 화이트 초콜릿 라즈베리 슈프림 치즈케이크여야 해. 거기 가본 사람 있니?"

선생님의 질문에 겨우 두 명만 손을 들었다.

"한 번쯤은 가봐야 해. 갈 만한 가치가 있는 곳이거든. 그리고 이런 말은 하면 안 되겠지만… 솔직히 털어놓자면 와인도 있어야 해. 치즈케이크의 맛을 더 돋워줄 수 있는 게 필요하거든. 아, 그리고 감자튀김도."

"감자튀김요?" 내가 물었다.

"맥도날드 감자튀김. 마지막 날이니까 라지 사이즈로 시킬 거야. 그리고 음악이 있어야 해. 차이콥스키 아니면 베토벤. 웅장하고 압도적이면서도 약간 슬픈 걸로. 나와 우리 가족, 친구들만을 위한 오케스트라 연주로 말이야. 우린 모두 나무로 둘러싸인 풀밭 언덕에 앉아서 치즈케이크와 감자튀김을 먹을 거야. 먹고 마시고 웃겠지. 웃음소리가 끊이지 않고 추억도 많이 만들 거야. 하지만…"

선생님이 손가락을 들어 올리며 말을 끝맺었다.

"작별 인사는 하지 않을 거야."

그러자 트레버가 주먹으로 입을 가리고 기침하는 척하며 중얼거렸다.

"유치해."

그러자 브랜드가 트레버를 돌아보며 F로 시작하는 내가 모르는 말을 했다. 아마 브랜드가 만들어낸 말일 것이다. 이따가 브랜드한테 물어봐야겠다. 조만간 브랜드는 저런 경고 따윈 건너뛰고 곧바로 트레버의 코를 뭉개버리고 말 것이다.

"그럼 저희들은요?" 민디가 물었다. "저희들하곤 작별 인사 하실 거죠?"

선생님이 책상에 몸을 기대더니 미소를 지었다.

"굿바이 말고 프랑스어로 '다음에 또 보자(au revoir)'고 할 거야."

"그게 그거 아녜요?"

물론 내가 프랑스어를 잘 알거나 그런 건 아니다. 그냥 그럴 거라고 추측해본 것뿐이다.

"굿바이는 작별 인사지만 다음에 또 보자고 하는 건 '다시 볼 때까지 잘 지내'라는 의미잖아. 그런데 얘들아, 내가 장담하는데 너희들은 내가 떠나도 날 기억하게 될 거야. 너희들이 어른이 되고 아이가 생기면 나에 대해 얘기할 거야. '핑크색 머리에 분필을 좋아했던 그 빅스비 선생님 기억나? 항상 인용문을 읊고 우리한테 글쓰기를 시켰던 선생님 있잖아. 최고의 선생님이었어.' 하고 말이지."

반 아이들이 투덜거렸다. 몇몇은 머리를 흔들었다. 하지만 아이들은 선생님 말씀이 옳다는 걸 알기 때문에 일부러 더 그러는 것이다. 나는 어른이 돼도 분명 선생님을 기억할 것이다. 다만 인간의 힘으로 미룰 수 있는 최대한으로 어른이 되는 걸 미루겠지만 말이다.

우리는 모두 각자만의 방식으로 선생님을 기억할 것이다.

결국 좋은 선생님은 잊히지 않는 법이니까.

작가의 말

나는 힘을 많이 빼고 이번 작업에 임했다. 이 책에는 폭발이나 불구덩이, 도깨비 같은 것들은 등장하지 않는다. 야밤에 병사들이 전투를 벌이는 장면도 없다. 이번 책은 내가 여태껏 써왔던 것보다 훨씬 조용하다. 조용한 책은 시끄러운 책보다 쓰기가 더 어렵다. 적어도 나에겐 말이다.

혼자였다면 나는 결코 이 책을 끝내지 못했을 것이다. 월든 폰드 출판사의 훌륭한 팀과, 그중에서도 특히 지칠 줄 모르는 나의 편집자 조던 브라운의 노력이 없었더라면 빅스비 선생님은 탄생할 수 없었을 것이다. 조던은 이 책을 시작할 때부터 내 옆에서 이야기를 완성해나갈 수 있도록 도움을 줬다. 조던이 없었다면 다채로운 모습의 이 책은 그저 단편적인 조각에 그치고 말았을 것이고, 지금처럼 '꽤져'는 못 되었을 것이다.

책 표지에 호기심 왕성하고 언제든 장난칠 궁리를 하고 있는 나의 주인공 세 명을 재치 있게 표현해준 엠마 야렛에게도 감사의 말을 전하고 싶다. 이 글을 보고 첫 눈물을 흘린 퀸런 리에게도 감사 인사를 하고 싶다. 이 눈물 덕분에 나는 내가 뭔가 엄청난 일을 하고 있음을 느낄 수 있었다.

마지막으로 내 인생의 멘토들에게 고마움을 전하고 싶다. 패배할 것을 알고도 어쨌든 시작하고 그것이 무엇이든 끝까지 해내는 것의 가치를 가르쳐주신 아버지, 책과 상상력의 힘을 가르쳐주신 어머니, 영감을 불어넣을 수 있도록 자극해준 닉과 이사벨라, 15년간 공립학교 선생님으로 일하면서 상냥함, 인내심, 이타심으로 끝없이 나를 응원해주는 아내에게 감사를 표하고 싶다. 토퍼 식으로 말하자면, 내 아내는 좋은 선생님이다.

나는 운이 좋아 내가 좋아하는 일을 업으로 삼을 수 있었다. 나는 의심, 혼란, 좌절의 순간에도 나를 지지해주는 멋진 사람들을 곁에 두는 행운을 지녔다. 어려움을 겪고 있는 사람들과 어려움을 겪는 사람들 뒤에서 그들을 지지하고 응원하는 모든 사람들에게 행운이 따르길 빈다.